ジャスミン
アルトゥーロ
デルフィナ

ルチア
ダンテ

ヘスティア
ジーロ
フォルト

「お目にかかれてうれしいよ、かわいい『服飾師殿』」
ラニエリ
「男が華やかな服を着たいと思うのは、おかしいだろうか？」
シュアルド
「これもおいしい！」
ダリヤ

# 服飾師ルチアはあきらめない
~今日から始める幸服計画~

甘岸久弥
Amagishi Hisaya

CONTENTS

# 青空花の少女

世の中は不条理だ。

齢六歳のルチア・ファーノは、心からそう思う。


この大陸で一番大きく豊かな国と謳われるオルディネ王国。

その王都は国内でも一番華やかで、美しい場所だと言われている。

だが、この王都生まれのルチアの髪は深い緑。そして、目は濃すぎる青。

肌は青白く、背は小さく、地味で目立たぬことこの上ない。

祖母の家でたまに会う同じ歳のダリヤは、赤い髪に明るい緑の目をした女の子だ。笑うと、ポンダリアの花がぱっと咲いたようにかわいい。

時々遊んでくれるちょっとだけ年上のイルマは、艶々の紅茶色の髪に、赤が強めの茶色の目をしている。とても器用で、自ら編み込みをした髪型が似合って、きれいだ。

周りの女の子達は、皆、ルチアより華やかで、きれいで、そして、かわいい。

自分が地味なのはよくよく知っている。

それでも、ルチアも少しはかわいくなりたい、きれいになりたいと、毎日髪をきちんと梳かし、顔を丁寧に洗い、洗いたての青いワンピースを着ていたのだ。

それが今日、先ほど、近所で遊んでいた男の子に言われた。

「ルチアって、露草みたいだよな」

言うに事欠(ことか)いて露草(つゆくさ)。

路地の端っこに咲いている雑草。小さくて青くて存在感の薄い花。

それを嫌だとも言えず、その場から逃げるように走り去り、途中から泣いていた。

ルチアはちょっと悲しかったり、悔しかったりすると、涙目になってしまう。

その後は相手には何も言い返せない。己のそんなところも嫌いだった。

どうせなら輝く金の髪に、珍しい紫の目、背が高く生まれたかった。

薔薇(ばら)や百合(ゆり)にたとえられるような、きれいな女の子になりたかった。

そうしたら、自分が大好きな、かわいい服が着られたのに。

母方の祖母が勧めるような、白いレースがついたレモン色のワンピースが似合っただろう。艶やかで青く長いリボンも、花飾りのついた赤い靴も似合っただろう。

でも、そんなかわいいものが似合う女の子には、きっとずっとなれない。

「不条理だわ」

『不条理』というのは、父が昨日ぼやいていた、覚えたての言葉だ。

どういう意味かと尋ねたら、『道理に合わなくて、自分が納得いかないことだ』と言われた。

好きでもない露草(つゆくさ)みたいだと言われること、大好きなかわいい服が似合わぬ見た目。

これが不条理ではなくて、一体何だというのか。

いじめられたわけではないけれど、どうにも視界がにじんでしまう。

それでも、泣き顔を家族に心配されるのが嫌で、ルチアは家の少し手前、路地の奥へ進んだ。

夕焼け空の下、涙が止まったら、裏口から家に帰り、顔を洗おう——そう思って路地を進むと、倉庫の白壁がある突き当たりに、先客がいた。

春なのに、黒いフード付きマントを身につけた男が、路地の段差に腰を下ろしている。

これはもしや、家族が気をつけろと言う『ヘンシツシャ』という者ではなかろうか？

気づかれぬうちに来た道を戻るべきか——そう警戒したとき、彼が片手で鼻を押さえるのが見えた。続いて、ぐずぐずと小さく湿った音が響く。

どうやら泣く場所としても先客だったらしい。

ルチアはポケットを探ると、迷いに迷った末、一枚のハンカチを握りしめた。

そして、男に向かって足早に歩み寄る。

「これ、使ってください！」

「え？　あ……」

ルチアに気づいていなかったのだろう。ひどく上ずった声がして、彼がこちらを見た。

フードから一瞬見えたのは、日焼けした褐色の肌と赤茶の髪。

そして、泣いたとはっきりわかる赤茶の目。

自分も涙目だったので、その顔ははっきりとわからなかったが——四つ上の兄より、もう少し年上の少年に見えた。

すぐにフードを目深(まぶか)にかぶり直した少年は、ハンカチを受け取ってはくれなかった。

「……ありがとう。でも、汚してしまうから」

「大丈夫です！　二枚あるから」

泣くのにハンカチがないと洋服を汚してしまうことになる。後の洗濯と言い訳が大変だ。

少年の膝に白いハンカチを置くと、ルチアは少し離れた段差に腰を下ろす。

そして、ポケットの二枚目のハンカチを取り出すと、目と頬の涙をごしごし拭い、容赦なく鼻をかんだ。このハンカチは本日の入浴時にこっそり洗う予定である。

「……すまない。じゃあ、遠慮なく」

少年がごそごそとフードの下で顔を拭いだしたと思ったら、鼻をかむ音がしっかり三度響いた。

ルチアは自分が泣いていたのも忘れて安心した。

「汚してしまってすまない。代金は銀貨で足りるだろうか？」

「練習だから、あげます」

「練習？」

「刺繍は、家の仕事なので」

渡したハンカチは、始めたばかりの刺繍の練習用だ。

靴下や手袋を作る工房を家族でやっているので、ルチアも初等学院に入る前から縫い物を練習している。いつか母や祖母のように花や鳥をきれいに刺繍したいが、まだ×模様のクロスステッチがやっとだ。

よって少年が持っている白いハンカチには、ルチアにより大量の青い×印が刺されていた。

フードで顔はわからないが、少年はじっとハンカチを見ているようだ。

「もったいないことをしてしまった。きれいな刺繍なのに、すまない……」

「きれい？　ホントにそう思う？」

褒められたことに驚き、それまで取り繕っていた言葉が崩れてしまった。

だが、少年はハンカチを手に、しみじみと言ってくれた。

「ああ、縫い目がちゃんとそろっているじゃないか。俺の母は、刺繍をしたらハンカチを入り口のない袋にしていたが……その歳でこれだけ刺繍ができるなんて、すごいな」

ルチアは素直にうれしくなった。それと同時に、この少年が心配になった。

「お兄ちゃん、どこか痛い？　それとも怒られた？」

このあたりで今まで会った覚えはないが、引っ越してきた家の子供ということもありえる。

他にも、王都の外から若くして出稼ぎに来たり、各種の職人に弟子入りしたりする子供も多いのだ。

家族や師匠に叱られた、家族のことを思い出してさみしくなった、兄弟や友達と喧嘩をした――子供が泣く理由など山のようにある。

まあ、自分も友達の言葉に泣いていたわけだが。

「いや……屋台で買ったクレスペッレが、ちょっと辛かっただけだ」

声が上ずっている。きっととても辛かったのだろう。

クレスペッレは、クレープのような小麦粉の衣を少し厚めに焼き、中にいろんな具を入れて四角く包んだものだ。ルチアも時々、屋台へ買いに行く。

よくあるのは細かく切った野菜と肉の炒めもの。他にもエビやタコ、イカ、クラーケンを細切れにして、玉ネギや香草などと炒めたもの、果物を小さく切って、蜂蜜をかけたものなどもある。屋台ごとに中身の配合が違ったり、ソースが違ったりするので、食べていて飽きない。

ルチアの家では仕事が忙しくなると、余り野菜のスープと共に、このクレスペッレが昼食や夕食になることが多い。

「芥子（からし）のつけすぎ？」

「……たぶん」

経験者として尋ねると、少年が小さくうなずくのがわかった。

「じゃあ、次のクレスペッレは芥子（からし）じゃなくて、塩味か、トマトソースで頼まなくっちゃ」

「そうする……」

風に揺れたフードを指先で下げ直した少年は、ためらいがちにルチアに声をかけてきた。

「それで、かわいらしいお嬢様は、どうして泣いていたのか、伺っても？」

かわいらしいお嬢様――ルチアはその響きについ固まる。

過去に一度も呼ばれたことのない響きである。ちょっとこそばゆい。

言うべきかどうか迷ったが、少年が涙の理由を教えてくれたので、自分も素直に答える。

「露草（つゆくさ）みたいって、言われたの」

ぽつりと声にすると、また涙がにじみそうになった。

「露草（つゆくさ）？」

少年が不思議そうに聞き返す。確かにこれだけではわからないだろう。

「近くに住んでいる男の子が、あたしが露草（つゆくさ）みたいだって。見た目が、緑の髪で青い目だし、小さくて地味だから。でも、好きでこんなふうに生まれたわけじゃないもの。大好きな白いレースがついたワンピースも、きれいなリボンも合わないのは、不条理だと思うの」

「不条理……」

『道理に合わなくて、自分で納得いかないことだ』って、父さんが言ってた」

「まあ、世の中はいろいろと不条理なこともあるから……」

小さくつぶやいた少年は、口を押さえ、浅い咳をした。

「露草もかわいい花だと思うが。君がレースのついた服が好きなら、着ればいいじゃないか」

「あたしには、きっと似合わないもの……」

己の着飾った姿を想像し、ルチアは声を小さくする。鼻の奥がまたツンとしそうだった。

そんな自分に、少年が少しだけ声を大きくした。

「君なら、『青空花』の花の方が似合う」

「『青空花』？」

見たことも聞いたこともない花の名に、首を傾げて尋ねた。

「青空のような空色の花だ。東街道の先に、一面に空色の花の咲く場所がある。見渡す限り、地面を青空にしたかのように花が咲く。背丈は低いけれど、最高にきれいな花だ」

少年はひどくなつかしげな声で言った。

青空花。

その名の花が咲き誇る、地面を青空にしたかのような場所——ルチアには想像できない光景だ。

王都暮らしでは、大きな花壇や庭を見ることはあっても、見渡す限りの花畑を見たことはない。ましてや、空色の花の群生など、想像したこともなかった。

「似合わないと言って、ここであきらめたら、ずっと着られないじゃないか。人のことなんか気にするな。本当に好きなら着てしまえ。君はレースもリボンも、きっと似合う」

少年の声が、胸に反響するように聞こえた。

確かに自分は、何もしないうちに、あきらめていた。

着る前から似合わないと、ただぐじぐじと残念がっていた自分に、その言葉はひどく刺さる。

目の前に大好きなかわいい服があるのに、髪に付けたいきれいなリボンがあるのに、自分はずっと袖を通せず、手を伸ばすことができなかった。

人の目が気になった。

笑われるのが怖かった。

似合わないと馬鹿にされるのが嫌だった。

でも、このままあきらめて、大好きな服もレースもリボンも、この手にはできず、ずっと遠目でうらやましがって見ているだけ――

こんなぐじぐじした意気地なしの自分でいるのは、もう嫌だ。

「本当に、『青空花（ネモフィラ）』みたい？　レースもリボンも似合うと思う？」

「ああ。俺が保証人になろう」

大きくうなずいた少年のフードがずれ、一瞬だけ、夕焼けの光を宿した切れ長の目があらわになる。

ルチアは、ひどくどきりとした。

青空花（ネモフィラ）がどんな花かはわからない。

でも、この瞬間、そんな花のような人になりたいと思った。

少しだけ黙り込んだ二人の前、路上をいくつもの小さな影が横切り、烏達がそろって鳴いた。夕焼けは一段赤さを落としている。巣に帰る頃合いなのだろう。

「そろそろ暗くなるな。通りまで送ろう」

そう言った少年は、ゆっくり立ち上がる。

兄よりも背は高く、ルチアは思いきり見上げる形になった。それを気にしたのか、彼はそっと手のひらを自分に向ける。

「お手をどうぞ、お嬢様」

「あ、あの、近くなので大丈夫です！」

「では、お家の近くまで、お送り致します」

これはもしや、祖母と母の話でしか聞いたことしかない、淑女のエスコートなるものではないだろうか？

「あ、ありがとう、ございます」

ルチアは差し出された手のひらに恐る恐る自分の指を重ね、ぎくしゃくと歩き出した。

夕日に影が一番長く伸びる時間、彼は自分の歩幅に合わせてゆっくりと歩んでくれる。

ルチアの周囲には、年上でもこんな礼儀正しい少年はいなかった。

すぐに家の前に着いてしまったのが、ちょっと残念に思えた。

「ここで本当に大丈夫だな？」

「うん、ありがとう。ええと――」

少年に確認され、その名を聞いていなかったことにようやく気づく。

初めてのエスコートに緊張しまくっていたルチアは、沈みきろうとする夕日を目に、思わず叫ぶ。

「またね、夕焼けのお兄ちゃん！」

「……夕焼けの、お兄ちゃん……」

あはは、と初めて声をあげて笑った彼の口元を、夕日が淡く照らす。

その薄い唇が、とてもきれいな弧を描いた。

「またお目にかかりましょう。青空花（ネモフィラ）のお嬢様」

少年は右手を左肩に当てた優雅な所作で挨拶をし、夕日が消えかかる街並みに消えていった。

ルチアはその背を、見えなくなるまで見送った。


夢を見たような想（おも）いで赤いレンガ造りの家に入ると、玄関に四歳上の兄がいた。

「お帰り、ルチア。よかった、ちょうど迎えに行くところだったんだ。もうすぐ夕飯だぞ」

「お兄ちゃん、図鑑見せて！」

「え、図鑑？　植物図鑑のことか？」

ルチアと同じ濃い青の目を丸くして、兄、マッシモが聞き返す。

兄は草木染めが好きで、お高い植物図鑑を持っているのだ。

厚くて上質な紙の一枚一枚が、版画で線を刷ったものに手で色付けしてある高級な本だ。庶民にはなかなか手が出ない。

兄が気合いを入れまくり、半年分のこづかいと家族工房を手伝った給金を、すべてつぎ込んだ宝物である。

ルチアは探している花があるので、すぐに見たいと懇願した。

マッシモは、『触らずに見るだけであれば』と条件付きで了承してくれた。

兄の部屋に入ると、彼が白い布手袋をつけて植物図鑑をケースから取り出すのを、左右に体を揺らしながら待つ。

「で、ルチアは、なんて花を探しているんだ？」

「『青空花（ネモフィラ）』！」

「ああ、それならあるぞ」

兄は索引をたどり、すぐにその花を見つけてくれた。

「ほら、ここ。空色の花で、春に咲くんだ」

開かれたページに載るのは、真ん中が白く、花弁の先端に向かって空色になる、小さな花。

三本ほどが描かれたその画（え）は、確かにかわいくはあるのだが、やはり地味である。

自分に似合うのは、やはり地味な花なのだろう——そう、ルチアが肩を落としかけたとき、マッシモが次の頁（ページ）をめくった。

そこにあったのは、見開き一面の青空花（ネモフィラ）畑と、太陽が輝く青い空。

「きれい！」

「すごい景色だよな……東街道の途中に青空花（ネモフィラ）の群生地があるのか。ええと、『宿場街の近くで有名な観光名所。恋人同士や夫婦で行くのによい』って、まったく、高い図鑑に無駄なことを書かなくてもいいのに……」

いまだ女の子とろくに喋(しゃべ)れない兄が、少々昏(くら)い声になっているが気にしない。

植物図鑑の作り手が青空花(ネモフィラ)を好きなのか、それとも観光名所の宣伝のためかはわからない。

だが、天と地面が美しい空色で描かれたその花の見開きの画は、ルチアの心をとことん晴れやかにさせた。

地味などではない。小さいけれど、とてもかわいくて、とてもきれいな花だ。

今まで見たどんな花よりも好きだと思えた。

「青空花(ネモフィラ)の花言葉は、『可憐(かれん)』『成功する』か。ずいぶん方向性が違うのが並んでるな……」

兄が不思議そうな表情(かお)をしているが、とてもいいではないか。

可憐でかわいいお洋服を着て、成功できるのであれば――そんな素敵なことはない。

自分が望むのは、きっとそれだ。

ルチアが思いきり笑顔になっていると、兄が尋ねてきた。

「そういえば、ルチアはなんで急に青空花(ネモフィラ)なんて調べようと思ったんだ？　この辺では咲いてないだろ？」

「君なら青空花(ネモフィラ)の花の方が似合うって言われた！」

「は？」

目を丸くしたマッシモは、図鑑を閉じることなく、続けて尋ねる。

「ルチア。それ、誰に言われた？」

「知らないお兄ちゃん」

「はぁ!?」

この後、ルチアはマッシモに根掘り葉掘り聞かれた上、家族にも知らされ、見知らぬ人と人気（ひとけ）のないところで話すな、夕方に一人でふらつくなと厳重注意を受けた。

その上、今後は一人で路地裏に出入りすることを禁止された。

それでもルチアは、兄を連れて路地裏へ行ったり、路地の近くを何度もうろついたりしてしまったが——あの少年と再会することはなかった。


『ルチアは夢でも見たのではないか？』

家族はこっそりとそう言い合いながら、自分を心配していた。

夢などでは絶対ない。彼は確かにあの場所にいて、ちゃんと自分に教えてくれた。

あの夕焼けの中、青空花（ネモフィラ）が似合うと言われた日から、ルチアは決めたのだ。

自分は自分で決めて、大好きな服を着る。気に入った髪飾りをつける。

誰に何と言われようと、自分が好きなものを好きであり続ける。

『夕焼けのお兄ちゃん』が言っていた通り、誰かのせいにして、あきらめたりしない。

だが、思い出す度にただ一つ、悔やまれることがあった。

「あのお兄ちゃんの名前、聞いておけばよかった……」

# 将来の夢と服飾師

「将来の夢って、何を書けばいいのかしら……」

初等学院に入って数年目、ルチアは渡された乳白色の紙を前にじっと悩んでいた。

オルディネの王都に住む子供の多くが通う初等学院。

子供達は、そこで、国語、算数、理科、歴史、体育、国の法律、基礎魔法などを学ぶ。

オルディネ王国は、高い魔力を持つ者が多く、火や水などの魔石の産出国としても有名だ。よって、初等学院でも魔法に関する授業がある。高い魔力を持つ者はそれを制御する実習授業も必修だ。

魔力の少ないルチアには縁のない話だが。

基礎科目以外は選択式で、教科ごとの試験に合格すれば次の単元に進める方式なので、入学年齢も卒業年齢も幅がある。得意不得意は人によって違うので、当然だろう。

だが、隣国のエリルキアでは、初等学院ならぬ基礎学校というものがあり、一定年齢になると自動的に通うと決まっている——歴史の授業でそう聞いて、ずいぶんと驚いた。

今は国語の時間。目の前にあるのは乳白色の紙。

教室の黒板に書かれた宿題は『将来の夢』。

休み二日をはさんで来週までに書いてくるように言われ、教師を見送ったのが今である。

すでに何を書くか、周囲では生徒達が盛り上がり始めていた。

「なんて書く？」

「大工！　親父の跡を継ぐから」

「俺は冒険者！　お前は？」

「船乗りって書きたいけど、長男で家を継がなきゃいけないから、靴職人かなぁ、やっぱり」

「将来の夢だもん、船乗りって書いちゃえよ！」

「でも親父とお袋に見られたら落ち込まれそうでさ……」

子供達の将来の夢は多岐にわたる。

騎士、魔導師、王都の衛兵、冒険者あたりは鉄板の人気である。

国のあちこちに出る魔物と戦う魔物討伐部隊も人気だが、王国騎士団に入らねばなれぬため、庶民にはちょっと遠い夢だ。

最近、人気が出てきたのは船乗りだ。東ノ国（あずまのくに）から大きな船が港に来た影響かもしれない。他国に行ってみたいという子も多くなった。他にも、家業を継ぐ、各種職人、料理人、農業、牧畜など、教室内からは様々な職種が聞こえてくる。

だが、夢がある話ばかりではない。

斜め前の机では、子爵家の息子同士が大変しぶい顔を寄せて話をしている。

「夢も何も、もう決まっているからな。高等学院の文官科に行ってから、領地に帰って家を継ぐだけだ」

「領地を豊かにするのが夢とでも書くか？」

「いいかもしれんな。お前は実家に帰るのか？」

「いや、家は兄が継ぐから戻らない。兄は第二夫人の子だから、俺が戻ることで勘違いされたくないからな。高等学院の騎士科に行ってから、騎士団に入れればと思っている。だめなら国境警備兵に志願かな」

彼らは貴族の子息である。普段は他の男の子と同じく、騒いだりなんだりしているが、こういったときは年齢に合った子供らしさがすっぱり抜ける。

「嫁ぎ先が決まっている場合、『お嫁さん』とか『嫁入り』と書くべきなのでしょうか、それとも『相手の家の手伝い』と書くべきなのでしょうか……」

「そこは迷いますわね。私は婿を取る側ですので、何と書いていいものか……『領地経営』では、夢とは違う気もするのですが……」

さらに大人びているのは貴族の少女達である。

一人には幼い頃から許嫁がいるそうだ。ルチアと近い歳だというのに、もはや、別世界である。

初等学院には貴族も庶民もいる。家庭教師が付き、初等学院に入らない貴族もいるが、入れば皆同じ条件で学ぶのだ。

初等学院に入る前は、貴族とはどんなにきらきらしたものかと憧れもあったが、一緒に学んでみれば違った。

貴族は確かに裕福な者が多いが、それは大きな商家の子供と大差ない。多少、わがままな子もいたが、将来の話になると妙に現実的になる。

貴族というのもなかなか大変らしい。

「将来の夢……」

白い紙を手にまだ思い浮かばずにいると、カリカリというリズミカルな音に気づいた。

視線を向ければ、左に座る友が、すでに紙の上半分を埋めていた。

間違いなく、家に帰る前に終わらせる気である。

「将来なりたいものって、ダリヤはもう決まっているわよね？」

「魔導具師！」

間髪入れずに答えが返ってきた。完全に予想通りの回答である。

もっとも、この友人にそれ以外の選択肢があるとは思えないが。

隣の席に座るのは、小さい頃からたまに遊び、初等学院の入学式からずっと一緒の友である、ダリヤ・ロセッティだ。赤髪に緑の目で、ルチアより少し背が高い。

魔導具師とは、魔石や魔物素材などを使って、いろいろな効果を持つ道具を作る仕事である。ここオルディネ王国では、魔力持ちがなる一般的な職業だ。

このダリヤは、魔導具が大変に好きである。祖父も父も魔導具師だからか、ルチアが最初に会った五歳のときには、もう魔導具に夢中だった。

父親の作業場の傍らに、すでにダリヤ専用の作業スペースまであったのだ。本だけではなく、魔石に魔物素材までそろっていた。

この国は火や水の魔力を込めた魔石を、魔導具の動力として使う。だが、火の魔石には火力があり、火傷（やけど）の心配もある。火だけでなく小さな子供が水の魔石に悪戯（いたずら）をし、溺れた事故もあるのだ。

そんな危険もあるというのに、ダリヤの父はたくさんの素材を彼女に与えていた。

今思うと、幼児に対して完全におかしいが――結果が今のダリヤなので正解なのかもしれない。

ちなみに、そのダリヤは宿題や課題をできるかぎり学校で終わらせて帰る。家に帰ったら父から魔導具のことを教わるためだ。

ダリヤの身体の半分、じつは魔導具が詰まっていると言われても驚かない自信がある。

「じゃあ、高等学院は魔導具科？　ダリヤは成績がいいから、魔導科も受けられるんじゃないの？」

「受けないわ。魔導具科だけ。落ちたらもう一回受けるから」

オルディネ高等学院で人気があるのは、魔導科、騎士科、文官科。

魔導具科はその一段下になると言われているのだが、彼女は気にしないらしい。

中には、魔導科に入って魔導具師になる者もいるのだが、その選択肢はないようだ。

将来なりたいもので、ダリヤから魔導具師以外の単語を聞いたことがないので、当然かもしれないが。

「ルチアは決まってる？」

「やっぱり縫い子かな。それか家の工房の手伝いで、手袋と靴下を作るようになるかも。それで、お金を貯めて、自分用のかわいいお洋服を作ろうと思ってるの」

そう答えると、ダリヤが紙に滑らせていた炭芯の筆を止め、不思議そうに尋ねてきた。

「ルチアは、お洋服をデザインして売る人にはならないの？」

その発想はなかった。

「洋服をデザインするのは――あれは服飾の学校に行くか、服飾工房の弟子になって何年も修業しなきゃいけないから……」

洋服をデザインし、ゼロから制作するのは『服飾師』という仕事だ。

楽しそうだとは思ったが、とても大変だと聞いている。

服飾師は、服をゼロから作り出し、形にする仕事である。どんな形でどんな色にするか、何の布を使うかを決めるので、布にも糸にも詳しくなければいけない。

服の作り方を一から十まですべて知らなくては作れないのだ。なかなか大変な仕事である。

それに、服飾の学校に行くにはそれなりにお金がかかる。かといって、服飾工房の弟子になるには紹介がいるだろうし、基本住み込みだ。初等学院を卒業したら、家から出なくてはいけなくなる。

ファーノ工房では子供といえど、ルチアも戦力の一人である。いなくなったら困るだろう。

考えれば考えるほど、難しく思えてくる。

「ねえ、ルチア、自分でデザインして、自分で作ったら、駄目なの？」

澄んだ緑の目が、じっとこちらを見た。

「ええと……いつか古着かお手頃の服を買って、そこにリボンやレースを付けて、かわいい服に作り変えていこうと思ってはいるけど、何もないところから作るのは難しいわ。服の作り方ってよくわからないし」

「どうして？　ルチアは画(え)を描くのもお裁縫もとっても上手じゃない。勉強したら、きっと自分でかわいいお洋服が作れるようになると思うわ」

ダリヤに信じきった顔で言われると、もしやできるのではないかと思えてくるから不思議である。

自分でデザインして、自分で作る服——胸がうずうずした。

「できると、思う？」

「うん。これを書き終えたら、図書館に服の本を借りに行かない？」

「そうね、ありがとう、ダリヤ！」

その五分後、ダリヤは『将来の夢は魔導具師』と記した作文を書き上げた。

図書館へ行く前に、教師に提出していたが、早さにとても驚かれた。

そうして、二人で手をつないで図書館へ行った。

ダリヤが司書と共に借り切れぬほどに多く本を見つけてくれたので、書名を必死にメモした。

その日から、ルチアは服飾関係に関する本をせっせと借りて読んだ。

学院の図書館から借りられる本は一回二冊で紙の本だけ。羊皮紙でできたお高い本は、図書館内で読むしかない。自然、図書館にいる時間が増えた。

ダリヤが時々付き合ってくれたが、途中からはほとんど一人で読み、メモをとって学んだ。

服飾師の学校に行かなくても、服飾師にはなれること。服飾工房は王都に多くあること。

服づくりも、いくつも工程はあるが、一つ一つを覚えればけして難しくはない——そう思えて、ルチアは目の前が明るくなった。

たくさんの布と糸の素材、国と地域によって違う装い、服の基本的な作り方、すでにある服の補正——本は自分に様々なことを教えてくれた。

オルディネ王国のあちこちで出てくる、怖い魔物。魔物討伐部隊や冒険者が倒すそれが、布や糸の付与素材に使われることには驚いた。

また、魔力を持つ昆虫、魔蚕は絹より丈夫な魔糸を吐くこと、飼い慣らされた魔物である魔羊の毛は、とても暖かな布になることも知った。

家の工房でもたまに特殊な布を見ることはあったが、なんの魔物から、どんなふうに採るのか、性質がどうなのかを知るのは、とても興味深かった。

　一番ルチアをうっとりさせたのは、ドレスづくりの解説だった。

　ただの一枚布が、ハサミと糸で美しい洋服に変わる。それは羽化する蝶（ちょう）を見るようで……

　もしかしたら、かわいいお洋服やきれいなお洋服を、思うがままにこの手で作る仕事ができるかもしれない――ルチアは一人で本屋に行き、初めて型紙のついた服の本を買った。

　おこづかい半年分の金額のそれは、ルチアの大事な宝物となった。


　そんなある日、家の工房でひたすらに糸車で糸を巻いていると、兄に尋ねられた。

「ルチア、最近、宿題が多くなったか？　わからないところがあるなら聞けよ。友達にでもいいし」

「ううん、多くなってないわ。ちょっと勉強してただけ」

「勉強か……ルチア、あのさ、お前は頭がいいから、ずっと家で靴下と手袋を作っていなくてもいいんだぞ」

「え？」

　いきなりの兄の発言に、その意味が嚙（か）み砕けない。言いづらそうにする姿に考える。

　ここオルディネの成人年齢は十六歳。結婚もその年齢から許される。

　同じ年に入学した貴族の少女は、高等学院を卒業していなくても、十六になった年に結婚が決まっていると言っていた。

　兄は間もなく十五。もしや、気づかぬうちに兄には恋人ができており、成人後すぐ、つまりは一、二年先に結婚したくて、自分がいると邪魔になるとかだろうか？

「お兄ちゃん、もしかしてそれ、あたしに早く嫁に行けってこと？　恋人ができたの？」

「それはまだまだ早いだろ！　あと、どうしてそうなるんだよ！」

兄に真顔で怒られた。気を使ったのになぜだ。

「おっ、兄妹喧嘩（きょうだいげんか）か〜、久しぶりだな」

外から箱に入った糸を運んできた父が、自分達の様子を見て、楽しげに言った。

「違うよ！　父さんからもルチアに言ってくれよ。そんなに早く嫁に行かなくていいって」

「ちょ、ま、ルチア、そんな男がいるのか？　いや、待て、よくよく考えるんだ！」

「よくよく考えるのはそっちよ！」

ルチアは久々に大声を出した。

結果として、その後にルチアは服飾師を目指したいと思っていること、その勉強をしていること、それで帰りが遅くなっていること、自分で型紙付きのお高い本を買ったことまで、あらいざらい話すことになった。

兄はそういうことかと驚いていたが、父は口をつぐんだままである。

「勉強って、そっちだったのか……」

「何の勉強だと思ったの、兄さん？」

「国語とか算数とか、高等学院向け。ルチアは俺より頭がいいから、高等学院に入って文官科とかに入ったら、ギルドとか役所なんかに勤められるんじゃないかと思ったんだ」

ルチアはそういった方面に進みたいとは思わないし、高等学院に行くつもりもない。兄がそんなことを言うのが意外だった。

「考えたこともないわ。それに兄さんとあたしの成績は同じぐらいじゃない。あたしは算数がちょっと得意だけど、理科は兄さんの方がずっとよかったもの」

「そのさ……うちは手袋と靴下を作っているが、数が出ないと思いきり儲かるってことはないだろ？　貴族用の利幅の大きな手袋の注文がそうそうくるわけじゃないし。ルチアはきれいな服が着たいと言っていたから、そういうものが買えるように、給料のいいところに勤めるか、裕福な家に嫁に行く方がいいんじゃないかと思って……」

「ないわー。礼儀作法に細かいところは向いてないし、きれいな服は着たいけど、自分で作った方が楽しそうだもの」

半ば呆れてそう答えると、父と兄は同時に脱力した。

「兄さんこそ、お嫁さんをもらう予定はないの？」

「お前は女友達すら一人もいない俺に、なんてことを聞くのか……」

「えっ、まだ一人もいないの？」

「うっ……」

見事に傷口に塩を塗り込んでしまったらしい。兄が壁にしくしくと貼り付いた。

これは妹として引き剥がすべきだろうか。そう考え込んでいると、父に名を呼ばれた。

「ルチア、父さんの友達に服飾師がいる。一度仕事場を見せてもらえないか、聞いてみようか？」

「お願い、父さん！」

ルチアは全力の笑顔で答えた。

数日後、ルチアは父と共に南区の奥に来ていた。

このあたりは歓楽街がある。その先をさらに進めば、大人しか入れぬ花街だ。

ルチアはこのあたりには来たことがないので、ちょっと落ち着かなくなった。その上、本日はフード付きマントなどというものまでかぶせられている。

とても前が見づらいのだが、父も似た格好なので素直に従った。

歓楽街に入ってすぐ、灰色のレンガ造りの三階建て——その前で、父は足を止めた。

一階は食堂だ。昼にはまだ間があるが、ぽつぽつと客が食事をしていた。

花街の者なのか、華やかな夜の装いの者、その護衛か冒険者か、襟なしの服で剣を持っている者などがいて、つい身構えてしまう。

だが、ルチアの父は気にも留めずに中に入って店員に挨拶をすると、奥の階段を上り始めた。

二階に進むと、両開きの黒いドアがあった。表面には真鍮（しんちゅう）の大きなプレートがあり、『ジャケッタ』と書かれている。その下には『ドレス＆スーツ』の文字が、オルディネの言葉と隣国エリルキアの文字で刻まれている。あと二つあるが読めない。

「その下はイシュラナの文字で、その下は東ノ国（あずまのくに）の文字だな。たぶん意味は全部『ドレス＆スーツ』で一緒だ」

四カ国語の看板らしい。なんとも幅広い。

父はルチアのフードを外すと、目を合わせて言った。

「ルチア、父さんの友達は――ラニエリは、ちょっと変わった奴だが気にするな。服飾師としての腕は確かだ」

「……うん、わかった」

ちょっと変わった、の意味合いを聞き返そうかと思ったが、やめた。

服飾師としてしっかりしているならそれでいい。質問したいことは山とあるのだ。

ドアの横、飾り板をミニハンマーで三回叩く(たた)と、目の前のドアが勢いよく開いた。

「いらっしゃい、ルーベルト！　そちらがルチアちゃんだね！」

父の名前を呼び捨て、自分をちゃん付けにしながら、黒に銀のピンストライプのドレススーツを着た男性が出てきた。

昼だというのに、黒と銀が目の前で瞬いた。

ピンストライプの上着の下は、艶(つや)やかなサテンの黒いシャツ、タイは白だが、光によって七色を帯びる虹色だ。もしやこれが魔物素材の魔糸かもしれない。

上着の袖口からのぞく袖のカフスは、これまた白い蝶貝(ちょうがい)。こちらは一段鈍い虹色で、片側がハサミ、片側が薔薇(ばら)の形だった。

そして、靴は銀。スーツのピンストライプと同じ色で、紐(ひも)なしである。

男性ながら華やかで、なんともお洒落(しゃれ)で凝った装いに、ルチアの目は釘付(くぎづ)けになってしまった。

「忙しいところ、すまないな、ラニエリ」

父が謝ったが、彼は無言のまま、じっと自分を見た。

そこでようやく、ラニエリに目がいった。

銀の髪は先にいくに従って黒さを増したグラデーション。そして、目は深い黒。

父と同年代とは到底思えぬ、皺もシミもなさげな顔。もしかするとお化粧かもしれないが。

ルチアは慌てて挨拶をする。

「は、はじめまして。ルチア・ファーノと申します。本日はお忙しいところ、お時間を頂きありがとうございます」

今日着てきたのは、持っている服の中では一番質がよく上品な、紺色の半袖ワンピース。母のお下がりだ。それなりに自分に似合っていると思う。

ルチアには少しゆるめなので、ラインは本を参考に補正した。肩と身体に添う部分だけだが。

腰と襟と袖と裾には、白いレースを縫い付けてみた。腰のリボンベルトは紺色を一段濃くしたものを、ウエストラインより少し高いところに付けている。

高い踵の靴は背の伸びが止まるまで母に禁止されているので、ちょっとだけ踵のある青い靴だ。

「ああ、そうか……」

ようやくラニエリと視線が合った――そう思ったとき、彼は自分に笑んだ。

「ラニエリ・ジャケッタだ。お目にかかれてうれしいよ、かわいい『服飾師殿』」

「え、あの、私は学生で……」

「ルーベルト、この子は服飾師になる」

自分を飛び越し、ラニエリは父に言った。

「どうしてそう思う？」

「ドアを開けた瞬間、この子は私の服を見た。色合いと全体のバランス、色合いを確認し、その後でアクセサリーと靴に目を向けた。それからやっと私の顔を見た」

「す、すみません！」

ルチアはようやく自分がしていたことを認識した。

思わず見惚れていたが、初対面の人に対してあまりに失礼だった。

「謝ることはない。服飾師としては当たり前のことだ。まあ、一般人相手にするときには、気づかれない程度に——視線の熱さもほどほどにしておく方がいいかな、特に男性にはね」

彼は自分に再度笑いかけ、話を続ける。

「服飾師がまず最初に目がいくのは服なんだ。それは止めようがないじゃないか。ああ、その服は補正をかけているね。誰に教わったのかな？」

「本を見て、着て、自分で補正しました……」

見よう見まねである。調整して着ては脱ぎ、また調整して着ては脱ぎをくり返した。

「ちょっと後ろを向いてくれるかい？」

言われた通りに背中を向ける。

「これは驚いた。この歳でここまでわかるなら上等だ。説明に遠慮がいらなそうだ」

ラニエリは再び笑い、部屋の中へ招き入れてくれた。

入った先は作業場だった。

それほど広くはないが、四つのテーブルの上に様々な布とレース、そして、ボタンが並んでいた。

赤、白、青、そして黄色。その色合いはまるで花畑のようだった。

「こちらの白いドレス二枚は、結婚のお披露目用だ。揃いにしつつ、ちょっと変える予定なんだ」

その二枚は、まだ仮縫い中らしい。裏返されたそれには、丁寧な糸目が見えた。

デザイン画は、片方が少しタイトでレース付き、もう片方はフリルが多めになっている。

女性同士のご夫婦らしい。オルディネ王国では同性婚もあるので別段珍しくはない。

だが、揃いの白いドレスというのはなんとも素敵だ。実際に着ているところがすごく見たくなる。

「こっちの赤と青のドレスは花街で働く方に頼まれたものだ。酌をしていると酒をこぼされることもあるからね。綿だから水で普通に洗えるんだよ」

「それは便利だな、浄化魔法なしで済む」

父が感心したように言っていた。

絹でも高級なものは、洗濯屋さんで浄化魔法をかけてもらわねばならない。家で普通に洗えるというのは着る側としてありがたいだろう。

四つ目のテーブルの上、開かれたスケッチブックにあるのは、かわいいレモン色のワンピース。

それが横のトルソーに、デザインそのままの服として着せられていた。サイズからして子供用だろうか。リボンにふわふわとした切り替えのスカートラインがとにかくかわいい。

「かわいい！　すごい！　魔法みたい！」

大興奮して声をあげてしまったが、ラニエリはうれしげに笑った。

「ありがとう。でも、魔法じゃないんだよ」

スケッチブックをめくると、型紙のメモと寸法の計算がびっちりと並んでいた。その細かさに目を丸くしていると、テーブルの下の箱から、そのワンピースの型紙を出して見せてくれる。何度修正したのか、追加の紙が厚く貼られていた。

「考えて、デザインして、数値を決めて、型紙を描いて、布を切って、仮縫いして、補正して——途中で間違って、窓から全部投げ出したくなることもしょっちゅうだよ」

「でも、やるんですよね？」

「ああ、どの工程を抜いても、服はできないからね」

「やっぱり魔法みたいです。かわいい画が、そのまま、こんなかわいいワンピースになるんだから」

見た夢をそのまま現実化したようで、とても素敵である。

「そう言ってもらえるとうれしいね。では、次は私の『宝物庫』へご案内しよう」

そのまま部屋の奥へ進むと、壁にかけられたカーテンを開いた。飾りカーテンかと思ったが、そこにあるのはドアだった。

「ここが布と糸の素材の保管庫だ」

中に入ると、窓には厚いカーテンが引かれており、真っ暗だった。

「布は光で退色することがあるからね。窓は換気以外では開けないんだ」

彼がカーテンを開けると、部屋の棚に並んだ大量の布と糸が見えた。色とりどりのそれらは、端に布が縫い付けられており、すべて番号が振られている。

そして部屋の奥、大きな銀の魔封箱も多数見えた。

「布台帳があって、番号で管理している。奥のは魔蚕の布や魔糸だね」

「布台帳はやっぱりあった方がいいだろ、ラニエリ？　昔はよく雪崩を起こしていたからな」

「ルーベルト、それは言わない約束だよ」

ラニエリが半笑いで答えている。こうして聞くとやはり父とは親しい友人らしい。

「父さんは前からジャケッタ様と友達？」

「初等学院の同級生で、入学式当日からの友達だ」

「教室に行くのに迷子になって、大泣きしようとしていたらルーベルトと会ったんだ」

ルチアはちょっとだけ遠い目で思い出す。初等学院の入学式といえば自分も迷子になった——もっとも、父と自分は逆で、迷子になったのはラニエリのようだが。

「俺も迷子で先に泣いてたんで、ラニエリがハンカチを貸してくれた。その後に手を取り合って教室探しをした」

「そうなの……」

父も自分と同じだった。ファーノ家は初等学院の入学式で、教室に行く前に迷子になる習性でもあるのか。帰ったら兄に確かめてみようと思う。

「さて、これが魔蚕の魔糸で織った布だ。こっちは通常の蚕の絹。触れてみるといい」

ラニエリは魔封箱と棚から、一枚ずつ白い布をルチアに見せた。

見た目はとても似ている、糸は細く上質、滑らかで艶があり、高級そうだ。

だが、触れてみて驚いた。蚕の絹はつるつるしてとても気持ちがいい感じで、魔蚕の絹は、ぬめるようにもったりしながらもつるりと滑る、なんとも癖になる感じだ。

「魔蚕の方が、こう、ぬめつるりとしています」

「ぬめつるり！　なるほど、その通りだ！」

ラニエリが上機嫌で笑い出す。

「魔蚕の方が密着性が高いんだ。魔力があるから耐久性もいい。防御のために、貴族のアンダーウェアにも使われやすい。ただし、夏は暑いという欠点があるが——それを言えば、夏は安い麻のざら編みのシャツが一番涼しいよ」

高級品だからいいというわけではないらしい。だが、安い麻のざら編みのシャツは、肌に刺さるような硬さもあるので難しいところである。

「魔蚕の高級品は、本当に丈夫でね」

そう言いながら彼は、その爪で布を強くひっかいた。しかし、破れることはもちろんなく、一瞬見えたまっすぐな線もたちまちに消え、何もわからなくなった。

「魔物素材は丈夫なものが多いけれど、制作も加工も大変なんだ」

言いながら、ラニエリは上着の内側からハサミを取り出した。

刃部分から青銀の光を放つハサミは、ルチアがいつも使っているものとは確実に違う。

「普通のハサミでは刃こぼれしてしまう。これは、刃のところだけミスリルを張ったものなんだ。本当なら丸ごとミスリルの方がいいんだけど、いい馬が買える値段だからね」

ルチアには、そのいい馬の値段がわからない。ただ、お高いことだけが理解できた。

そしてミスリルのハサミで音もなく切られた布は、ハンカチくらいの大きさ。表と裏でその白さがわずかに違い、織りの細かさに目が釘付けになる。

「おみやげだよ。この手触りは覚えておくといい」

ルチアの手に、ぬめつるりとした魔蚕の布が渡された。

「ありがとうございます、ジャケッタ様！」

宝物が増えた、そう思いつつ笑顔で礼を言う。

「どういたしまして。それにしても、『ジャケッタ』と姓で呼ばれると落ち着かないね。『ラニエリさん』でいいよ、『ルチアちゃん』——いや、後輩といえども服飾師に対しては失礼だな、『ルチアさん』」

「『ルチア』でいいです」

ラニエリは服飾師の大先輩である。教わるならば自分のことは呼び捨てでかまわない。

だが、ラニエリは意外な提案をしてきた。

「じゃあ、私も『ラニエリ』でいい。服飾師同士、対等にいこうじゃないか」

「ラニエリ、サービスが過ぎないか？　ルチアは服飾師を目指して勉強を始めたばかりだ。この先はまだわからないじゃないか。他になりたいものが出てくることだってありえるぞ」

父もさすがに驚いたのだろう。尋ねるように言うと、ラニエリは首を横に振る。

そして、その黒い目を猫のように細め、ルチアを見た。

「いいや、この子は服飾師——間違いなく、私と同じ生き物だ」

ひどくどきりとした。

自分はまだ子供で、服飾師の勉強も駆け出しで、刺繍(ししゅう)もきれいにできず、布の扱いもよく知らない。

けれど、大先輩のラニエリは、服飾師として見てくれた。子供扱いも女扱いもしなかった。

ならば、自分ができることは精いっぱい勉強して近づくことだけである。

「がんばります、ラニエリ！」

「そうしてくれ、ルチア！」

出会った初日に名前を呼び合うこととなった二人は、固く握手を交わした。

「……ラニエリ、お前は弟子を取らないと聞いていたと思うが？」

思わず耳が立った。彼の元で学べたらどんなにいいだろう。

だが、子供の自分では仕事の邪魔になりそうだ。それに家の工房もある――そう思って言葉を出せずにいると、ラニエリが口を開いた。

「私は弟子を取れない。それに、弟子を取ったら、私と似た服を作り、私が目指す服を目指すようになってしまうかもしれないだろう？　若いうちほど、誰かの複製になってしまう可能性は否めない。それに、工房によっては、弟子を自分の複製にしようとするものだ。それは知っているだろう、ルーベルト？」

「……まあな」

父が言い淀む。

「それが悪いと言っているんじゃない。先人の轍をそのままたどり、より深く前へ進むのも職人の道だ。けれど、新しい形に目を輝かせるのなら、自分の形が作れる可能性が高い」

「自分の形……」

「ああ、私の複製ができてもつまらないじゃないか。ルチアはルチアの作りたい服を描けばいい。もし、いつか誰かと同じ物が作りたいと思ったら、そのときにその服飾師の弟子を目指せばいいさ」

ラニエリから見せてもらった服は、きれいでかわいかった。

だが、まったく同じものを作り続けたいかと問われれば、今の自分にはわからない。

「デザイン画の描き方から覚えるといい。服づくりでわからぬことがあれば、質問に答えよう。技術は私ではなく、専門家から学ぶべきだ。縫い子はプロ中のプロが家にいるわけだし、取引先にとてもうまい型紙起こし師と裁断師がいるから、必要になったら紹介しよう」

自分の迷いを見透かしたかのように、ラニエリは言った。

「ラニエリ、師匠じゃなく、教師になってくれるわけだな。じゃあ、授業料は何がいい？」

「そうだね……ルーベルト手製の靴下を、毎年一ダースお願いするよ」

「わかった、ついでに黒エール一ダースも付けよう」

「それは大盤振る舞いだね」

「あの、私からも少しは！」

おこづかいと工房の手伝いをしている分で、黒エール数瓶は買える――そう思って言うと、ラニエリは大きく笑った。

「ではルチア、授業料として、いつか私にイカしたスーツを作ってくれ」

「わかりました、きっと作ります！」


その日から、ルチアはラニエリに時折会って学んだ。

父と一緒に彼の工房に行くこともあったし、ラニエリがふらりと家に来ることもあった。父もラニエリも仕事で忙しいので、どうしても時間はまちまちだった。

そして、ラニエリから服づくりを教わっていると言うことは、本人と父から口止めされた。

彼の服飾工房は歓楽街にある。また、花街の者達の服も多く手がけるので、子供のルチアが出入りしていると知られるのは、あまりよろしくないらしい。

そういったことは、まだ初等学院生の自分にも、なんとなくわかった。

ラニエリの工房に行く時、ひどく酔った者とすれ違い、遠くで喧嘩の声を聞いた。毎回フード付きマントをかぶる理由を、ルチアはようやく理解した。

工房に行くのは、いつもいつも待ち遠しかった。

一日も早く、年齢も腕も一人前になりたいと思った。

最初に教わったのは、デザイン画だ。

覚えるのは楽しかったが、そこから服の前と後ろを考え、服として型紙を起こすのは、なかなか難しい。どうやっても着られない服を描いてしまうことも多々あった。

型紙起こし師と裁断師には、ラニエリの工房で会った。二人とも、ラニエリの紹介ということで、親切に基礎を教えてくれた。

なお、縫い物に関しては、祖母と母から教わることが多く、そして細かくなっただけだった。家族の服のボタン付け、繕い、裾上げから始まり、気がつけばスカートが縫えるようになっていた。

一方、初等学院の成績はゆっくりと下がった。

進路指導の教師には心配されたが、ルチアにはなんでもかんでもできるような器用さはない。

初等学院卒業後は家の工房で働きつつ、服飾師を目指すと話した。家族の了承も得ていたので、止められることはなかった。

ただし、服飾師になるならば、算数、そして暗算を鍛えろと教師に言われ、個人的に計算の課題まで渡された。

自身の担当教科だからだろうと突っ込みたかったが、父と兄が編み機の段数計算で苦悩する姿を目に、素直に暗算は鍛えた。後に、これほど役立ったものはなかった。

そして初等学院卒業後は、家の工房で働きつつ、服を作り続けた。

そうして季節をいくつも越える中、ラニエリの工房にいるときに、貴族の使いが来た。

舞踏会のドレスの打診らしかった。しかし、彼は中に招き入れることすらせず、自分には貴族の服が作れる腕はない、そう言って断っていた。

貴族のドレスであれば、売値も高く、よりよい素材が使えるはずだ。ラニエリの服飾師の腕も問題ないだろう。

だが、ラニエリの珍しく少し不機嫌な顔に何も聞けなかった。

帰り道、どうにも気になったルチアは、父に尋ねた。

「ラニエリはあんなにきれいなお洋服を作るのに、どうして受けなかったの？」

「ああ、それはだな……」

父は一度言い淀み、ルチアの目をまっすぐ見た。

「もしかして、お前もいつか、どこかの工房に入るかもしれないから教えておく。昔はあいつも貴族相手に洋服を作っていたんだ。けれど、貴族の不興を買って、服飾工房を辞めさせられた」

「不興？　作ったものが気に入ってもらえなかったの？」

ラニエリの服はとてもきれいでかわいいと思うのだが、趣味の方向が違ったのだろうか。

「いいや、とても気に入られた、それで『お抱え』にしたいと言われたんだ」

「どうしてならなかったの？」

「ラニエリが断った。自分は望んでくれる皆の洋服を作りたいと。貴族にも庶民にも、オルディネ以外の民にも、花街の人達にも、身分も性別もなく、望まれた美しい服を届けたいというのがラニエリの夢だった」

すばらしい夢ではないか。だが、この時点でルチアにも想像はついた。

「お抱えの話を断られた貴族は面白くなかったんだろう。工房に圧力をかけて、ラニエリは首になった。その場で追い出されて——辞めるときに持ち出せたのは、腰袋に入れていた自分のハサミと巻き尺、左手につけた針山だけだったそうだ」

「ひどい……」

あまりにひどい話である。

かわいい服、きれいな服、かっこいい服。素敵な服を着るのに、貴族も庶民もないだろう。

いいや、貴族であればこそ、どうしてそんな了見が狭いことを言うのか。ルチアは憤った。

「服を作ってもらっていた花街の者達があそこの二階と三階を借りて、布屋が布と糸を貸して、俺がアイロンを持ってってって、他の友達は食料を持ってって……あそこはほとんど借り物で始めたんだ。それが今は全部、あいつのものだ。すごい男だろう？」

「うん、すごい人だと思う！」

ルチアは心からそう答えた。そしてもう一つ、どうにも気にかかっていたことを口にする。

「それに、ラニエリって服飾だけじゃなく、美容の面でもすごいと思う」

中年太りには縁のなさそうなすっきりとした身体、艶のある皮膚と髪。皺も本当に少ない。

ぱっと見ただけでは、父母と同世代だというのがどうにも信じられないほどだ。

ルチアが成長するにつれて理解できるようになったが、ラニエリの若さはすごいとしか言いようがない。年齢に完全に抗っている気がする。

「あいつは昔から見た目に全力を注いでいるからな……稼ぎの半分ぐらいは『美容』に使ってると思うぞ。風呂は一時間以上だし、化粧はうまいし。今はとても苦い魔物の粉を飲んでるそうだ」

入浴や化粧はわかるが、そこでなぜ魔物の粉が出てくるのか。

「魔物の粉って、身体に悪くないの？」

「いや、逆に胃薬になるぐらいにいいそうだ、空蝙蝠とか言ってたかな。その肉の粉を飲んだ次の日は、肌と髪が艶々になる。飲み続ければ皺も減るらしい」

「すごいのがあるのね！」

そんなものがあるならば、庶民だろうが貴族だろうが高くても売れるに違いない。

自分も歳を取ったらそういったものを飲めば、若い見た目を維持できるのだろうか？　かわいいお洋服を着続けるために、いつかそれを飲むのもいいかもしれない――そんなことを考えていると、父が大変苦い顔をした。

「試しに一口飲ませてもらったが、あれはない。絶対ない。そもそも食べ物の味ではない。口の中に入った時点でひたすらに苦い」

「そんなにひどいの？　味わわないで一気に飲んでもだめ？」

「一口だけなのに胃から苦さが上がってきて、三日は引かなかった。何を食べても苦かった。ダイエットにはいいかもしれないが……ああ、だからあいつは太らないのか」

おいしい食事は、人生の幸せの一つである。

ルチアは魔物の粉による若返り方法については、きっぱりあきらめることにした。

ルチアが自分でデザインした男物のスーツを仕立てたのは、初めて工房に行ったときから、六年ほど経（た）った頃だ。

「授業料です！」

冬祭りの前日、ラニエリの工房でそう言って彼に見せたのはスーツとセーター。

シングルのスーツは上着は少しだけゆるめの長め。両のポケットは深く、ラニエリが持ち歩く巻き尺もきっちり入る。揃いのトラウザーはやや細身、いつもの銀の靴の高さに合わせ、裾の長さはミリで調整した。

上質な羊毛で、色は一見大人しいムーングレー――わずかに青の入った灰色。

しかし、よく見ると表面にライン状に光沢があり、陽光にぬらりと銀を反射する。

「これは――魔羊を混ぜた生地かい？」

「はい！」

魔布は高いので手が出ないが、魔羊を混ぜて作った生地はルチアの貯金でぎりぎり買えた。とことん吟味し、光沢のきれいなものを選び、水通しをし――縫いはただただ基礎通り、丁寧に行った。

彼は笑顔で上着を持ち上げ――そこで顎（あご）が外れたかのように口を開けた。

「ルチア……」

上着の裏地は黒。左側には洋裁道具が入るいつもの上着と同じ機構、右には彼が使っている小さな板状の算盤(さんばん)も入るポケット。そして、背中には、ハサミ、巻き尺、そして針と糸を画のように刺繍した。夢に出てくるほどがんばった。

これで外から見えぬのだからもったいない、そう思われるかもしれない。でも、これを思いついたとき、これこそラニエリだと確信したのだ。

黒地に光る銀と白の魔糸。それこそは彼の色。裏地の背の模様は、どこをどう見ても服飾師である。

そしてもう一枚。黒い薄手のハイネックセーター、こちらはファーノ工房長作。

上質な羊毛で、基本は編み機だが、アームホールやサイドの調整は手製。ルチアの隣に立つ制作者は、にやにやとラニエリに笑いかけていた。

「ちょっと着替えてくるよ」

そう言って、工房隣の宝物庫――布と糸の部屋に行ったラニエリは、やがて満面の笑みで戻ってきた。

「ありがとう、ルチア、ルーベルト！　最高の着心地だ！」

黒いセーターにムーングレーのスーツを着た彼は、とことん格好よかった。

その後、工房の作業机を片付け、ワインで乾杯した。

料理は下の食堂から運んできて、一日早い冬祭りと、ルチアが一人前の服飾師になったことを祝われた。

「ここまで私のことを考えてくれた服は初めてだよ。ルチアはもう大丈夫だ。胸を張って服飾師と名乗っていい。もっとも、この先も長い長い上り坂だがね」

褒められつつも、もっとがんばれと言われる、当然の結果だった。

着てもらったことではっきりわかる。

ルチアが作った服は確かにそれなりのデザインで、凝った作りではある。

だが、ラニエリがいつも着ている、彼が作った服には到底及ばない。

次こそはもっと似合う服をプレゼントしよう——ルチアはそう誓った。

それでも、ラニエリは上機嫌で飲みながら、着やすさと美しさを褒めてくれ、布と糸の話をし、雑談になり——不意に告げた。

「ああ、来月から東ノ国(あずまのくに)に行くよ」

「ラニエリ？」

「旅行ですか？」

突然のことに父と共に聞き返すと、彼は目を糸のようにして笑った。

「あの国の絹、そして刺繍はすばらしい。時間をかけて、ゆっくり回りたいと思うんだ」

「ゆっくりって、どれぐらいですか？」

「一年か、三年か——この際だから、イシュラナとエリルキアも見てきたいね。いつか世界を回って、いろいろな服を見るのが夢だったんだ。そろそろ行かないと、私も歳だからね」

「工房はどうするんだ？」

「一度たたんで倉庫かな。二階と三階は下の食堂の人に任せるし、布は布屋に任せるよ」

「ずいぶん急ですね……」

「東ノ国(あずまのくに)へ行く船の切符が、急に取れたんだよ。ああ、トルソーと裁縫道具の一部、あと、布と糸を少し、ルチアにあげよう」

『何もいりません、行かないでください』――そんな言葉が一瞬出そうになった。

だが、ラニエリは、父と同じぐらいの年齢だ。他国へ長旅に出るとしたら、やっぱり早い方がいいだろう。

「出発の日を教えてください。港へ見送りに行きますから」

「嫌だよ、ルチア。きっと泣くから」

「泣きません！」

今、すでに泣きそうになっているけれど、それは酔っているからである。

グラスに少しだけある赤ワインを一気飲みし、ルチアは声大きく言う。

「絶対、笑ってお見送りします！」

「ルチア……」

ラニエリはその黒い目で自分をじっと見て、少し困った顔をし――その後にいつものように艶やかに微笑(ほほえ)んだ。

「泣くのは私だよ」

結局、ルチアはラニエリが東ノ国(あずまのくに)へ行くのを見送れなかった。ファーノ工房にたまたま大量発注が入り、忙しい時期と重なったためである。

「父さん。ラニエリ、手紙くれるかしら？」

「……あいつはすごく筆無精だぞ。俺は会ってから一度も手紙をもらったことがないからな」

靴下編み機を見つめながら、父は長くため息をついた。

そして、無事に旅立ったことを知らせるかのように、ルチア宛てにたくさんの荷物が届いた。

ラニエリの工房で見慣れたトルソー、裁縫箱、そして、ちょうど部屋に収まるぐらいのタンス、その中いっぱいに入れられた布と糸。

数年は会えなくなるのだ。せめて短い手紙か、カードの一枚ぐらいは入っていないものか、ルチアはそう思って片っ端から確認し、紺革の裁縫箱を開けて固まった。

刃だけがミスリル張りの、青銀のハサミ。

ラニエリの上着の内側にいつもあったそれをつかむと、ぽろりと涙がこぼれた。

だが、それをいつかもらった魔蚕の白布――今はとっておきのハンカチにしたそれで拭い、ルチアは誓った。

「ラニエリが帰ってきたら、三つ揃えのイケてるスーツを作ってプレゼントするわ。もっと似合う、素敵なのを……！」

そして彼に、長い長い上り坂を上ってきたのかと驚かせるのだ。


それからのルチアは、家の工房のほか、他所で働く機会を増やした。

理由はお金である。

ファーノ工房で作るのは、靴下と手袋がメインだ。たまにベストやセーターなどもあるが、基本、単価はそれほど高くなく、利益もそれ相応である。

一家が食べていくのにはまったく困らないが、ルチアには、欲しいものが生まれていた。

ラニエリの工房は毎回違う服が置かれ、いつも素敵だった。

服飾通りの店のショーウィンドウは、見るだけで心が躍った。

いつか、ラニエリのように自分の工房、そして服を売る店も持ちたい——ルチアはそんな夢を持つようになっていた。

そして、かかると思われる金額を概算ながら計算し、道がとてつもなく遠いことも理解した。

だが、あきらめようとは思わなかった。

ラニエリに教わった自分だ。

どんなに長い上り坂でも、止まらずに歩んでいけば、いつかきっと手が届くだろう。


そして、もう一つ。

自分の身の丈には合わない、無理かもしれない——そんなふうに気持ちがふさぎかける度、鮮やかに思い出す声がある。

『似合わないと言って、ここであきらめたら、ずっと着られないじゃないか。人のことなんか気にするな。本当に好きなら着てしまえ。君はレースもリボンも、きっと似合う』

夕焼けのお兄ちゃん——路地裏の少年が言った言葉。

自分はもう、あの日に泣いていた露草(つゆくさ)ではない。

好きなリボンを髪に、レースの付いた服を着て、好きな道を進んでいる、青空花(ネモフィラ)だ。

ルチアはもう、あきらめるつもりはなかった。

# 服飾ギルド長とワイバーン

ラニエリのハサミを持って三年が過ぎた。

ルチアは陽光の下、本日納品の靴下を検品していた。窓から見えるのは雲一つない青空である。

『青空からワイバーン』――それは、オルディネ王国の諺の一つだ。

あまりに突然のことで、まるで予想がつかないという意味である。

そして本日、真っ青な空から、巨大なワイバーンが、ファーノ工房の玄関前に降り立った。

「急なことで誠に申し訳ありません。服飾ギルド長のフォルトゥナート・ルイーニの使いの者です。ファーノ工房長にお取り次ぎをお願いしたく……」

先触れらしい男性が丁寧な挨拶をしている途中、応対していた父親がぐらりと壁に寄りかかり、そのまま座り込んだ。

もしや急な病か、そう家族一同が心配して駆け寄ったが、正しい理由はすぐに知れた。

「ファーノ工房長！　大丈夫ですか？　医者を連れてきますか、それとも、今すぐ馬車で神殿に――」

男性のすぐ後ろから、父を心配する声が響いた。

そこには、まぶしい金髪と海を思わせる深い青の目を持つ、長身瘦躯の美丈夫がいた。

間違えようがない、服飾ギルド長のフォルトゥナート・ルイーニ、本人である。

ルチアの家であるファーノ工房では、靴下や手袋を作っている。

当然、服飾ギルドとも取引はあるし、仕入れや販売でもお世話になっている。

しかし、その一番上に立つ服飾ギルド長、加えて貴族、ルイーニ子爵家当主である。

直接話すことなどまずない。用があったところで日時をあちらが決め、父が呼び出されるのが普通だ。ファーノ工房に用事があるにしても、貴族は通常、先触れが来てから別日に本人が来るものだ。

ドアを開けたらいきなり巨大なワイバーンがいたようなものである。気の弱い父にはきつかったのだろう。

「すみません！　うちの人は驚いて目を回しただけです」

母が深く頭を下げて謝っている。

祖父と兄は立ち上がってはいるが、視線を落とし、その場において全力で気配を消している。

ルチアは母と共に父をひきずって、工房の椅子になんとか座らせた。一応、本当に病気ではないか、心臓は大丈夫かと確認したが、驚いただけだというのでほっとした。

「先触れもなく、失礼致しました」

「いいえ、とんでもありません。狭くて申し訳ありませんが、よろしければ中へどうぞ」

そうして入ってきた服飾ギルド長に、ルチアは思わず見惚(みと)れそうになる。さすがに失礼にあたるので凝視したりはしないが。

フォルトゥナートが着ているのは、夏向け素材の灰銀のスーツに、白のサマーシルクのシャツだ。

スーツの素材はその艶(つや)からして魔糸(まいと)、おそらくは魔蚕(まかいこ)による魔絹(まけん)。近づけばわかるが総織込で、布を作る段階から三色の糸を使った贅沢(ぜいたく)な仕様だ。スーツのズボンは裾までストレートと見せかけて、わずかに裾を絞っている。それが若々しさとスタイルの良さを一段上げていた。

上着のポケットから指一本分のぞくのは、手袋ではなく、その青い目と似た艶やかな青のチーフ。

背が高いというのに、さらに上半身に視線がいく、絶妙なポイントである。

その上、馬革であろう靴は黒と見せかけて黒に近い濃灰。夏らしく重さを一段減らした色味できれいにまとまっていた。

この場でなければ、スケッチブックを引っ張り出して上から下までメモを残したい、それほどに見事な装いである。

さすが、服飾ギルド長！　ルチアは内心で思いきり褒め称(たた)えた。

そして、その後にようやくその顔を見る。

無駄のないすっきりとした輪郭、明るい海を思わせる目に濁りはなく、肌は滑らかだ。

艶やかでよく手入れされた金髪を後ろに流し、黒色の細いリボン——こちらもおそらくは魔糸だろう——で、きりりとまとめている。

二十代後半から三十——そうは見えるものの、話に聞く限りは三十五、六の働き盛りのはずである。これは貴族の手入れの差なのかもしれない。美人の奥様がいることでも有名である。

美しくてお洒落(しゃれ)な大人の男性——表現としては、それが一番しっくりくる。

そのままマネキンとして店頭に立っていてもおかしくない顔と体型だ。

ルチアは己の身長その他を振り返り、ちょっとだけ不条理を感じてしまったが、それは仕方がないだろう。

それにしても、本人に合ったお洒落な装いをしている者を見るのは、男女にかかわらず楽しく、勉強になる。

なお、服飾ギルド長である彼には、男女問わず服飾関係者のファンが多い。

その整った見た目と着こなしもあろうが、一番は、フォルトゥナート・ルイーニ本人が、有能な服飾師だからだと言われている。

今、間近でそれをよくよく確認できた気がした。

その彼が、工房の古ぼけたソファーに座り、口を開いた。

「急なことになりますが、魔導具師のダリヤ・ロセッティ殿が開発し、こちらの工房で試作をなさったという、『五本指靴下』について、制作と販路のためにお話をしたいと思いまして……」

「ダリヤ……」

赤髪緑目の友人を思い出し、ルチアは納得したくないが理解した。

ダリヤ・ロセッティ――若いが腕のいい魔導具師で、魔石やスライムなどの魔物素材を使用し、様々な魔導具を作っている。給湯器やドライヤーなど、生活で使うものがほとんどだ。

彼女は制作だけではなく開発も得意で、ちょっと前には、水を弾く防水布を開発していた。

それからは、ルチアがレインコートやレインマントを作り、一緒に仕事をすることも多くある。今も、かわいい模様付きのレインコート向け防水布を頼んでいるところだ。

ダリヤと初めて出会ったのは、まだ言葉もおぼつかない頃である。

ルチアの母方の祖母は西区に住んでいた。家の工房が忙しいときはそこに預けられるのだが、祖母はよく近所の子に声をかけ、家で遊ばせてくれた。

一番遊ぶことの多かったのが、ダリヤとイルマである。ダリヤは自分より半年ちょっと上、イルマは何歳か上だった。

三人とも気が合い、初等学院を卒業してからも時々会っている仲である。

特に、ダリヤとは初等学院の入学が同時だったのもあり、共に学び、共に遊び、卒業後も一緒に出かけたりしている。彼女の家である緑の塔にも泊まったし、ルチアの家に泊まりに来たりして、夜通し話したこともあった。

フォルトゥナートが、ダリヤの名を出してもおかしいとは思わない。

すでに亡くなっているが、ダリヤの父が男爵で魔導具師であること、そしてダリヤが有能な魔導具師であること、そしてもう一つ、彼女の性質というか、体質である。

彼女の巻き込まれ体質、いや、巻き込み体質は、今に始まったことではない。

初等学院の入学式では、迷子で半泣きの自分と大泣きしている男子生徒を拾い、その後にもう二人を先導して教室に連れていくお姉さんぶりだった。

後に本人もじつは迷っていたと聞いて笑うに笑えなかったが。

講堂から教室までの経路がわかりづらい、入学式では案内を掲示してほしい、次の新入生が迷ったらかわいそうだ――そうこそりと願った彼女に、担任は笑って聞き取りを始め、やがて深くうなずいた。

翌月、規定位置に、各階案内板と経路図が設置された。

迷子になる子供はもちろん、各業者、先生方までもわかりやすくなったと喜んでいた。

体育の授業では、かけっこで横の生徒にぶつかられ、顔面から転び、医務室で治癒魔法をかけられることになった。

だが、ダリヤは顔から血を流しているのに、自分は軽傷だから後でいい、あの子の話を聞いてあげてくださいと、膝をすりむいてぐずぐず泣く生徒に順番を譲った。

医務室の教員はいたく感心していた。貴族位の親を持つ生徒は、えてして『自分の治療を先に』、女子生徒であれば、『顔なので早く治して』と言うこともおかしくないからだ。

そして、膝をすりむいて泣く生徒が偶然を装ったいじめにあっていることを聞き出し、その対応に当たっていた。

その後、その教員は助け合いの大切さを説くようになり、医務室は生徒の悩みも聞いてくれる場となっていった。

ただし、ダリヤに付き添ったルチアは知っている。

彼女は確かに自分のことより泣いている生徒を気遣った。しかし、その目は棚のポーションと薬草の入った瓶に向けられており、順番がくるまで興味津々に眺めていたことを。

また、ダリヤが初めて遅刻をしたときには、迷子の幼子を家に送り届けていた。

衛兵に任せようとしたが大泣きされたので、身振り手振りで家を聞きながら、一緒に家まで送ったのだという。当日は大事な試験があったのに、だ。

なお、ダリヤは幼子を家に送り届けてすぐ、名乗らず学校に戻ったため、幼子の両親が、初等学院の制服を頼りにお礼にやってきた。

その幼子の父は外交官。母子は共に隣国から来たばかりで、言葉が通じなかったらしい。迷子になった方も探す方も大変だったと聞いた。

結果、いたく感動したご夫婦が『オルディネの学生は大変に親切だ』と、絶賛して帰ったという。

その話が広がったせいかどうかはわからぬが、翌年、隣国からの留学生が大幅に増えた。

なお、ダリヤは試験の受け直しができることに安堵したものの、一夜漬けの記憶が流れ去ってしまったと半泣きで、学院長に褒められたことも右の耳から左の耳に流れていた。

巻き込まれたり巻き込んだりしつつも、誰にでも優しく親切で、時折ちょっとズレている、それがダリヤである。

しかし、もう一つ気になる単語があった。

「『五本指靴下』、ですか？」

フォルトゥナートの言った『五本指靴下』は、ダリヤに頼まれて作ったものだ。

ダリヤの父カルロが夏の革靴を嫌がるので、汗対策にしたいとお願いされた。

靴下なのに五本指に分かれたそれは、まるで履く手袋。ルチアはその形状に笑いながらも、靴下編み機と手袋編み機を併用し、十足ほど仕上げた。

ダリヤはそれに火の魔石を使って魔法を付与し、軽い乾燥機能のついた靴下にするのだと言っていた。

あの靴下を届けた日、ダリヤは悪戯をする前の子供のように楽しげに笑っていた。

残念ながら、その後にカルロが急逝し、履かせられなかったそうだが――それが今になってどうして出てくるのか、そして、どうして服飾ギルド長が工房に来ることになるのか、まるでわからない。

「はい、『五本指靴下』を早期に購入したいというご希望がありまして。急なことで恐縮ですが、そのため、ファーノ工房長に、これから商業ギルドへご一緒して頂けないかとお願いに参った次第です」

「も、申し訳ありません……ちょっと具合が……」

椅子に斜めにもたれる父が、さらに青く、平たくなった気がする。ブルースライム化する父は、動ける気配がまったくない。

母が父を見て目を細めた後、同じ部屋にいる祖父へ声をかけた。

「お義父さん！　この人の代わりに商業ギルドに行ってください」

「え、あ、いや、俺はもう歳でな……老い先短く、物忘れ激しく……」

さっきまで糸巻きを若人の三倍速でびゅんびゅん回していたのは誰だ？　じと目を向けたが、そっと視線をそらされた。

「マッシモ！」

「いや、今日は納品があるし……もうちょっとで糸が届くから、運ぶにも力仕事だし……」

消え入るような声の兄に視線を向けたが、合わせようとしない。

今日の納品は数がないから楽だ、たまには夕食を食べに行かないかという話を、三十分前にしていた記憶があるのだが、思い違いだろうか。

あと、糸が箱で届いたところで、一箱あたりはルチアでも玄関から棚まで運べる重さである。何の問題もないはずだ。

「ルチア」

母の声が静かに自分を呼んだ。その目を見れば、妙に澄んだ青である。

大変に嫌な予感がした。

「今日からファーノ工房の、『副工房長』になりなさい。元々、ルチアがダリヤちゃんの靴下を作ってて、一番詳しいんだから」

「えっ？」

五人家族の工房で副工房長とは何なのだ？　副工房長手当は絶対に出ないだろう。

こういうときに家(うち)の男どもからは、『俺が行く』のかっこいい一言はないのか。

父はまだ起き上がらず、祖父はわざとらしい咳(せき)をし、兄は作業用テーブルに視線をずらして、こちらを見ない。

状況から考えて、拒否権はない。本当に不条理だ。

しかし――ルチアはひらめいた。

作ったのは靴下だが、行く先はなかなか行くことのない商業ギルド。フォルトゥナートが参加するということは、他の貴族が参加する可能性もある。

もしかしたら、普段見ることのない、他国の装いや貴族の装いが見られるかもしれない。

これはすばらしいチャンスではなかろうか。

「ええ、わかったわ！」

そして気づく。今の格好は糸がくっついてもいいワンピースに作業用スモックだ。

このまま商業ギルドに行き、打ち合わせに参加するのは失礼だろう。

「大変申し訳ありません！　身繕いに少々お時間を頂けないでしょうか？」

「もちろんです。お待ちしますので、お急ぎにならないでください」

フォルトゥナートは笑顔で了承してくれた。

ルチアは会釈の後、部屋の中では早足に、廊下からは全力で自室に走った。

自室の白いマネキンが着ているのは、一昨日仕上がったばかりの渾身の一着。

飾り袖の水色のワンピース、襟付きで首元にはワイン色のショートタイ、ふわりとした半袖は水色と淡い黄色で交互切り替え、袖口はリボン風にまとめている。腰のリボンはウエストよりやや高め、スカート丈は膝の出ない長さ——これならば失礼には当たるまい。

その前に作っていた白い薄地の上着、長く薄い肌色の絹靴下、踵のある白いパンプスに、白い手袋。いつも使う大きめの革鞄には、ちょうどスケッチブックと筆記用具、ハンカチ二枚が入っている。

髪を結い直す時間はない。顔は白粉を薄くはたき直し、口紅を塗った。

縫い物と洗い物で少々手が荒れているが、これはどうにもならない。

そうして、ルチアはすぐ工房に戻った。


「お待たせしました！」

家族一同には、『それを着てきたか、ちょうどよかった』と目で言われた気がする。

ここ一ヶ月、試着をしては意見を聞きまくっていたので、当然かもしれない。

気になるのはフォルトゥナートである。

急とはいえ、貴族の方々と同席するのに、この服装でよいのかどうか判断がつかない。

少しばかりの不安を抱きつつ視線を向けると、青い目がちょうど自分を見て——いいや、違う、
これは自分の服だけを見ている、そうわかった。

フォルトゥナートが工房に入ってきたとき、自分がその服を見ていたように、今度は彼が自分の

装いを確認している。青い目に光がゆらりと動いたのが、なんとも気になった。

水色のワンピースのラインはとことん自分に合わせて補正した。

予算の関係上、布はシルクではなく綿とサマーウール。タイの布だけは上質なものを使用しているが、靴は特売品、鞄にいたっては学生向けの使い回しである。現在、貯金に懸命なため、ここまでは予算が回らなかった。

ほんのわずかにうなずき、フォルトゥナートはにっこりと笑った。

その表情からして、とりあえず合格点は頂けたらしい。

「……とても素敵な装いです、ファーノ嬢。では、参りましょう」

立ち上がり、自分に向かって差し出された手のひら——相手は服飾ギルド長、子爵家当主である。相手が庶民でも女性のエスコートは当たり前のことなのかもしれない。

少々慌てたが、幼い頃の赤茶髪の少年によるエスコートを思い出し、初めてのことではないと自分に言い聞かせる。

ルチアは営業向けの笑顔で指を重ねた。


馬車で移動した中央区、商業ギルドは目を引く黒レンガの五階建てだ。

正面の三つのドアは人の流れがせわしない。通り自体、馬車の往来もかなり多い。

ルチアの家は服飾ギルドへの出入りは多いが、商業ギルドに来ることは少ない。ちょっと緊張する。

ちょうどドアから出てきたのは、黒や紺の独特の長衣の男達だ。黒髪の者が多かった。

おそらくは東ノ国（あずまのくに）の者なのだろう。半数以上が長く細い剣を腰に差していた。要人なのか、ずいぶんと護衛が多いらしい。

一歩中に入ると、複数の国の言葉が入り交じり、算盤（そろばん）をはじく音、コインを数える音がにぎやかに連なる。

商業ギルドの一階には他国の者も多かった。

隣国エリルキアかららしく、艶やかな革のベストと揃（そろ）いのブーツを履く男。

その先、砂漠の国イシュラナらしいたっぷりとした砂色の布をまとい、美しい刺繍（ししゅう）のある帯を締める者――失礼になるので視線をゆっくり動かして見るだけにするが、それでもここで一日観賞していられる自信がある。

話がまとまらぬのか、首を横に振る者、それに対して書類を見せる者、商談を終えたのか、笑顔で握手を交わす者達も見えた。

服飾ギルドとはまったく違う、独特の雰囲気である。

「ようこそ、商業ギルドへ。お待ちしておりました。ルイーニ子爵、服飾ギルドの皆様」

出迎えた商業ギルド員に続き、ルチア達は五階へ上がった。

青空しか見えない窓を目に、その高さにちょっとふるりとする。

細かい布目のついたアイボリーの高級壁紙に、明るい灰色の大理石の床、歩くのに踵を取られそうな赤い絨毯（じゅうたん）。

完全に貴族向けの部屋は、商業ギルドの会議室だという。どう見ても豪華客室、貴賓室である。

こんな機会がなければ一生足を踏み入れることのない場所だ。

そして、見たこともない大きさの黒檀のテーブルには、見たこともない面々がそろっていた。

服飾ギルド長のフォルトゥナートの前でさえ緊張するのに、商業ギルドと冒険者ギルドの副ギルド長、どちらも子爵家。各自についた担当者は庶民だが、どう見ても自分が一番若い。

だが、視線を向けた先にすべての原因である友、ダリヤがいたので、つい、声を出さずに『ナンデ？』と聞いてしまった。

彼女はひどく困った顔で、『ワカラナイ』と唇の動きだけで答えてきた。

友の巻き込まれ体質は変わっていなかったらしい。

おそらくは親切か、本人曰く『些細な指摘』を一つして、そこからごろごろと転がり、最終的には雪崩になっての今だろう。

ルチアは潔くあきらめた。いずれダリヤを質問攻めにはしたいと思うが。

冷や汗をたらりとかいているダリヤの横、目が釘付けになりそうな美青年がいた。

黒髪に金の目、整いすぎた面差し——後に名乗りを聞いて納得した。

ヴォルフレード・スカルファロット。

水の魔石の生産で有名なスカルファロット伯爵家、その子息。そして、王都で一、二を争うと言われる美青年である。

なお、ルチアは、服飾師関係者から『一度でいいから取っ換え引っ換え、着せ換えしたい！』と言われてその名を知っていた。

大変納得した。

「お招き頂きありがとうございます、スカルファロット様、ロセッティ商会長。ファーノ工房の副工房長、ルチア・ファーノです」

そう名乗った後の会議は、控えめに言って混沌だった。

ダリヤの考案した五本指靴下と靴の乾燥中敷き、これに対し、王城騎士団、魔物討伐部隊長より、急ぎの依頼が出されたとのこと。

これからどうしていくかを打ち合わせるのかと思ったら、すでに『魔物討伐部隊における、五本指靴下、および乾燥中敷きの導入計画書』が届いていた。

依頼はすでに確定、その数はいずれも三桁、今後も定期継続購入という内容に日眩がした。

これから大ごとになるのではなく、すでに大ごとではないか。

こんなことなら床に倒れていても父を馬車にほうり込むのだった、心からそう思う。

「ファーノ副工房長、あなたの工房をフル稼働させるとして、この靴下の日産はどれぐらいかな?」

『ファーノ副工房長』――フォルトゥナートにそう呼ばれ、ルチアは必死に背筋を正した。

「手作業であれば二十足が限界です」

五本指靴下の制作は靴下編み機と手袋編み機を利用している。

しかし、足の親指と小指部分は手作業で作っている。長さも編み方も手袋とはまるで違うので流用はできない。

説明しつつ、必死に対応策を考える。

手袋の指編み機の方から、足の指用に調整して編めるようにする――これは編み機業者とも相談になるだろうが、その後に靴下の爪先手前までの部分と、指部分、二つを合わせ縫いする――そう、現時点で一番早くできそうな方法を提案した。

フォルトゥナートはすぐその提案を飲んでくれ、明日にでも技術者招集をかけると言ってくれた。場所も人も服飾ギルドで用意してくれるという。

おそらくは自分は最初に五本指靴下について説明するだけで、後は服飾ギルドの役職のある方が引き継いでくれるに違いない。家の工房にもそう負担をかけずに済む――ルチアは気づかれぬように息を吐く。

それでも、強い緊張のせいで、額からこめかみに向かって汗がつうと流れた。

もう一つの中敷きの方は、靴職人と魔導師に依頼が回るらしい。

ルチアは、ようやく固めていた顔を少しだけほどいた。

しかし、緊張感が薄れたのがよくなかったのかもしれない。

「五本指靴下は、やっぱり時間がそれなりにかかるものね……」

商業ギルドの副ギルド長であるジェッダ夫人のため息に、ダリヤが新しい方法を口にした。

「いっそ『布』で靴下を作るのもありかもしれません――ルチア、伸縮率のいい生地……たとえば一角獣（ユニコーン）とか二角獣（バイコーン）入りの生地で、縫い合わせを工夫すればいけないかしら？」

それならば編む必要はない。布の裁断だけで済むではないか。

「それなら縫い合わせだけでいけるかも。ダリヤ、いい案ね！　……あ、すみません」

思わず勢い込んで応じてしまい、口調が崩れ、慌てて謝罪した。

それにしても、一角獣(ユニコーン)も二角獣(バイコーン)も稀少(きしょう)な魔物である。その毛の混じった布は、大変にお高い。五本指靴下などにしていいものか。

結果、そこまでこらえていたであろう冒険者ギルドの担当者から、大変に苦情を申し立てられた。

もっとも、その向きはダリヤだったが――

ダリヤが開発した『防水布』は、ブルースライムの粉を多く必要とする。

防水布は、販売開始直後から、馬車の幌(ほろ)やテントなどに急激に出回った。当然、材料であるブルースライムも大量に必要となった。

ルチアも何度か緑の塔で見かけたが、半透明の青いスライムがしなりと水分を失って大量に干されている様は、どう見ても魔女の家だった。

どうやらあの光景が、冒険者ギルド内でも発生したらしい。

そして、魔物素材を大量に必要とするのは、ダリヤのブルースライムばかりではなかったらしい。

ダリヤの父カルロが開発した給湯器ではクラーケン、ドライヤーでは砂蜥蜴(サンドリザード)。それらを、この担当者自ら獲りに行かざるを得ないほどだったとのこと。

担当者の切実な声に、よほど苦労したのだろうと同情した。

開発も大変だが、その後の材料確保、生産体制を整えるのもまた大変なのだと、つくづく感じた。

ようやく会議がまとまった後、ルチアは化粧室に行ったダリヤを追いかけた。

追いついてその名を呼べば、彼女はちょっとだけ困った表情(かお)で振り返る。だが、そこに心配していた陰りはなかった。

このところ忙しくて、彼女とはなかなか会えなかった。

ダリヤは結婚が決まっていた。だから、新居で落ち着いたら結婚祝いを持っていく――そう約束をしていた。

内緒にしていたが、冬の終わりから母方の祖母の具合が悪く、ルチアは神殿の方に度々付き添っていた。そのまま亡くなってしまったのでばたばたしており、ダリヤと久しぶりに会ったのが今日である。

イルマ経由でダリヤが婚約破棄をされた話を聞き、心配はしていた。

だが、彼女のところへ行く前に、何事もなかったかのように『レインコート用に加工するかわいい布は、緑の塔に送って』と手紙が届いた。

もしかしたら、まだ顔を見て話したくはないのかもしれない、そう思って距離を置いていたが、目の前の彼女からは、婚約を破棄された悲壮感はない。

ダリヤは遠回しに聞かれるのを好まないし、通じにくい。なので、遠慮なく婚約破棄の理由を尋ねた。

「円満な婚約破棄よ」

友はそう答えたが、口角が少し微妙な角度で動いている。表情をごまかすのが下手なのは、学生時代から変わらないらしい。

その後、本音で聞いたところ、別の女と結婚するための婚約破棄だと言われた。

ルチアは元婚約者――トビアス・オルランドの正気を本気で疑った。

ダリヤと同じ魔導具師で、オルランド商会の次男。

ダリヤはかわいく性格良し、頭良し、家事全般うまく、魔導具師としての腕もある。

その彼女を捨てて他の女へ走るなど、愚か者としか思えない。

大体、己の師匠がダリヤの父で、自分は兄弟子ではないか。己の立場はよく考えたのかと、そちらも深い謎だ。

なお、顔はちょっといい。穏やかそうな青年で、ダリヤにけして馬車側を歩かせず、重いものは布の一巻きから自分が持ち、滑る足元まで目を配っていた。

雨の日の商業ギルド前では、傘の位置と閉じるタイミングをダリヤに合わせていた。雨にびしょ濡れにした片方の肩に、なかなかいい人だと思ったのに――とことん見損なった。

次に会ったら挨拶などするものか、そんな子供っぽいことまでも考えてしまった。

だが、目の前のダリヤは元婚約者に対する不満一つ言わず、自分に静かな目を向けていた。

彼女が自分よりひどく年上のように感じられて、ルチアは話題を切り換えた。

目立ったところで、先ほど彼女の隣にいた、スカルファロット伯爵の子息について話を向けてみる。あれほどの美丈夫、かつダリヤは婚約を破棄したばかり、ちょっぴり心配である。

だが、『魔導具関係で協力しあう友人』とあっさり言い切られた。

今のところ、恋愛の向きはないらしい。その顔に恋の熱は感じられなかった。

本当にもう平気なのか、辛くはないか――聞いても自分ができることはそうなく、もっと気の利いたことが言えればいいのに、どうにも言葉が浮かばない。

それどころか彼女は、五本指靴下の制作で、ルチアを巻き込んだのではないかと心配までしてくれた。まったく優しすぎる友である。

「ううん、いい儲け話だからすっごくうれしいわよ」

だからルチアは、元気のよすぎる声で答えた。

「もしかしたら、自分の工房資金も貯まるかもしれないし！　まあ、実現は遠いだろうけど、夢は大きく持とうと思うの」

「がんばってね、ルチア」

ダリヤは緑の目を細め、ようやく柔らかに笑ってくれた。

ルチアの夢――それは服飾工房とお店を一緒にした、洋服工房を持つことだ。そこで、顧客一人一人に合わせた服を作りたいと思っている。

十六歳のとき、この夢をとある服飾工房で話したら、見事に笑われた。

『自分の洋服工房を持ちたいなんて夢物語だ、足元が見えていない』

『店付きなんて、いくらかかると思ってるんだよ。貴族男の支援者でも見つけないと無理だろ？』

『いっそ稼ぎのいい服飾師の男に嫁に行けばいいじゃないか』

店付きの洋服工房は、服を作る素材はもちろんのこと、場所も人員もかなりの金額がかかる。それぐらいはルチアもよく知っている。

多くはどこかの服飾工房に弟子入りし、そこの工房を継いで店に出来上がりの服を卸す。もしくは、貴族や裕福な商人とのつながりを得てから、自分の工房を持ち、オーダーメイドとして受けるのが一般的だ。工房も店も同時に持つというケースは少ない。

だが、すぐに貴族男性の支援者や、嫁入りといった話になるのはなぜなのか。

自分が若い女であること、爵位もない、裕福でもない庶民であること――そんなことは百も承知だ。

服飾師になって洋服工房を持ちたいと思ってから、いろいろと調べ、せっせと貯金もしている。

何より、ひたすらに腕を磨いている。

笑われたことで少々落ち込みはしたが、あのときはダリヤとひたすらにおいしいものを食べて乗りきった。

そして決めた。自分は絶対に人の夢を笑わぬ人になろうと。

あきらめることなく、夢を叶える機会があれば、それを迷いなくつかもうと。

もっとも、店付き洋服工房は預金額的に、はるか先のことになりそうだが。


「工房までお送りしましょう」

商業ギルドからの帰りも、フォルトゥナートが送ってくれることとなった。

服飾ギルドの馬車に乗り込むと、来るときに彼の隣にいた従者が、書類を持って出ていった。

「すみません。彼には急ぎの届け物を頼んだので。商業ギルドから人をお借りしましょう」

「ええと、どうしてでしょうか？」

向かいのフォルトゥナートに謝られる理由がわからない。ルチアは素直に尋ねた。

「未婚女性が、馬車で既婚男性と二人ではご不快かと」

「特に気にしません。むしろ商業ギルドから人を借りるのは、お忙しい時にご迷惑ではないかと思います」

そこまで言い切ると、フォルトゥナートが表情をほどいた。

「お気遣いをありがとうございます、ファーノ嬢」

自分は気遣ってなどおらず、当たり前に思えたことなのだが、これが貴族と庶民との感覚の差なのだろうか。ルチアはそう思いつつ、持っていた鞄を抱え直した。

「ファーノ嬢、今お召しになっているものは、どなたの作かお伺いしてもよろしいでしょうか？」

「自分で作りました」

「とてもお上手ですね。『型』はどちらで？」

ああ、服飾ギルド長も同じか、ルチアは少し残念になった。

誰の作か、そう尋ねて、『型』――デザインと型紙が、どこのものかを確認する。

つまりは、ルチアのオリジナルデザインだとは思わなかったのだろう。

「オリジナルです。デザイン画を描いて、そこから型紙を起こして縫いました」

そう答えると、フォルトゥナートは目を丸くした。図星だったらしい。

「大変失礼しました。ファーノ嬢は服飾学校で学んだのですか？　それとも、お家の工房の他に、どこかへ弟子入りを？」

「いえ、どちらにも行っていません。裁断や補正のやり方は服飾師の方にある程度教えて頂きましたが、デザインは我流です」

「我流……そうですか、その年齢で、大変な努力をなさったのですね」

「いえ、努力というほどでは……楽しかったです」

過剰評価にちょっとだけ照れてしまうと、彼は服の話題を振ってくれた。

「先ほどは、服飾ギルドでも噂（うわさ）の、ヴォルフレード・スカルファロット様がいらっしゃいましたが、どうでしたか？」

その言葉に、ダリヤの隣にいた青年の記憶をたどる。

黒髪に金目、人目をひくほどに整った美貌。長身痩躯で似合う服の幅はとても広そうだ。

騎士服が大変似合っていた。それを考えれば、すぐに浮かぶのは貴族的なスタンダードな黒の燕尾服、そして色付きのドレススーツだが、ここはちょっとひねってみたくなる。

「そうですね、あの騎士服のようにかっちりした感じのもいいですが、もっとラフなものもお似合いになるかと思います。綿で白の一サイズ大きめのシャツに細身の黒のトラウザー、今フォルトゥナート様がお履きになっているような黒灰でウィングチップの靴……あとは、細めの麻糸を使った、生成りのノーカラースーツなどもお似合いになるのではないかと」

「……なるほど、それはヴォルフレード様に似合いそうですね。私も服装の組み合わせをもう少し学ばないといけないようです」

なんということを言うのか、今現在でほぼ完璧ではないか。

「いいえ、フォルトゥナート様は十二分に素敵な装いです！　今の総織込でも重くない灰銀のスーツにサマーシルクがとてもお似合いですし、見せる白の分量が完璧だと思います。ズボンの方も裾をわずかに細くして、夏向けに少しだけ短くしているのもいいですし、靴が黒に近い濃灰で、重すぎないのが絶妙なバランスです。それを見たので、スカルファロット様にも黒灰のウィングチップの靴などが合うかと思い――」

一気に話してしまい、はっとする。

向かいには、その青い目を細め、口元を指で押さえるフォルトゥナートがいた。

本人を前に失礼だったと慌てたが、彼はいい笑顔になった。

「お褒めの言葉をありがとうございます、ファーノ嬢。服飾師として大変うれしく思います。ああ、私のことは『フォルト』と呼んで頂けませんか？　今後、ご一緒に仕事をするわけですし、ちょっと長い名前なので、忙しいときには不便ですから」

「わかりました、フォルト様。私のことも『ルチア』とお呼びください。ファーノと呼ぶと、家族一同でお返事することになりますので」

「そうさせて頂きましょう、ルチア嬢」

『ルチア嬢』——ちくり、思い出がわずかにささくれる。

「あの……フォルト様、できましたら、『嬢』と付けるのはおやめ頂ければと」

「何か、ご不快ですか？」

「不快ではありませんが、服飾ギルド関係の男性が敬称なしであれば、そちらでそろえて頂く方がありがたいです。その——服飾工房によっては、『嬢』と付けると、お手伝いの女性という意味合いになることがありますので」

「これは失礼しました。今までそうとは知らず——」

「いえ、すべての工房がそうだというわけではありませんし、ご存じなくて当然だと思います。服飾ギルドの女性には『嬢』と付けるのが一般的なのでしょうから、どうぞお気になさらないでください」

服飾ギルド長、そして子爵のフォルトが知らずとも、当たり前である。

自分も服飾工房の手伝いに行って初めて知ったのだ。

『ルチア嬢』と呼ばれること自体は嫌ではなかった。その工房にいた人達も親切だった。

だが、そう呼ばれた自分がしたことは、お茶出しと掃除、客の案内だけ。重い糸や布の箱を運ぶこともなく、裁断の大バサミに触れることもなく――二週間、針一本持つことはなかった。

その工房では、女性はあくまで雑用助手、そんな扱いだったのだ。

「では、『ルチア』。改めて、本日は急なお願いを聞いて頂き、感謝致します。無事進んで本当によかった。お疲れ様でした」

「いえ、少しでもお役に立てればうれしく思います」

なんとか山場は乗りきったようだ。

「ここからは忙しくなりますね。魔物討伐部隊が最初の納品先となりますが、そこからは利権が絡むほどの取り合いになるでしょう。もし、ルチアやお家(うち)の工房に横槍(よこやり)を入れるような者があれば、すぐにおっしゃってください。すべて私の方で対処します」

「……あの、本当に、そんなに大変なんでしょうか……？」

ちょっと会議では聞きづらかった。

確かに五本指靴下と乾燥中敷きのセットは、靴の中をさらさらにしてくれる。

しかし、今もいろいろな靴の中敷きがあるし、靴下を履き替えることもできる。靴自体も夏靴と呼ばれる、布製で通気性のいいものが出回っているのだ。

それほど大変だとは思えなかった。

「魔物討伐部隊だけではありませんね。おそらくは王城の騎士、革靴を脱げない文官、貴族、冒険者、高級品を扱う商人――皆が五本指靴下と乾燥中敷きを欲しがるでしょう。ここからは王都すべて、いいえ、いずれ国全体の取引になっていきますよ」

「え？」

話が急に大きくなりすぎて、ルチアは聞き返す。

本当にそんな規模になるのだろうか。あと、そんなに『水虫』になる人は多いのだろうか。純粋に疑問だ。

「あの、『水虫』なんかでそこまで……？」

「『水虫』なんか、ではありませんよ。魔物との勝負でも、騎士の対人戦でも、一瞬気がそがれれば終わってしまいます。それに、騎士だけではなく、文官も商人も皆一緒ですが、人間、『かゆさ』には集中力を持っていかれますから」

フォルトは苦笑しつつ教えてくれる。まるで自分もかかったことがあるかのようだ。

「そうなのですね……」

「ぴんときていないようですが、蚊に複数刺された痛がゆさが四六時中、両足の靴の中にあると想像してください。布の裁断や縫い物が集中してできますか？」

「無理です！」

つい大きな声が出た。そして納得した。それは絶対に集中できない。

あと、フォルトが以前水虫だったことも理解した。

今後、この話題は封印しておく方がよさそうだ。他の人にも絶対に言うまい。

「魔物討伐部隊は遠征で足場の悪いところを移動することも多いので、よりひどいのでしょう。それに騎士の靴に丈夫さはあっても通気性はありません。夏の鍛錬で三日も履けば、臭いもひどいものです。学院の騎士科の靴棚などは、息を止めて横を通るくらいでしたから」

「なるほど……」

確かに、夏場は革でなくても靴の臭いは気になる。

サンダルは涼しげだが、歩けば足の裏はどうしても汗でべたつく。五本指靴下は使わなくても、グリーンスライムの粉を付与した靴の中敷きだけというかたちでも増えそうだ。

「冒険者の靴も通気性より頑丈さを優先させるでしょうし、貴族男性は年中革靴です。高級品を扱う商人で布靴やサンダル履きというのも滅多にないでしょう。庶民でも、あらたまった場では革靴でしょうし」

「仕事用の作業靴の中にも、中敷きだけであればサンダルにも使えますね……ああ、冬のブーツの蒸れにもいいかも……広く使えますね」

今、ルチアは完全に理解した。これは売れるだろう。

「いいものを正しく売れば、流通は必ず増えます。売れば売るだけ広がるでしょう。数さえ間に合えば、いずれ他国にも——」

言葉の終わらぬうち、ヒヒン！　と馬が高く鳴き、馬車が揺れた。

ルチアは咄嗟に背中を馬車の壁に付けたが、鞄は足元に転がり落ちる。

「申し訳ありません！　人が飛び出してきましたのでブレーキを！　ぶつかってはおりません！」

報告に来た御者の説明にほっとした。

王都の中央区では、馬車の事故もたまに見かける。怪我人が出なくてよかった。

「大丈夫ですか、ルチア？」

「はい、なんともありません。あ……」

そして気づいた。鞄の蓋が開き、中身が転がり出ている。

あわてて拾ったが、スケッチブックはフォルトの足元。ページがぱらりと開いていた。

「これは、あなたが……？」

「あ、はい！」

そっと両手で拾い上げた彼が、じっと画を見ている。

飾り袖の付いた水色のワンピース――今、ルチアが着ている服の元画だ。

描いた希望素材はシルク、実際の制作は綿と、微妙に理想と現実の差が痛いが。

「ルチア、失礼なお願いとは思いますが、こちらを見せて頂いても？」

「え、ええと……」

一瞬迷った。自分だけがわかればいいと思っていたので、画も字もかなり汚い。

あと、夕飯のメニューや気に入った屋台などもメモしてあった記憶があり――

「服飾師として流用するような真似は、絶対にしませんので」

フォルトの真摯な声と目に、思わず呼吸を止める。服飾ギルド長相手に、そんな疑いは露ほども持たない。

「いえ、違います！　そんな心配は一切していません！　あの、夕飯のメニューとかも書いてあって見づらいと思いますが、どうぞ！」

あわあわと答えると、彼は真面目な顔で礼を述べてきた。

「ありがとうございます、ルチア。では、失礼して――」

フォルトが最初からページをめくる。

ぱらり、ぱらり。言葉はなく、その青い目がページを追う。

時に目が細められ、口角が上がり、難しい顔になり――しかし、批評の言葉は一つもない。

ルチアは鈍く胃痛を感じた。

これではまるで、初等学院での遅れた宿題提出時、教員室での対面確認ではないか。

落ち着かなさが最高潮となったとき、馬車が止まった。

どうやら、ルチアの家の前に到着したらしい。

「とても美しいですね。それに楽しい――どれも服になるのが楽しみです」

柔らかな笑顔のフォルトから、スケッチブックを返された。

これはきっと、駆け出しのがんばりを、はるか高みから見るベテランの笑みに違いない。

目の前のフォルトをワイバーンとするならば、自分は路地裏にちょろちょろ駆けるチビトカゲのようなものだ。

できることなら、いつか、フォルトのデザインした服を見る機会があればいいのだが――

さすがに本日の疲れで頭がぼうっとして、夢のようなことを考えてしまった。

「一人前の服飾師に対して、見せて頂くばかりでは不公平でしょう。私もデザイン帳を描いておりますので、よろしければ、今度ご覧になりますか？」

「ぜひお願いしますっ！」

一段高い声が出てしまった。

服飾ギルド長であるフォルトのデザイン画である。金貨を積んでも見たい。もっとも、自分が詰めるのは銀貨までだが。

顔がにまにまと笑み崩れるのを必死に抑え、ルチアはスケッチブックを鞄にしまった。

「明日から、服飾ギルドの大部屋に、五本指靴下の仮工房を開きます。なるべく早く専用の建物と倉庫を準備したいと思いますが、まずは制作できる人員を育成しなくてはいけませんから。お願いできますか、ルチア？」

「はい、喜んで！」

フォルトのデザイン帳が頭の中で躍る中、元気よく答える。

服飾ギルドの皆様に説明するには、まずやり方をわかりやすく紙に書いてまとめ、担当者に詳細をお伝えし、職人さんと話し――作り方の理解が得られれば、自分の役目は終わりだろう。

講師役なら少しはお給料もいいかもしれない。魔物素材の魔糸ぐらいなら買えるかもしれない――なんとも心が躍る。

「ルチアは、貴族や富裕層向けの服飾師を目指していますか？　それとも、多くの店に自分の洋服を卸す方をご希望ですか？」

不意の問いかけに、答えに迷った。

『そうできたらいいですが』――そんなふうに当たり障りなく答えれば、笑われることはない。

だが、ここで服飾ギルド長、いや、先輩服飾師相手に自分の気持ちをごまかすのも、違う気がした。

「どちらでもなく――私は、お客様一人一人にお似合いの服を作りたいです」

「そうですか、素敵な希望ですね」

フォルトは笑わなかった。無理だとも他を頼れとも言わず、素敵な希望と言ってくれた。

それが夢見心地になるほどうれしい。

「足元にお気をつけて」

馬車の扉を開け、先に降りたフォルトが自分に手を差し伸べる。

そういえば、貴族は馬車の乗り降りのエスコートもするのだったと思い出し、ルチアは素直に手を重ねた。自分の傷の多い爪が、ちょっとだけ気になる。

だが、差し出された手に目を向ければ、人差し指と親指の先、針を使う者独特のタコが見えた。

彼は縫い物も自分で手がけるらしい。それにちょっと驚き、とても納得した。

服飾ギルド長フォルトゥナート・ルイーニは、間違いなく、服飾師だ。


馬車から降りきったとき、先輩服飾師は大変いい笑顔で言った。

「ルチア、明日から『服飾魔導工房』の指導役――仮(かり)工房長をお願いします」

本日最大のワイバーンが落下してきた瞬間だった。

# 服飾魔導工房

晴れやかな朝、睡眠不足がはっきりとわかる顔を、ルチアはとことん水で冷やした。

昨夜、どうにも眠れず起き上がり、キャミソールの胸元に小さな刺繍（ししゅう）をした。

図案は青空花（ネモフィラ）――ルチアには勇気の出るお守りのようなものである。

服飾ギルドに行く服は昨日と同じ、襟と袖は丁寧に拭いた。

昨日の夕方、服飾ギルド長であるフォルトから、正式な依頼状が父宛てに届いた。

白封筒に金の飾りが描かれたそれは、ファーノ副工房長ルチアの、服飾ギルドへの派遣願い。別の言い方をすれば、『貸し出し』。

初回契約期間は半年。提示された賃金は一ヶ月あたり、ファーノ工房の純利一ヶ月分に近い。破格の待遇である。

ただし、ルチアの役職名は五本指靴下などを制作する仮工房、その『工房長』。

「ルチア、どうしてこうなった……？」

「わかんない」

呆然（ぼうぜん）としつつ、父の問いかけに子供のように答えると、祖父がこくりとうなずいた。

「ルチアはかわいいからのうー」

なぜそれが理由になるのかがわからない。

だが、祖父が自分をかわいいと言ってくれるのは子供の頃からのことなので、ありがたく受け止め、否定はしないことにする。

「ルチア、嫌なら断るわよ」

きっぱりと言ったのは母である。

『これ、断れるのか？』と、後ろで苦悩する父に関しては無視された。

「受けるに決まってるじゃない。工房の窓のところ、雨漏りしてて直したいし、そろそろ糸巻きの機械を新しいのにしたいし、新しい服用の布も買いたいし。それに元々はダリヤからの仕事だもの、成功させたいわ」

「ルチアは、本当に『受けたい』の？」

「ええ、こんな機会は滅多にないもの！」

「わかったわ。困ったことがあったら言いなさい、絶対に一人で抱え込まないこと。いいわね？」

「はい、母さん」

自分が強気に挑戦できるのは、きっとこの家族のおかげだ。

何かあったとき帰れる場所がある、待つ家族がいる、それがとても恵まれていることを、ルチアは知っている。

「ルチア——いきなり嫁に行ったりしないよな？」

なお、斜め上の台詞(せりふ)を吐いた兄には、真横から全力で体当たりしておいた。


そして本日、フォルト本人の迎えで服飾ギルドに行くこととなった。

ご近所さんの驚きの視線を浴びつつ、なぜ服飾ギルド長が迎えに来るのだと問いつめたい思いだった。

しかし、父に会っての挨拶、そして高級果物の詰め合わせ籠(かご)をお見舞いに受け取って納得した。

どうやら、昨日父が玄関先で目を回したのを心配していたらしい。

家族は誰一人心配していなかったため、父はいたく感激していた。

その後に連れてこられた服飾ギルドの三階、奥まった大部屋で、ここが五本指靴下の仮工房となると説明された。

工房にするのがもったいないほどにきれいな部屋——それが第一印象だ。

シミ一つない純白の壁、艶(つや)やかな濃茶の床板、調度も白と濃茶。無駄な色合いがなかった。洋服が大変映えそうな場所である。

ここで本日は顔合わせ、そして、ルチアが五本指靴下の説明をすることになった。

そうして、白い丸テーブルについたのは六人。招集したのは服飾ギルド長であるフォルトである。

「資料は配った通りです。五本指靴下と乾燥中敷きは、服飾ギルド、商業ギルド、冒険者ギルドの連携事業となります。魔導具関係の品でもありますし、わかりやすく、『服飾魔導工房』と名付けることにします」

五人はフォルトの言葉にうなずいたり、じっと資料を眺めたりしながら、続く言葉を待った。

「土地の確保は先ほど行いましたので、ここから至急、工房を建て、倉庫を準備します。こちらでできるかぎり下準備をし、量産体制を早く整えることを目標とします」

土地の確保というのは、普通、一晩でできるものなのか、それとも服飾ギルド・商業ギルド・冒険者ギルドの三ギルド連携事業なので融通が利いたのか、一気に広がっている話に、ちょっとばかり動揺した。

しかし、ここまできて自分が慌てても仕方がない。ルチアは息を整え、背筋を正す。

「『服飾魔導工房』の仮工房長として、ファーノ工房からルチア・ファーノ殿に来て頂きました」

フォルトからの紹介後、立ち上がって挨拶をする。

「ファーノ工房のルチア・ファーノと申します。どうぞよろしくお願いします」

馬車の中でフォルトから教えられたが、服飾ギルド員の役付きから専用スタッフとなるのは二人。魔物素材と服飾小物に詳しい者だという。

黒ともとれる濃い緑の髪に、冴え冴えとした緑目の青年が立ち上がる。

「ダンテ・カッシーニです。魔物素材を担当してきました。以後、お見知りおきを」

薄いオリーブ色のベストとややタイトなズボン、そして細い麻糸で仕立てられたであろうシャツを着ている。足元は艶やかな茶の靴、夏向けで少しくだけた装いだ。

「ダンテには『服飾魔導工房』の副工房長をお願いします。魔物素材、それと付与についても詳しいですから」

フォルトがそう言ったが、ダンテはそれきり口を開かなかった。

その横、長い金髪を持つ美女が、笑みの形に表情筋を整えた。

「服飾小物を担当して参りました、ヘスティア・トノロです。よろしくお願いします」

首回りから豊かな胸元につながるフリル襟の付いた、質のいい白いブラウス。きっちりと絞られたウエストから続く濃紺のロングスカートは、タイトで浅めのバックスリット入り。

そのすばらしいボディスタイルを最大限に活かしつつ、品のある装いだ。

見ているだけで口角が上がりそうになってしまう。

もう、この二人の装いを間近で見るだけでも、本日来た甲斐があったと思える。

続いて、編み機関連の技師が二人、そして、服飾ギルド専属魔導師が挨拶をしてくれた。

編み機関連の技師達はファーノ家の工房によく来ている。いつもは楽に話しているのに、この場では丁寧な言葉で、少々気恥ずかしげな感じの挨拶となった。

服飾ギルド専属魔導師は、専任者というわけではなく、付与で必要なときに予定が合う者が来てくれるそうだ。魔導師は人数が限られている上に貴重なので、当然の形と言えた。

そこからは、五本指靴下と乾燥中敷きをテーブルにのせ、説明に入る。

火の魔石により、軽い乾燥魔法を付与した五本指靴下。

グリーンスライムの粉を乾燥させたものを定着固定した、緑の中敷き。

効果は靴の中の湿度軽減、激しい動きについてくる運動性、そして、足の病――水虫の予防。

その話が出た瞬間、フォルト以外の男性陣が姿勢をわずかに変えた。

全員が革靴、今は夏。詳しくは聞かないでおこうと思う。

ルチアは口頭で説明することよりも、自分が作った五本指靴下を、皆が観察するように眺めているのに緊張した。かなり急いで作ったので、糸のつなぎ目がわずかに粗い。裁縫の腕を疑われたくはないのだが――そう思ってしまう。

説明が終わると、全員に紅茶が配られた。

技師達はすでに編み機の作り替えの方法を考え始めたらしい。紅茶には手もつけず、持ってきた編み機の設計図を確認している。

魔導師は五本指靴下と乾燥中敷きを左手に、時折、右手の人差し指を揺らしている。付与のことを考えているのかもしれない。

「では、ここまでで質問のある方は？」

「一つ、よろしいでしょうか？」

フォルトの問いかけに、魔物素材担当のダンテが手を挙げた。

「どうぞ」

「フォルト様、『ルチア嬢』を、今回の三ギルド合同の事業で、仮とはいえ、工房長にするとおっしゃいましたが、お間違いはありませんね？」

アイスグリーンの目を細め、わざと『ルチア嬢』と呼んだ男に、皮肉の棘を感じる。

だが、ルチアは少し残念ではあったが、腹立ちはなかった。

オルディネの成人年齢は十六。

ルチアはまもなく二十二になるが、ダンテから見たら、ぽっと出の小娘である。

その上、名のある服飾工房で働いたわけでも、貴族位があるわけでもない。

一時的とはいえ、なぜこんな大役を小娘にさせるのかと思われるのは当然だろうし、少々態度に難があろうと仕方がない。

「ええ、間違いはありませんよ」

フォルトが机に肘をついて指を組み、口角をゆるりと上げる。

その優雅な微笑みに、『半年だけです』、あるいは、『名目上ですので、支えてあげてください』

そんなふうに穏やかに言うのではないか、そう思えた。

しかし、整った笑みのまま、フォルトは言いきった。

「ダンテ、私の決定に不服なら、この計画から下りなさい」

声は一つも上がらないのに、全員の気配が大きく揺れた。

「失礼致しました」

低い声で男が謝罪し、椅子に背を預ける。

空気が一段、冷えた気がした。


そして、本日の顔合わせはとりあえず終わった。

フォルトはギルド長の仕事へ戻り、各自それぞれに動く。ルチアはヘスティアの付き添いのもと、技師達と打ち合わせの予定だ。

フォルト以外がまだ部屋にいるうちに、技師の一人にぽんと肩を叩かれた。

「ルチアちゃん、大変だったなぁ」

あまりにストレートに言われ、息を呑む。

さきほど自分の仮工房長役に不服を表明しかけたダンテは、まだ同じ部屋にいるのだ。

だが、技師は軽く片目を閉じて続けた。

「昨日、親父のルーベルトが倒れたって聞いたが、大丈夫か？」

言いながら、書類を持ち直した。そこにはとても小さい字で、『そういうことにしとけ』と書かれていた。

「ありがとうございます。たいしたことはないです」

「動けることは動けるんだよな？」

「はい、今朝、フォルト様からお見舞いを頂いて、むせび泣いていましたし」

嘘ではない。父は大変に喜んで――また立てなくなっていたが。

「元々心臓が強くないんだ、しばらくは大人しくさせとけ」

「工房は息子に、今回の件は娘に任せられるんだ。安心して休むように伝えてくれ」

二人の言葉に礼を言い、椅子に座り直した。

自分達の会話に、服飾ギルドの者達が耳をそばだてていた気がする。

技師達に、ずいぶんと気を使ってもらってしまった。

父が倒れた、兄は工房を運営しなくてはいけない、結果、代理でルチアが来た――そういうことにし、風当たりを減らしてくれるつもりだろう。

自分がよちよち歩きの頃から工房に来ていた彼らは、もはや、親戚のようなものだ。

「じゃあ、靴下編み機の変更についてお願いします！」

ルチアは元気に自分の仕事を開始した。

服飾魔導工房の副工房長となったダンテは、四階にある服飾ギルド長の部屋をノックした。
フォルトの従者が扉を開けると、了承を得て入室する。ダンテは先ほどまでとは違い、きっちり上着に腕を通し、襟を整えていた。
「フォルト様、少しお時間をよろしいでしょうか？」

白く艶やかな壁紙に大理石を磨き抜いた黒い床、調度も基本、黒。本と書類ケースはわずかの乱れもなく並べられ、窓からは青空しか見えない。

いつ来てもここは画のような部屋である。ダンテにはちょっと落ち着かない場だ。

「かまいませんよ。コーヒーをお願いします」

従者にコーヒーを頼むと、ダンテにソファーを勧める。

従者が出ていったため、二人だけで話す形となった。

「ダンテ、言いたいことがあるのでしょう？　今日は忙しいので、前置きなしで遠慮なくどうぞ」

「では、失礼して――あれは無理です」

本当に遠慮なしに、きっぱりと言ってみた。

「『あれ』とは？」

口角を上げつつ尋ねてくるフォルトにため息が出る。完全にわざとである。

「わかっているでしょう？　ファーノ嬢ですよ」

「何がだめだと？」

「若すぎる上にかわいいときてます。どうやっても軽く見られるか、嫉妬されてつぶされます。でなければ、色恋の誘いで堕とされるでしょうね」
二十一、間もなく二十二だというが、彼女は一段若く見える。いいや、この場合は幼く、と言った方がいいのだろう。
服飾ギルドはいろいろと華やかな場所であり、恋愛は花盛り、容姿に自信のある者も多い。

出入りする服飾関係者もまた華やかで――片っ端から花を摘み取ろうと声をかける者も、一定数いる。真面目でまっすぐな者ほど、そういった迷い道に堕ちやすい。

「大丈夫ですよ。彼女はそれなりに強いですから」

「まさか、ファーノ嬢にどこかの家の『糸』が？」

庶民の素朴さが自然に見えたが、どこぞの貴族が糸をつけた者なのか――そう問いかけると、フォルトは首を横に振った。

「いいえ、ただの一本も。正真正銘、ファーノ工房在籍の服飾師ですよ」

机の上に広げられた羊皮紙は三枚。それをちら見して、納得した。

一番上に記された名前は、ルチア・ファーノ。

そこだけしか見てはいないが、身元調査書だろう。

昨日の今日で、詳細な経歴から交友関係まで情報を集めたか――服飾ギルド長、そして子爵家当主らしく、この上司の腕はなかなかに長い。

「ダンテは、わざわざ悪役ぶらなくてもよかったのでは？」

「悪役ぶってなどいませんよ。工房長の座に就けなかったのをひがんでみただけです」

まるっきりの嘘ではない。

王城とギルド、そしていずれは貴族相手の商売――聞く限りは自分が工房長になった方がました。服飾に関する経験値と、風当たりの強さに耐えうる神経なら上である。

もっともなりたいかと言われれば、謹んでお断りしたいのが本音だが。

「それなら、副ギルド長を目指しませんか？　副ギルド長を二人にしてもいいと思っていますので」

「面倒なので嫌です」

失礼を承知で言い切ると、フォルトが吹き出した。

彼が自分に服飾ギルドの副ギルド長を打診してくるのはこれが三度目。

冗談でない分、より悪い。

現在の副ギルド長は四カ国語に通じ、国外を飛び回っている。国外の布に糸はもちろん、皮に毛皮、最近は魔羊に魔蚕の番まで持ち帰ってくる凄腕だ。

もっとも、国外での活躍に忙しすぎ、『幻の副ギルド長』とも言われているが。

「適材適所って言葉があるでしょう、フォルト様。私は高等学院にも入れない頭なんです。国外の言葉も無理ですし、金貨の勘定はできないですよ」

「それは経理の仕事です。あなたなら副ギルド長として、きっといい仕事をしてくれると思うのですが……」

家庭教師をつけられても、高等学院の入学試験に三度落ち、母親に服飾学校にはうり込まれた。大変楽しい場所で青春を謳歌させて頂いた上、目の前の男に拾われて服飾ギルドに入れたので、ありがたい限りだが。

高等学院を出ていない者が、ギルド関係の役職持ちや幹部候補となることは少ない。

もっとも、服飾ギルドの場合、フォルトがギルド長となってからは、年齢や学歴より、実力と各所との関係での昇進と異動が進められている。

おかげで自分が『魔物素材担当長』などという役付きになれたわけだが——そこに今度は、『服飾魔導工房の副工房長』、それなりの出世には違いない。

「では、今回は、『服飾魔導工房』の副工房長として、ルチアの手助けと各種の取り回しをお願いします」

「微力を尽くさせて頂きます」

目礼して言い切ると、上司は静かにうなずいた。そして、机の上の羊皮紙をまとめ、書類ケースにしまいこむ。

しかし、フォルトがずっと『ルチア』と呼び捨てにしているのが、どうにも耳に残った。

未婚のお嬢さんには『嬢』か『さん』、貴族位が上であれば『様』を付ける、それがいつものフォルトだ。

彼が呼び捨てにする女性は、自分が知る限り、妻と子、そして親戚の一部ぐらいである。

「失礼ながらお伺いしたいんですが、ファーノ嬢は、フォルト様の『お気に入り』ですか？」

それならば対応も変えるが——言葉の下にそう込め、遠慮なく尋ねてみた。

「意味合いはともかくとして、服飾師として気に入ったのは確かです」

「随分と買っていらっしゃいますね。功績を積ませて、いずれ、第二夫人に？」

「まさか。妻からは急かされておりますが、忙しくて考える暇などありませんよ」

気負いなく言い切るフォルトに、偽りの気配はない。

「では、鍛えて服飾ギルド幹部にスカウトする予定ですか？」

「それも一つですね。ルチアは工房長役をお願いしても断りませんでしたし」

「それは——フォルト様から勧められて、断れるわけがないでしょう？」

服飾ギルド長で子爵当主からの依頼に、逆らえるはずがない。

その上、振り返りたいほどの美丈夫からのスカウトである。若い庶民の娘ならばころりといって当然ではないか。

まあ、ダンテも服飾学校で作ったドレスを見学者であるフォルトに褒められ、その場でスカウトされたからここにいるわけだが——自分には、この男に声をかけられた時点で、断るなどという選択肢は消えていた。

「違いますよ。ルチアは本当の服飾師です。私など目に入っていませんでしたから」

青い目を糸のようにして笑う男に、思わず聞き返した。

「フォルト様が、目に入っていない？」

「初めて会ったときに、着ている服を先に確認されました。顔を見られたのはずいぶん後ですね。顔を褒める、家柄を褒める、地位を褒める。どれ一つなく、褒められたのは服と靴の組み合わせ、そして色の比率でした」

「あー……」

申し訳ないが声が出た。

それは完全に、服飾師フォルトの心をつかんだろう。

このフォルトに対し、顔・家柄・地位を褒める女はごまんといる。

服飾ギルド長の地位、裕福な子爵家当主。身体が強くないと噂される第一夫人に代わり、第二夫人を希望する者とて山ほどいるだろう。

だが、己がデザインし、一部は縫ってまでいる服、その組み合わせを褒めてくれる者などそういない。

本当にうれしげな表情の上司に、ダンテは内心で諸手を挙げる。

これは確かに、ルチアという服飾師がお気に入りになるわけだ。

「もちろん、ルチアに助けを求められたならば手を差し伸べましょう。害が及ばぬよう、雨風をしのぐ外套も準備しましょう。もっとも、必要はないかもしれませんが」

「そうですか……」

先ほどまで一緒だった緑髪の女性を思い返す。

派手ではないが、華はあり、どこまでも明るく――大切に育てられた、チコリの青い花を思わせる者。

服飾師として、フォルトの興味を完全に縫い付けただろう。

後はここから、工房長としてやっていけるかどうか。

自分は手助けは手抜きなくするが、実力がなければ下りてもらうだけだ。

服飾ギルドは仕事と腕で地位が決まる場所である。例外はない。

フォルトのお気に入りとて同じこと。

ダンテは唇だけでつぶやいた。

「では――お手並み拝見といきますか」

「では、よろしくお願いします！」

「任せとけ！」

一度昼食で休んだ後、ルチアと技師達との打ち合わせが終わった。

ありがたいことに昼食は服飾ギルドがランチセットを出してくれた。レストランで出てくるようなお洒落なサンドイッチにレモンティー。そして厚切りハムに色どりのよいサラダ。

技師達とヘスティアと自分、四人でテーブルを囲んだ。

サンドイッチは見た目だけではなく、具の多さも鮮度も味付けもよかった。

幸せに味わって食べていたら、同席していたヘスティアが、フルーツサンドを分けてくれた。親切な人である。大好物なので笑顔で受け取った。

そうして午後はさらに頑張り、靴下編み機と手袋編み機を、五本指靴下向けに改良する案を固めた。

一台での汎用型はきっぱりあきらめ、足の指に合わせた各種サイズ専用、調整なしのものを多数制作すること、親指と小指はそれぞれ特化して編めるものを試作することになった。

また、足の指の形は個人個人でかなり違うので、今後はそのあたりの分化・調整も必要になるだろうと話し合った。

技師二人は、ルチアが渡した五本指靴下を早速履いて帰った。

なお、『そのうちファーノ工房に父親の見舞いにひそりと行くので、なんとか多めにお願いできないか？』と聞かれたので、『研究用にお渡しします』とこそりと答えた。大変に喜ばれた。

これで、父が倒れたことを心配してくれた件については、早めに恩返しができそうである。

その後、ヘスティアもまだ現在の仕事の引き継ぎがあるとのことで、部屋を出ていった。

部屋に残ったルチアは、メイドを横に業務報告書を書き始めた。フォルトに提出するためだ。

幸い報告見本も付けられていたので迷うことはないのだが、かなり緊張した。

書き終えて、フォルトに直接持っていくべきか、忙しいところを邪魔せぬよう、メイドにことづけるべきかと考えていると——ちょうど本人が入ってきた。

「ルチア、こちらの打ち合わせは済みましたか？」

「はい、先ほど終わったところです。こちらが報告書です」

インクがまだ乾ききっていない業務報告書に、フォルトはすぐに目を走らせる。

「編み機は技師の方の試作機が上がり次第、確認と致しましょう。ルチア、明日からは縫い子の指導をお願いします」

「わかりました」

「あと、今日はこれから服飾魔導工房開設の準備にお付き合いください」

土地は確保したと言っていたが、やはり物件か、それとも倉庫の話だろうか。

自分はただただ聞くだけになりそうだが、覚えられるかぎり覚えたいものだ——そう思いつつ、フォルトと共に部屋を出た。

服飾ギルドの馬車の窓から見える路面、石畳が茶色から灰色に変わっていく。

北区の貴族街に入ったことを理解し、ルチアは背筋を正した。礼儀作法のわからぬ自分がフォルトに迷惑をかけるのではないか、それだけが心配である。

「着きましたね」

「ここは……？」

連れてこられたのは水晶ガラスの向こうに、艶やかな赤や黄のドレスが見える店――どう見ても貴族向けの高級服飾店である。ルチアではドアを開けることすらできぬ場所だ。

しかし、見学の機会は逃したくないので、ありがたく同行させて頂くことにする。

もしや、ここにも服飾魔導工房にスカウトしたい方がいるのだろうか、そう思いつつ、エスコートを受けた。

「ようこそ、ルイーニ様。本日は可憐（かれん）なお嬢様をお連れですね」

「服飾ギルドの工房長の一人です。王城の出入りも予定しておりますので、それに見合ったもので、本日中に調整のつく服を見せてください」

「わかりました。すぐお持ち致します」

ルチアはその場に固まった。

「王城の、出入り……？」

「ああ、魔物討伐部隊への納品のときに置きに行くだけです。私も行きますので何も心配はありませんよ」

フォルトは『置きに行くだけ』かもしれないが、ルチアにとって王城は雲の上、別世界の場である。貴族街の今ですら心臓がばくばくいっているのに、どうすればいいのか。

そして続く言葉にさらに困惑した。

「好きなものを選んでください。すぐ補正をかけさせますので」

「はい……？」

「こちらなどはいかがでしょうか？」

店員が二人、キャスター付きのハンガーラックに多くの服をかけてきた。

憧れが山となってそこにあった。

白い薄手の上着と組み合わせた、爽やかな青みのシルクワンピースは、ややタイトなラインで仕事ができる女性のイメージだ。

ただ、自分にはちょっと大人っぽすぎる。ヘスティアの方が似合いそうだ。

薄い薔薇(ばら)色、ドレスのようなロングワンピースは、美しいが仕事着としては動きづらいだろう。色合い的にルチアでは浮いた感じになる。

この色合いと形であれば、むしろ友人のダリヤに似合うだろう。

それにしても、どれもこれも高級品で、手で触れることもためらわれる。値札がないのも余計に緊張する。

「これと、これも似合いそうですね」

フォルトはざっとハンガーラックを見ると、二着をテーブルに並べた。

サマーブルーの上質なワンピースにレース飾りがついたもの、同色の上着は背中側にリボンがついていた。

次はアイボリーのツーピースでスカートは長めのフレアー。レース織りの上着を脱げば半袖のブラウスでばりばりと仕事ができそうだ。

上品でちょっとだけかわいく、それでいて動きやすそうな服。なんともフォルトの見立てはすごい。

「では、この二つの試着を。あとは今、着ている服と同じ型をシルクで仕立てましょう。型紙があればお貸してください。もちろん、デザインの守秘は厳守させます。ただ、スカート丈はあと四センチ長く――今の丈が魅力的ではあるのですが、王城のソファーは少々沈み込みが深いので」

立て続けに言われ、ルチアははっとする。

きれいさとかわいさに呑まれていたが、一番の問題があるのだ。

「フォルト様、あの、できましたら来月以降に……」

値札がなくてもとても高いのはわかる。給与が出ないうちには絶対に無理である。

いや、もしや、服飾ギルド員は分割払い可能などという特典があるのだろうか。そうであればよいのだが――

「すみません、ルチア。本来であればすべて自分でデザインしたものを着たいだろうとは思いますが、今回はこちらでそろえさせてください。魔物討伐部隊長は侯爵ですので、一応ドレスコードに近い決まりがありまして……」

本当に申し訳なさそうに言うフォルトに、ルチアは慌てた。

「いえ、とても素敵な服だと思います。ただ、私にはもったいなく――」

服飾の仕事をすれば絶対に汚れるのだ。考えるほどにどうにも気がひける。

「もったいないものですか。私のデザインした服を、これから服飾魔導工房長となるあなたが着てくれる、それだけでいい宣伝になります。広告費と思ってください」

くらり、目眩を感じた。

フォルトのデザインというのには納得したが、実用性ときれいさを完全両立させているのがすごすぎる。かわいさ優先で動きづらくなりがちな自分のデザインをもっと煮詰める必要がありそうだ。

それにしても、自分はそういった広告塔向きではないと思うが、新設の服飾魔導工房長という肩書きは確かに目をひくのだろう。大切に、借り物と思って着よう。

明日からは着こなしにヘアスタイルにメイクに——一切手が抜けなくなりそうである。

ルチアは乾いた笑いを浮かべつつ、試着室に向かって足を踏み出す。その背に声が続いた。

「こちらが済んだら、護身用の腕輪かペンダントを合わせましょう」

「護身用、ですか？」

思わずフォルトに向き直った。

「ええ、ギルド内で魔物素材に触れることもありますから。万が一に備え、防毒、防混乱など一式入れた魔導具を、役職付きは皆付けております」

確かに、魔蚕に魔羊の布などもある。それに服飾魔導工房で扱う靴の中敷きはグリーンスライムの粉。魔物素材は意外に多そうだ。

「服飾ギルドから支給致しますので、腕輪かペンダント、ご希望はありますか？」

「ペンダントでお願いします。腕輪は作業の邪魔なので」

若い女性の間では婚約腕輪への憧れからか、細い腕輪がアクセサリーとして流行っている。

しかし、ルチアの左手首は基本、ピンクッションの定位置である。針の抜き差しをするのに、腕輪など邪魔なだけだ。

「わかりました。魔法を付与するので、石は基本白ですが、ペンダントらしい色石にすることもできますよ。ご希望の色はありますか？」

似合いを考えるならば、髪に合わせた緑、もしくは目に合わせた濃い青が無難だろう。でも、どうもそれは心が弾まず——

だが、勇気の出る色なら一つある。

「空色でお願いします！」

## 落とし物と整理整頓

翌日、ルチアはダンテによる馬車の迎えで服飾ギルドにやってきた。

昨日のダンテの態度を見る限り、自分は服飾魔導工房長として認められてはいない。

しかし、彼は副工房長、今後は一緒に仕事をしていくのだ、関係を悪くしたくはない。

互いに言葉は少なかったが、型通りの挨拶と『今日も暑くなりそうですね』『夏物がよく出そうです』と、天気の話はできた。十分だろう。

本日は編み機による五本指靴下の制作を、縫い子達に教えるのが役目である。

便宜上、縫い子と呼びはするが、ここにいる者達は、縫うだけではなく、編み機が得意な者も含まれる。女性七人に対し、男性四人。ほとんどはルチアより年上だ。

ルチアが着ているのは昨日と同じ水色のワンピース。しかし、作業中は汚す可能性があるので、服飾師用エプロンを上に重ねた。

「では、説明させて頂きます」

ヘスティアが配ってくれた資料を前に、それぞれがルチアの話を聞いている。細かくメモをとる者、無表情の者、整えた笑顔の者、様々だ。

「現在、技師の方が五本指靴下専用の編み機を制作しています。そちらが十日ほどかかるそうです。早期納品分は靴下編み機で通常の足部分を作り、手袋編み機で指部分を作ります。それを縫い合わせて制作する形になります」

そこまで言うと、五本指靴下をテーブルに並べた。

一部、ぎょっとした表情になったが仕方がない。五本指靴下の造形というのはなかなかにインパクトがあるものだ。

ダリヤに聞いたが、『魔物の抜け殻』と評した者もいるそうだ。その表現力に感心すると共に、とても納得した。

「ここまでで、質問があればおっしゃってください」

メモ書きを見つつ、ルチアは言った。

「ファーノ工房長、よろしいでしょうか？」

「はい、どうぞ」

「こちらの靴下の糸の素材は綿とのことですが、夏場と冬場の配合などは変える予定ですか？」

「夏は綿に麻三割を入れたもの、冬は羊毛を三割以上入れたものも考えておりますが、魔法の付与とグリーンスライムの粉との相性確認が必要です。こちらは開発した魔導具師との検討が必要になりますので、時間がかかります」

現状、その魔導具師のダリヤは倒れそうな勢いで、配合と付与に関する制作マニュアルを準備中である。開発者の権利を守るための書類や手続きもあるので、しばらくかかるだろう。

夏物冬物に関しては、一息ついてからにしたいものだ。

「ファーノ嬢、もっと麻を多くすれば、毛羽立ちにくく長持ちするのでは？」

「お間違えではないでしょうか？　麻は毛羽立ちやすいです」

濃灰の髭(ひげ)が似合いの男性に、思わず指摘してしまった。

「すみません、うっかり勘違いを。歳は取りたくないもので――」

頭を垂れた男性の肩を、隣のダンテがべしべしと叩いている。

髭のある男性はそれほど年上には見えないが、見た目と年齢が一致しない例はあるものだ。

尋ねて、傷口に塩をすり込むといけないので、それ以上、声はかけないことにした。

「魔物討伐部隊員の皆様が使うとのことで、補強の希望が足裏、爪先、踵とありますが、最初から二本糸か強い糸を使ってはどうでしょうか？」

「その場合、靴が合わなくなる、戦闘時の踏み込みが変わることがあるので、一気に変えるのはやめた方がいいそうです。また、使う方によっては冬場でも汗を多くかきますので、厚手を避けたいという方も出てくるかもしれません。そこは初期ロット納品後、徐々に詰めたいと思います」

このあたりは昨日の帰りに馬車の中ではフォルトと、家に帰ってからは家族とひたすらに話してメモした。ろくに説明もされぬものを作るほどやりづらいことはないからだ。

家の夕飯は屋台のクレスペッレだったが、いつ食べ終わったかわからぬほど話に夢中になってしまった。ちょっともったいなかった。

その後、編み機の針の号数をどうするかとか糸の不良品はどこからを基準とするかなど、割合突っ込んだことを聞かれた。ほとんど基本なので問題なかったが、皆、気になるところはきちんと質問してくれるのだと安堵した。

質問の後、ルチアは実際に編み機を動かし、足本体部分と指部分を編んだ。その後に両方の糸目を拾い縫いし、親指と小指を調整するところまで実践した。

父には『まだまだ編みが遅い』、母には『まだまだ縫いが粗い』と言われるルチアである。

本職の縫い子達にじっと手元を見られるのは、かなり緊張した。

見終わった縫い子は、各自、編み機や縫いを試し始める。

靴下を作るのは初めてという方も多いのだろう、皆、真剣な顔で、ちょっと慎重だ。

その中で、編み機も拾い縫いもするすると仕上げた者がいた。先ほど、『麻は毛羽立ちやすい』と勘違いをしたという髭のある男性である。

「ファーノ嬢、編み機は何年触ってらっしゃいますか？」

検品してくれということか、五本指靴下を自分に渡しつつ尋ねてきた。

「ええと、触るだけなら、十六、七年ぐらいですね」

「は？　あの、失礼だが、ファーノ嬢のお歳は？」

「今年で二十二になります。家が工房で、物心ついたときには回していたので、長いだけです」

家族全員が工房にいるので、幼いルチアも工房にいることになった。

遊びのつもりで編み機をぐるぐる回し——やり直しも大量に出したが、六歳を過ぎるとそれなりの戦力になった。

「縫いも長いでしょう？　お上手じゃないですか」

「ありがとうございます。でも、腕はまだまだです」

子供の頃から縫い物や刺繍（ししゅう）はしたが、服飾師を目指して針を持ってから、まだ十年目。

しかも学校の勉強や家の工房の仕事もしながらである。

男性から渡された五本指靴下の、きれいな編み目、そしてつなぎ目を見ながら、つくづく思う。

自分はまだまだ、技量も速さも足りない。

「ファーノ工房長、ちょっと長いので『工房長』か『チーフ』と呼ばせてもらってもいいですか？」

その質問に思い出す。

フォルトも言っていたではないか。長くて時間がかかるから、フォルトゥナートをフォルト呼びにしていると。もしかすると服飾ギルドの暗黙の了解なのかもしれない。

確かに、ファーノ嬢、ファーノ工房長より『工房長』か『チーフ』の方が呼ぶのに時間がかからない。なにせ人を呼ぶ機会は何回もあるのだ。時間を考えれば大変合理的である。

「できれば『チーフ』でお願いします」

響き的にスマートな方でお願いすると、彼は笑顔でうなずいた。

「では、チーフ、俺のことは『ジーロ』でお願いします。『ジィスタヴォーロ・コンティーニ』なんて長ったらしい名前で、学院の書き取りでは不利すぎて、真面目に親を恨みましたから」

ルチアはたまらず吹き出した。


その後、夕方になるまで実習は続いた。

ルチアは午後一番にフォルトに呼ばれ、ギルド長室で昨日話していたペンダントを受け取った。ある意味、服飾ギルドの役職上のルールのようなものである。

ペンダントトップはきれいな空色で、いいアクセントになりそうだ。しかし、肌に直接当てる必要があるので、服の下に入れてつけることにした。

慣れぬ金鎖は、首の後ろがちょっとだけかゆかった。

急いで仮工房に戻ると、また五本指靴下の実習の補助にあたる。

一部の者が、本体と指部分をつなぐ拾い目で、親指と小指のバランスがうまくいかないようだ。目数を減らす部分やサイズごとのコツを教えていると、あっという間に時間が過ぎた。

「お疲れ様でした。また明日、よろしくお願いします」

ようやく本日も業務終了の時間。ルチアは締めの挨拶をした。

明日、もう一度実習をすれば、問題なく販売品の作業に入れるだろう――そう言ってくれたのはジーロである。

ダンテもおそらく大丈夫でしょうと続けてくれたので、ルチアは大変安心した。

そして、服飾師用エプロンを外し、帰り支度をしようとして、ふと気づいた。

自分の縫い針が、一本足りない。

「ファーノ工房長、まだ帰らないんですか？」

「今日は残業ではないですよね？」

「はい、業務日報を書いたら帰ります。お疲れ様でした」

「お先に失礼します」

笑顔の若い女性達が自分の裁縫箱を持って一礼し、他の縫い子達もぽつぽつと家路につく。

「ファーノ工房長、前の仕事の引き継ぎに参りますが、その前に何かお手伝いすることはありませんか？」

「いえ、大丈夫です！　お疲れ様でした！」

ヘスティアに聞かれたが、お願いはしなかった。自分の責任だし、彼女の仕事の邪魔はしたくない。ダンテも前の仕事の相談で呼ばれていき、部屋にはルチア一人になる。

業務日報を書き終えると、再度、針山を確認した。やはり一本足りない。

「縫い針さーん」

小さく呼びつつ、まず自分の服を隅から隅まで確認、次に服飾師用エプロンを確認。座っていた椅子、仕上げた五本指靴下をすべて確認した。

針が一本落ちたら、見つかるまで探す――それは縫い子、そして服飾師の掟である。

床に落ちているかもしれない、縫ったものの中に混じっているかもしれない。それで誰かに怪我を負わせるのは、大変に恥ずべきことである。

針の管理は、いかなる時でも守るべき鉄則だ――ルチアは尊敬する服飾師、ラニエリにそう教わった。

針の数え間違いは絶対にない。針山を出すときに数え、しまうときにも数える。十年続けてきた日課である。

椅子をずらし、床に膝をつき、部屋の端から探し始める。

どうにも時間がかかりそうだった。


「初日で『ジーロ』が名呼びを許したとは、ずいぶんと早いですね」

ギルド長の部屋、フォルトは机に積み上がる書類にサインをしつつ言った。

「びっくりすることばかりですよ、あのファーノ工房長は。今回の五本指靴下だけじゃなく、生地に関する知識もなかなかです。ジーロの『麻を多くすれば毛羽立ちにくくなる』なんて引っかけにもかかりませんでしたし」

麻を多くすれば毛羽立ちやすくなる——それをわざと逆に言ったが、ルチアはすぐに気がついた。むしろ、なぜそんなことを間違えるのだろうと、不思議がってさえいた。

ダンテはソファーに座り直すと、白手袋をつけ、テーブルにある魔封箱を開ける。

中にあるのは牙鹿（ファングディア）という名の魔物の皮だ。

外見はただの茶色い鹿だが、身体強化持ち。動きが速く、蹴り足が強い。その上、口元には鋭利な牙がある、なんとも厄介な魔物である。

ただし、その皮は薄いわりに丈夫で滑らか。手袋に最適な素材である。

魔封箱の中のこれも、高位貴族女性の手袋になる予定だ。その確認は引き継いだ者に任せたいところだが、まだ自信がないから見てくれと泣きつかれた。

案の定、細かな傷がある二級品である。

「あなたの引き継ぎはどれぐらいかかりそうです？」

「急なことでしたので、もう三ヶ月ほどは」

服飾魔導工房の副工房長の仕事もまだ本格的には稼働していない。

その設立は、フォルトがわずか一日で決めたものだ。

もっとも、王城騎士団、魔物討伐部隊が全力で協力し、商業ギルド、冒険者ギルドまでも乗ったのだから、どう転んでも失敗のない事業だと判断したのだろうが——相変わらずの決断の早さである。

そして、そのフォルトの打診を受けた者の返事も早かった。

『フォルト様のご命令ならば』と受けたダンテ。

『給与アップならば』と受けたヘスティア。

『面白そうだ』と受けた縫い子統括のジーロ。

正式に異動してもよいと決めたら返事を――そう言われ、全員本日、服飾魔導工房への異動を受けた。なお、示し合わせたわけではけしてない。

「ファーノ工房長は、あの歳で、編み機に触って十七年、針も似たようなものらしいですね」

「ルチアは、ファーノ工房生まれですからね」

「ジーロに廊下で言われましたよ。『編みは俺の八割、縫いは七割。あれを小娘なんて呼んだ日には、ギルドの縫い子の三分の一は若葉だ』と」

ダンテの苦笑いに、フォルトがペン先を止めた。

「ルチアは、編みも縫いもそこまでですか……」

「他に何が？」

「彼女のデザイン画が、大変素敵なのです」

ふわりと笑ったフォルトに、危うく勘違いをしそうだ。

想い人を記憶からなぞるような甘い表情だが、これは服飾に関する惚れ込みである。

なお、今よりも若い頃、貴族女性のドレスに見惚れてこの表情をし、大いなる誤解を受けて大変だったようだと先輩方からは聞いたが――詳細を上司に尋ねるつもりはない。

「だめですね、この牙鹿は二級品です。明日、冒険者ギルドに返して、新しいものをお願いします」

部分によっては使えるが、やはり二級品。しかも、納品先が公爵家となると完全に無理である。

フォルトが立ち上がって歩み寄り、白手袋をつけて牙鹿（ファングディア）の皮を持つ。

「残念ですね。若く健康な個体のようですが、こう傷があっては……アルテア様にお納めできません」

前公爵夫人を名前呼びにし、フォルトも同意見を述べた。

そして、皮をしまうと、魔封箱に蓋（ふた）をする。

窓の外はすでに夕闇も消えようとしている。さすがに空腹になってきた。

「そういえば、今日はまだルチアから報告書がきていませんね。毎日出さなくてもよいとは言ってありますが」

「私達が部屋から出るときにまだいらして、報告書を書くとおっしゃっていました……」

「一応確認に行きます。ロッタ、付きなさい」

名を呼ばれた従者が、細く黒い杖（つえ）を持ち、フォルトに続く。

いつも気配も存在感もないフォルトの従者だが、こういった警護となると別である。ゆらりと魔力が揺れ、その背中から距離を取りたくなるほどの冷えを感じた。

そうして三人で、服飾ギルドの三階、奥の大部屋へと移動した。

大部屋はしっかりと灯り（あか）がついており、人の動く気配があった。

半分安心してノックすると、扉はそっと開けられた。

「すみません！　そこで止まってください！」

部屋に一人でいるのであろうルチアが出てきて、必死の表情で言われた。

「何かありましたか？」

「申し訳ありません、私が縫い針を落としました。見つけ次第帰りますので」

「こちらに五本指靴下がありますが……」

「そのワゴンにあるものは、本日の制作で合格分です。一足ずつ確認しましたが、そちらには間違いなく針はありません。関係者に配れるかと思ってまとめておきました」

丁寧にたたまれた五本指靴下はそれなりの数がある。それだけでも時間がかかりそうだ。

「勘違いということはないんですか、ファーノ工房長？」

「ありません。針山を出すときに数え、しまうときにも数えるようにしているので」

「ルチア、どこまで探しました？」

「道具と服、机の上、椅子の下は探しました。あとはテーブルの下だけだと思います」

額から汗を滴らせ、ルチアは答える。そのフレアースカートの一部がわずかに黒くなっていた。

おそらく膝をついて探していたのだろう。

部屋の椅子はすべて壁際にまとめられ、あるのは打ち合わせのテーブルと作業台だけだ。

「机ならば私が動かしましょう。身体強化魔法を持っておりますから」

「すみません、フォルト様」

「いえ、当然のことでしょう。針は縫い子も服飾師も探すものです」

ああ、駄目だ、これは——ダンテはフォルトの横顔に深く納得する。

服飾ギルド長ではなく、子爵当主でもなく、完全に服飾師の顔だった。

そこからしばらく、探すだけ探したが、針は出てこなかった。

「これだけ探してないとなると、他の者の裁縫箱に紛れているのでは？」

「ないと思います。縫い針はお貸ししませんでしたから」

ひどく申し訳なさそうに言う緑髪の女に、こちらも服飾師だと痛感する。

服飾ギルドの縫い子であれば、もちろん『針の掟』は知っている。

しかし、ついうっかりということもありえ――そこまで考え、ちりりと額がうずいた。

あの場にいた者なら、ルチアの縫い針を故意に持ち去ることもできたのではないか？　一瞬の疑いを振りきり、ダンテはフォルトに顔を向けた。

「暗くて見えづらいのかもしれません。明日になったら、あっさり見つかるかもしれませんよ」

「明日、改めて探しましょう」

従者から脱いでいた上着を着せられながら、フォルトは笑顔で言う。

「本当にすみません、皆様のお手を煩わせて……」

落ち込みがはっきりとわかるルチアに、ダンテはいい台詞(せりふ)が浮かばず――つい、ぽんと細い肩を軽く叩いてしまった。

「明日はきっと見つかりますよ、ファーノ工房長」

「励ましをありがとうございます、カッシーニ副工房長」

『カッシーニ副工房長』――その呼び名が、なんともむずがゆく感じた。

「部屋の移動ですって」

「昨日の今日で忙しいわね」

にぎやかに笑い合いながら、若い縫い子達が入ってくる。

同じ三階だが、昨日、編み機と縫い物をした部屋ではない。一回りだけ狭い部屋だ。

「おはようございます、カッシーニ副工房長」

「おはようございます。で、挨拶の順番は違わないですか？」

「え？」

挨拶の声が続いた後、ダンテの声が低く響いた。

彼の隣を一つ空け、そこにルチアが座っている。

本来であれば工房長であるルチアが先に挨拶を受けることになるのだが、まだ距離感はある。まして、縫い子達自身と同じぐらいの歳か、それ以下なのだ。服飾ギルドの役付きであるダンテを優先させるのもわかる。

「おはようございます、皆さん」

ルチアは自分から挨拶した。意識して、昨日と同じ声を出す。睡眠不足で疲れの消せない顔は、丁寧なメイクと、明るいサマーブルーのワンピースでカバーした。

針については本日朝一番から探したが、やはり見つからずの今である。

ダンテも一緒に針を探してくれた。そのズボン、アイロンによるきれいなセンターラインを崩すことになってしまい、大変申し訳なかった。

「おはようございます、ファーノ工房長」

幸い、縫い子達からは整えた笑顔で挨拶が返ってきた。

その後、他の縫い子も入ってきて、全員がそろっての始業の時間となる。

「おはようございます。朝一番から申し訳ありません。私が昨日針を紛失し、前の部屋を確認中で、ご迷惑をおかけします」

ルチアは深く頭を下げる。これだけ忙しいときに迷惑をかけてしまうのが本当に申し訳ない。

「針、ですか？」

「まあ、針をなくされたんですか？」

「工房長なのに縫い針をなくされるなんて……」

驚きで聞き返す者、ひそひそと声を交わす者——当然だろう、自分でも情けない。

「全員、裁縫箱を机の上に上げろ！」

向かいに座っていたジーロが、いきなり吠えた。

「え？」

怪訝そうにジーロを見た者もいたが、その気迫に負けたかのように、それぞれ裁縫箱を机の上に置く。

「俺の右から、今、中に入っている針の本数を言ってから、裁縫箱を開けろ」

「はい、縫い針十二本、まち針四十本です」

「縫い針十本、まち針三十六本、予備用ケースにまち針二十本です」

縫い子であれば、さすがに覚えているだろう。

しかし、声は途中で止まった。若い女性の縫い子が、裁縫箱の蓋を手に顔を青くしている。

「ええと……縫い針は十一本、まち針四十本です」

皆の視線に緊張し、声が出ないのかもしれない、そう思えるほど小さな声だった。

「お前の縫い針は十本じゃなかったか？」

「いえ……十一本です」

「じゃあ、ちょっと見せてくれ」

それでも蓋を開けない彼女に、ダンテが歩み寄った。

「失礼」

有無を言わさずに裁縫箱を開け、針山をテーブルの上に置く。そして、ポケットからルーペを取り出すと、縫い針を確認した。

「一本、うちのギルドの支給品とは糸穴の形状が違うようですが？」

「す、すみません！　ファーノ工房長の針を間違えて入れてしまったようで……」

ルチアはようやく理解した。この者が持ち帰ったなら、探しても見つからないはずである。

とりあえず、誰かの服に刺さっていなくてよかった。

「縫い子なら、『針の掟』は忘れてないよな？」

ジーロがそう尋ねると、女は頭を下げた。

「本当にすみません、昨日うっかりして数えず――」

そこまで言ったとき、ダンテが笑顔を浮かべた。

「うっかりじゃなく、わざとでしょう？　昨日、私の前で針を数えていましたよね。あそこで気づかないわけがない。隣のあなたも共犯でしょう。ファーノ工房長は『針をなくした』と言ったのに、あなたは『工房長なのに縫い針をなくされるなんて』と笑いましたよね？」

笑いながら言っているはずなのに、部屋の温度が一気に下がった。

「いえ、その……昨日合わせ縫いをしていたから、縫い針だと思っただけで！　私は共犯じゃありません！」

「ちょっと！　面白そうって勧めたくせに！」

「冗談で言っただけで、勧めてないわ！」

「からかおうって言ったのはあなたじゃない！」

気がつけば、縫い子二人が口喧嘩に突入していた。

人の持ち物をからかいで隠して内輪もめ。初等学院の学生以下である。

「……ないわぁ……」

小さくつぶやいたつもりだが、若い男性の縫い子に吹き出され——思わずそちらを見ると、慌てて頭を下げられた。むしろ素直でありがたい。

「縫い子が針を悪さに使うな！　この馬鹿どもがっ！」

止まらぬ口喧嘩を大喝したのはジーロだった。

「お前らは、もう一回、縫い子見習いからやり直せ！」

「何を言うんです、ジーロ？　どうやっても首でしょう。三ギルドと王城が急がせる服飾魔導工房、その一員に選ばれたのにこれなんですから。もっと重い処罰もありなんじゃないですか？」

ダンテの言葉に、口喧嘩をしていた二人の顔がたちまち青くなる。

服飾魔導工房に入る予定の縫い子達は、現在の給与より一割増しになるそうだ。当然、腕が良く仕事が早い者が選ばれた。

なお、性格に関しては考慮されなかったもよう。

「すみませんでした！　辞めさせないでください！」

「申し訳ありません！　不服などということはなかったんです！」

前方で行われる謝罪が遠く感じる。そして、今一つわからない。

「ちょっといいですか？」

「どうぞ、ファーノ工房長。ご遠慮なく、お気が済むまでお叱りください」

ダンテに言われたが、それより気になることがある。

「お二人に、お伺いしたいんですが、なぜ針を隠すなんてことを？」

「それは……」

「いきなり出てきた若い女が工房長、自分達より待遇も給料もいい、かといって特別な腕があるようには思えない――そんなところですか？」

「いえ……」

濁した否定は肯定である。ようするにただの嫉妬。わからなくはない。

自分とて望む幸運を簡単に手にする者をうらやむことはある。こういった方法に出たくはないが。

「ファーノ工房長、二人の処分はどうします？」

「私が決められることではないので、フォルト様にご相談します。でも、辞めさせないようにお話しするつもりです」

「これはお優しくていらっしゃる……」

ダンテが半分呆(あき)れを込めて言ってきたが、そうではない。

この二人が服飾ギルドに何年いるのかは知らない。しかし、自分よりははるかに長く、ベテラン縫い子の指導の下で勉強している。何より――

「編みが速くて上手な方と、糸目の調整が細やかな方です。手放したら、腕がもったいないじゃないですか」

さきほどの若い縫い子が再び思いきり吹き出し、続いてあちこちで苦笑が見られた。

ジーロの大笑いが一番長かった。

「今日は本当にお疲れ様でした、ルチア」

家に帰る馬車の中、同乗のフォルトにねぎらわれた。

思わずうなずきそうになり、慌てて笑む。

縫い針の行方がわかった後、フォルトに報告した。

彼はすぐ時間をとってくれ、あの二人の処遇を、ジーロも同席して話し合った。

ルチアは自分の管理に甘さがあったと謝った。たとえ被害を受けたのが自分でも、彼女らは仮とはいえ自分の部下である。

ジーロも、これまでの自分の縫い子教育に問題があったと謝罪した。

フォルトは黙って聞いていた。

その結果、仮処分として見習いを三ヶ月、その後に服飾ギルドの縫い子試験を再受験、受かれば復帰――それに加えて、昨日のルチアの針探しをした者の残業代と、本日午前の話し合い参加者の時間給を給与から天引き。

本人達にその処分を伝えると深く礼を言われ、その後に謝られた。

腕の面でもったいなく、手放したくなかったのに一時的とはいえ残念である。

その後は、遅れを取り戻そうと皆で懸命に実習に励んだ。

午後から、編み機の得意な者と、縫いの得意な者に分かれて作業をしてみたが、効率はかなり上がった。今の編み機でも全部一気に動かせば、日算六十足はいけそうである。

午後のお茶の時間には、乾燥中敷きの試作品が届いた。

ルチアは全員に配り、それぞれ、靴に合わせてカットして入れてみた。パンプスの中はいつまでもさらさらと快適で、思わず開発者のダリヤに向けて祈りたくなった。

帰り際、全員が関係者の優先購入を希望していた。

「ルチア、あなたは服飾魔導工房長です。もっと厳しく出てもよかったのですよ」

「厳しく、ですか？」

「ええ。ダンテは首にしろと言っていたでしょう？　『窃盗』扱いとして、それもありでした。なんでしたら、身元保証人を呼んで、本人ともども私から厳重注意をしてもよかったのですが」

服飾ギルドに入るには、身元保証人がいる。大抵は親か親戚だ。

だが、一緒に呼ばれて、服飾ギルド長であるフォルトから厳重注意を受けるのは――なかなか辛そうである。

「それも方法だというのはわかりますが、やっぱりもったいないかと」

「かわいそう、ではなく、もったいない、ですか？」

「かわいそうではないですよ。大人が自分でしたことですから」

それに関しては同情しない。とった行動は本人の責任だ。

「編み機の使い方がうまく、速くて上手な方、合わせ縫いで糸目の調整がていねいにできる方です。服飾ギルドでは、これからいい仕事をしてくれるようになると思います。仕事と性格は別ですから」

「あなたは若いのに、ずいぶん経営向きの考えをしていますね……」

フォルトが苦笑している。

自分でも、少しずれている自覚はある。

ルチアは自分の工房を建てる夢のため、いろいろなバイトをしてきた。

家の工房での仕事の合間に、繕い物に掃除、店番、病院や神殿への付き添いなどを引き受けた。

夏と冬の祭りの期間は、近所の食堂の裏方に回り、下ごしらえを手伝った。

ルチアが各所で働くにあたり、一番勉強になったと思うのが、人間関係である。

最初は悩みも泣きもしたが、場数を踏めば嫌でもわかる。

人間同士、馬が合う合わない、好き嫌いはあるのだ。それはどうしようもない。

それに、仕事ができる者の性格がいいとは限らない。逆もしかりで、優しくても仕事の進みが遅いこともありえる。

仲良く楽しく仕事ができれば一番だが、そうでない場合は、通常の礼儀だけは守り、仕事は仕事として進めていくだけの話だ。

「やはり、あなたに工房長役をお願いしてよかったです……」

フォルトがそう言いながら、小さな白い紙箱を出す。小花模様の描かれた、とてもかわいらしいものだ。

「客先への贈答品で多く買ったので、よろしければ。このまま持っていると、体重を気にしている私と妻、虫歯にならぬように気をつけている娘への誘惑になりますので」

箱を開けると、一つ一つが花模様のきれいな紙で包まれた飴だった。包み紙はカラフルで赤、ピンク、黄色、水色、白と、まるで小さな花畑のようだ。

「ありがとうございます！」

ルチアは遠慮なく受け取る。

本日の夜の縫い物は、甘い飴がお供になることが決定した。

ルチアは明るく振る舞っているが、内心落ち込んでいるのではないか——

そんなフォルトの心配は、完全に杞憂(きゆう)に終わった。

自分の向かい、にこにこと上機嫌で飴を見つめる彼女に陰はない。

初等学院卒業後、家の工房の仕事と短期のバイトをしつつ、服飾師としての勉強を積んだ少女——報告書を見れば、その努力のほどがわかる。

今回のような状況、ルチアの年齢を考えれば、泣いても怒っても驚きはしなかった。なぜあのような者を入れたのかと自分に問われても納得しただろう。

だが、彼女は一切取り乱すことなく、上役となってわずか一日の部下のため、自ら頭を下げた。

そして、口から出てきた言葉は『もったいない』『仕事と性格は別』。

自分がスカウトした服飾魔導工房長は、人を使う上役としても才ある者らしい。

もっともフォルトとしては、服飾師の才に、より期待したいが。

「ルチア、約束の品です。三冊ほど持ってきました。返却はいつでもかまいませんし、もし参考にしたい服があればおっしゃってください。すでに作ったものとかぶらなければ使って頂いてかまいませんので」

黒革のケースの中、ぴったり入ったスケッチブックは三冊。一応まずい記述はないかと確認した上で持ってきた。比較的最近のものなので、それほど古めかしいデザインはないと思いたい。

「ありがとうございます！」

飴の菓子箱を隣に追いやり、両手を思いきり伸ばして受け取ろうとする服飾師に、どうにも笑みがこぼれてしまう。

受け取って黒革のケースをちょっとだけ開け、ルチアは早速中身を確認していた。

「フォルト様、この数字はナンバリングですか？」

「ええ、そうです。それが九十七冊目で――今はちょうど百冊目ですね」

スケッチブックの右上に綴(つづ)った数字は九十七。我ながらよく描いたものだ。

もっとも、酒を飲んだときに若い番号のものを開くと、暖炉にほうり込みたくなるが。

「お忙しいのにすごいです。私も見習わないと……」

先日、ルチアに見せてもらったスケッチブックは薄茶。自分が使うものより、一回り小さく、紙質がよくない。次からは自分が使っているスケッチブックを渡した方がいいかもしれない、そんなことを考えつつ尋ねた。

「ルチアは今ので何冊目ですか？」

「ええと、六十一冊です。まだまだですね……」

自分が十八年で描いたスケッチブックは百。

間もなく二十二歳というルチアは、一体いくつから描き始めての六十一冊か。しかも見せてもらったスケッチブックは自分のものより薄いとはいえ、すべて両面にびっしり描き込まれ——ぞくり、内側にこみ上げるものがあった。

数がすべてではない。だが、数をこなして見えてくるものも、必ずある。

「……ルチア、前のスケッチブックも、もう何冊か見せてもらえませんか？」

「はい、フォルト様の前のものもぜひ！　あ、ただ……私の前のスケッチブックは、さらに画が下手で、学校の宿題とかも書いてあるんですが……本当に、いいですか？」

「もちろんです。そういえば、中央公園のチーズクレスペッレ、あれはおいしそうでした。いつか食べてみたいものです」

中央公園の一番端の屋台、そこのチーズがたっぷり入ったクレスペッレは、ルチアのお気に入りらしい。

スケッチブックの途中に、ソースとの相性についてや、チーズの種類の考察がおいしそうなイラスト入りで描かれ——ドレスのデザインと共に、しっかり覚えてしまった。

少しは照れるかと思った部下は、満面の笑みで答えた。

「本当においしいんですよ！　ぜひ、ご家族でどうぞ！」

# 騎士とドレス

服飾ギルドで働くのは、十日で慣れた。

五本指靴下の制作は二日続けた実習の後、抜けた二人の代わりに別の二人の縫い子を入れて始まった。

まだ試行錯誤はあるが、予定よりも進みは早い。

本日から新しい編み機の試作機が入り、人員も三人増えた。工房の者達とは、ジーロ以外あまり親しいとは言い難いが、仕事に支障はない。

魔物討伐部隊へは余裕をもって納められそうだ。

なお、服飾魔導工房に関しては、土地はすでに既存の建物の取り壊しが済み、整地がなされているという。

建物に関しては、設計士達が三日で図面を引いてくれたという。思わず同情したが、工房は基本の型があるので、貴族の邸宅ほど時間はかからないのだそうだ。

それでも、よろよろとギルド長室に入っていく設計士とすれ違ったときは、かなり心配した。

『報酬が三倍なのでありがたいです！』と、目の下に隈のある笑顔で礼を言われたが。

せっかくの機会なので、服飾魔導工房の建築予算書も見せてもらったが、自分の工房の参考にはまるでならなかった。

「これでよし、っと！」

本日の業務を終え、ルチアは書き上げた報告書を持って、ギルドの階上へと向かっていく。

四階から、ちょうど砂漠の国、イシュラナの装いの男達が下りてくるところだった。彼らはルチアを目にした瞬間に足を止め、きっちりと通る場所を空けてくれた。


ルチアは素直に目礼をして通してもらう。本来はお客様である彼らに、ギルドで働くルチアが譲るべきだ。


しかし、イシュラナの高位の方々は、女性に対してこういった気遣いが細やかだという。

近くで彼らの服を見れば、たっぷりとした布をまとう感じで、飾りは少ない。その布の質の良さと美しいドレープそのものが飾りのようにも思える。


そして、長めに垂らされた腰の帯は、様々な色や紋様が見られる。

イシュラナの帯の色や紋様は、一族やその立場で決まる——そうフォルトから聞き、とても驚いた。好きな色や意匠は選べないらしい。


ちなみに、隣国エリルキアでは、異性の服を着るだけで強い差別を受けるのだという。なんとも残念な話である。


オルディネは、他国のように男女の装いが厳密ではない。どちらがどちらの服を着るのも問題ない。昔はとやかく言われることも多かったそうだが、今はちょっと珍しい目で見られるぐらいだ。

王都ではパンツスタイルの女性も普通に見かけるし、ロングスカートの男性もいる。

特に、ここ服飾ギルドにやってくる者は、装いが様々でじつに楽しい。

仕事や生活に合わせてスタイルが自由に変えられるのは、便利で豊かなことだ——この国に生まれたことを感謝しつつ、ルチアは足取りも軽く階段を上った。

「失礼します！　報告書をお持ちしました」

ノックに了承を得て入ると、フォルトに低く声をかけられた。

「お疲れ様です、ルチア……」

疲れているのはどう見てもそちらだろう。そう言いたくなるほどぐったりしたフォルトが、ソファーに座っていた。

その向かい、お客様らしい、金髪の女性がいる。

「こちらはジャスミン・エンリーチ嬢、父方の従妹です。男爵のご息女で、来年にご結婚で――」

「まだわからぬ、フォルト殿。一年のうちに破談になるやもしれん……」

うつむく女性のあまりに暗い声に、業務報告書を置いたらすぐ帰ろうと思う。

貴族、しかも親戚の結婚相談に、部外者の自分が立ち入ったらいけないだろう。

「挨拶もなくおかしな話を聞かせ、申し訳ない。王城警備隊のジャスミン・エンリーチという。服飾ギルドには騎士服などで大変お世話になっている。高等学院騎士科以降、淑女教育を受けておらぬため、騎士言葉なのはご容赦願いたい」

白い綿サテンのシャツに紺の艶なしのロングスカート。足元は絹の長靴下に黒いパンプス。

事務員のような装いにも見えるが、背がかなり高く、引き締まった身体つきなので映える。

肩下までの金髪を一本に結っているが、おそらく少しカールのある髪質。ブルーグレーの目が印象的で、その顔立ちは彫りが深め、フォルトの従妹というのにも納得できた。

「服飾魔導工房のルチア・ファーノと申します。こちらこそ王城の皆様にはお世話になっております」

「……かわいらしい方だ……」

ジャスミンはブルーグレーの目を自分に向け、ため息をつくように言った。

貴族男性には初対面の女性を褒めなくてはいけないというマナーがあるそうだ。もしや、貴族女性でも騎士であれば、初対面の女性を褒めなくてはいけないのだろうか。

とりあえず、かわいいと言われたら否定せず、ありがたく受け取るのがルチアのルールである。

笑顔で礼を言うことにする。

「ありがとうございます、エンリーチ様」

「……あなたのようにかわいければ、きっとあのドレスも似合うのであろうな……」

小さくつぶやかれた言葉の後、彼女の目線はテーブル横の白いドレスボックスにずれる。

もしや、それは貴族の婚約ドレスなるものが入っているのではないか、ルチアは思わず尋ねてしまった。

「ご婚約のドレスですか？」

「いや、母が若い時のもので、迷うならばその型がかわいいから勧められたが……私ではサイズが小さすぎ、袖も通らぬ」

「ジャスミンは、婚約披露のドレスの相談で来たのです。納期四日の」

フォルトの表情は、疲労感ではなく落胆だったらしい。大変に残念そうである。

納期四日では、デザインを今日中に決め、縫い子を複数準備、交代制にすればいけるかもしれないが――それは通常のドレスの話である。

貴族の婚約・結婚ドレスは半年から一年の準備期間があると聞いていたが、何かあったのだろうか。

「すまぬ、フォルト殿。鍛錬をしているので、肩回りが入らなくなっているのに気づかず……あの当時、ウエストはゆるかったし、なんとかなるかと思ったのだが」

「デビュタントのドレスを婚約ドレスに流用しようとしていたなど、従妹とて許しません」

フォルトの声が一段低くなった。確かにそれは許さなそうだ。

「そもそも、本来なら、婚約ドレスは子爵家出身の新郎が贈るべきでしょう？　どうなさったのですか？」

「いや、中隊長殿も私も、そういった貴族の決まりにうとく……」

「私にそんな嘘が通じると思いますか、ジャスミン？」

フォルトの青い目が冴え冴えとした水色を帯び——女性は全力で白旗を上げた。

「一度しか着ないので、もったいないからいらないと言いました！　気に入っているドレスがあるからと！」

それが貴族子女のお披露目である、デビュタントのドレスだったらしい。

「十六歳のドレスと、二十四歳のドレスが同じわけはないでしょう……昨年のうちに言ってくれれば、私が手ずから縫いましたよ」

「その、いろいろとあり、少々ゆとりがなく……」

「私がプレゼントしたに決まっているではないですか！」

フォルトがついに雷を落とした。

そのまま説教に進みそうだったので、ルチアは即座に話を切り換える。

「フォルト様、納期までお時間もないことですし、まずは進めましょう！」

「あ、ありがとう、ファーノ殿。ええと、この型が母の勧めなのだが……」

ドレスケースから出されたのは、少しだけ古さを感じさせる白いドレスだ。

肩がふわりとしたパフスリーブ、胸元にはレースがたっぷり、腰には後ろで結べるリボン、裾には切り替えのフリルがふわふわと躍っている。大変にかわいらしい。

「私では、死ぬほど似合わないのだ……」

絶望的な声で言う彼女に、心から同情した。イメージが完全に逆方向だ。

「当時の流行ですね。母上方の世代は、フリルとレースの多いものが貴族にふさわしいという風潮があったそうですから」

フォルトの説明に納得した。年代ごとの流行(はや)り廃(すた)りはあるものだ。

今年の流行は上半身がややタイト、下はボリュームのあるフレアーだが、似合う似合わないはそれぞれなので、無理に乗る必要はないだろう。

ジャスミンであれば、長身を活かした、シンプルな仕立てのドレスが似合うのではないだろうか。

「フォルト殿、貸衣装でかまわないのだ。サイズが合って、みすぼらしくないのであれば……」

「はっきり申し上げますが、貸衣装ではあなたの身長のサイズは少ないです。急ぎでデザインを決めて、決まり次第、縫い子に特急で縫わせます。それでぎりぎりです」

「その……できれば貸衣装で、予算が金貨三枚なので……」

小さく小さくなって言うジャスミンに、フォルトは深いため息をつく。

「春の妹君のご結婚に、ご自分の財をはたいたのでしょう？」

「……妹は隣国へ嫁いだのだ。何かあったときを考えれば、持参金は少しでも多い方がいい」

「それで？　金貨三枚で、服飾ギルド長のデザインと、腕のある縫い子達の特急料金がまかなえると？」

「申し訳ない、フォルト殿。私の甘えだった。服飾ギルドに対しても失礼だった。自分で貸衣装の店へ――」

「ルチア！」

「はい！」

苦悩するジャスミンはそのままに、なぜかフォルトに強い声で名を呼ばれた。

「あなたは、いつかロングドレスも作ってみたいと言っていましたよね？」

「はい、言ってました！」

「ちょうどいい機会です。服飾魔導工房長として、貴族のドレスを知っておくのも大事です。婚約ドレスのデザインと制作実習を行いませんか？　残業代ははずみますよ」

それならば実習作品としてジャスミンに無料贈呈――少しは気楽に受け取ってもらえる。

フォルトはジャスミンに負担少なくドレスがプレゼントでき、立場的に服飾ギルドが動かせるとはいえ、それなりにいい理由付けができる。

自分はドレスが学べて作れる上、臨時収入が入る。

最高ではないか、うちの上司は！　ルチアは思いきり笑顔で答えた。

「ぜひ！　お願いします！」

それからすぐ、別室でルチアが聞き取りと採寸をすることになった。

フォルトは未婚女性の採寸はできず、本日の書類の山を平らにする作業がある。そのため、ルチアが聞き取りと採寸をし、終わったらギルド長室に戻ることにした。

聞き取りは、オーダーでドレスを作る前に必ず行う作業である。

「エンリーチ様、どうぞ、お楽になさってください」

採寸する部屋の中央には、大きな白い革のソファーが一つ。緊張した面持ちでジャスミンが座ると、ルチアは革板の上の書類に目を走らせる。

「婚約用のロングドレス、お披露目の場は子爵家でよろしいでしょうか」

フォルトはジャスミンに見えぬよう書類を斜めにし、支払い者欄に自分の名を綴っていた。仕事も行動も早い。

「その、ファーノ殿にもご迷惑をかけ、大変に申し訳なく……」

「いえ、作らせて頂けてありがたいです！　先に謝罪しておきますが、私はこれが初めての貴族向けのロングドレス制作となります。全力を尽くしますが、不慣れ故、粗相があればお許しください」

相手は男爵家のご令嬢、その仕事は王城警備隊、婚約者は子爵家、その婚約のお披露目のドレス。本来であれば、庶民の自分がぽんと任されていい案件ではない。

「いや、どうか気を使わないで頂きたい。私は高等学院から騎士科に入り、今日まで騎士として過ごしてきた。こういったことは不慣れでご迷惑をおかけするが、よろしく頼む」

「ありがとうございます。では、早速ですが、エンリーチ様はご婚約のドレスにお好みやご希望はありますか？　お好きな色や形があれば、お教えください」

「では……できるだけゆるめで、腕を出さぬものをお願いしたい」

「腕を隠すのがご希望ですか？」

「ああ。その……二の腕がかなり太いのだ、特に左が」

ひどく言いづらそうにして、ジャスミンは右手で左の二の腕をつかむ。

「警備兵は片手で盾、片手で剣なので、どうしても腕が太くなる。足は長めのドレスで隠せるが、二の腕が出るものはみっともないのだ。騎士仲間には丸太のような腕だと笑われたことがあって……『お前はジャスミンというより、まるで樫の木だ』と……」

ふざけるな、彼女の苦手意識をわざわざ作ったその騎士仲間に、思いきり抗議したい。

「王城で任務をがんばった証拠ではありませんか？」

「ああ、上官殿、いや、婚約者にも『騎士が腕の太さを恥じるな、むしろ誇れ』と言われた……」

「とても素敵な方ですね！」

「ああ、私にはもったいない方だ」

その言葉と共に、ジャスミンはふわりと笑んだ。整った騎士の顔が、少女めいて和らぐ。

それだけで、彼女が相手を想う気持ちがわかった。

「お相手はどんな方でしょうか？」

「王城警備隊の中隊長で、私の上司なのだ。その――父同士が昔からの友人で、双方いい歳で独り身だからと一年半前に婚姻を決めて……上官殿は有能だ。もっと条件の良い方が娶れると思うのだが、お優しい方なので、断り切れなかったのだと思う」

「そう、どなたかに伺ったのですか？」

「いや、婚約披露を一年延ばされたので、本当は乗り気ではないのだろうと……」

本人に聞きもせずに決めつけているらしい彼女は、そっと視線を落とした。

「何せ、私は男のような身体つきで――いっそ、騎士服か男物の方が似合うと思うのだが」

自嘲気味に言う彼女に、ルチアはちょっとだけ口を尖らせる。

「エンリーチ様、もし、同僚の女性騎士の方に、剣の腕と鍛えた筋肉を自慢されたら、なんとお答えになりますか？」

「それは――よくぞお鍛えになられた、そう褒めるだろうな」

「では、なぜそれを、ご自身に向かっておっしゃってあげないのですか？」

「あ……いや、それは……騎士としての自負はある。だが、女性としては、その、敬遠されやすいというか……ファーノ殿は、王城の騎士団棟に入ったことがあるか？」

「いえ、ございません」

「王城はとても美しい方が多いのだ。それと比べると私は男のようで……」

「それは、思い込みではないのでしょうか？」

「……以前、雨の日の鍛錬で泥まみれになって、タオルで顔を拭いたがとれず、湯を浴びようと浴場へ行ったら、脱衣所で悲鳴をあげられた」

「え？」

「男と間違えられたのだ。飛んできたのが仲間の女性警備隊員だったので、笑い話で終わったが……このひどい見た目だからな」

「何をおっしゃるんですか、十分美人です！」

思わず大きな声になった。

背が高い上に騎士服だったから、勘違いされただけだ。美醜の問題でもない。

泣きそうな表情で話すジャスミンに、露草と呼ばれた、あの日の自分が重なった。

自信などなかった。かわいさも美しさも他の誰かのものだと思っていた。

でも、今は、自分のかわいさもきれいさもちゃんと知っている。

誰だって、それこそ老若男女関係なく、一人一人のきれいな形、かわいい形はきっとあるのだ。

どうか、他の誰かと比べないで、『自分』を見てほしい。

いつもと違う服を着て、違うイメージに装うことは、違う誰かになることではない。

自分の中の、一つの顔を強調するだけのことだ。

そもそも、ジャスミンはフォルトと顔立ちが似ているのだ。かつ、身長があって、身体は鍛えていて――許されるならば男性の燕尾服から女性のドレスまで、一日取っ換え引っ換えで着せたいくらいに美しい。さすがにそう口にはできないが。

「無理はせずともよい、ファーノ殿。手ですらこの通りだ。手袋がなければ、とても舞踏会など参加できん……」

開いた手のひらは、厚い皮に肉刺。剣と盾を持ち続けた、見事な騎士の手だ。

「いい手ではないですか！　あ、私のも見てくださいこれ」

ルチアは右手を差し出す。

人差し指の先の左側、そして親指の先には、針仕事による白くなったタコがある。ルチアはこれをほとんど削り取ったことがない。

「これは服飾師、そして縫い子の自慢です。これだけ多く縫った、がんばったという証拠なんです。布に引っかからない限り、削ったりしません。ポーションで治したりもしません。この指がみっともないなんていう相手は、こっちから願い下げです」

きっぱり言い切ると、ジャスミンは目を丸くし——少しだけ笑った。

「あなたは、本当に服飾師なのだな……」

「ありがとうございます。それと、私はかわいい服、きれいな服が好きですし、服飾師としてそういった服を作って、自分も着たいので、それなりに努力はしています」

「どんなことをしているか、伺ってもよいだろうか？」

「食べ物・運動・スキンケア・お化粧・お洋服のチェックです」

「生活全部ではないか……」

ジャスミンがひいているが、たいしたことではない。

「一部だけですよ。食べ物であれば、食べすぎない、野菜と果物を多くとる、油物を控える。運動は機会があればできるだけ歩き、腹筋と腕立てとしゃがんで立つを四十回ずつ、これをお風呂に入る前に必ずやります」

「待ってくれ。服飾師とはそんなに力がいるのか？　持つのはハサミと針だろう？」

「布は一巻き、糸も木箱でどんときますから、かなり重いですよ。縫いは布の枚数が多いか、革物だと力が要りますし、重いアイロンを長い時間かけることもあります」

「そうなのか……」

「話を戻しますが、スキンケアはどんなに眠くてもお風呂に入ってメイクを落とします。それで化粧水とオイルを使います。お化粧は朝起きて顔を洗ったらすぐにしています。あと、メイクの方法は年に一度、化粧品店で相談し、やり方を教えてもらっています。髪も洗ってからオイル、そしてドライヤー、カットは一ヶ月に一回、行った日に次の予約を入れます」

「やはりすごいな。化粧水ぐらいはつけるが……服もやはり、かなり選ぶのだろう？」

「お洋服は自分と同じ身長のマネキンに着せて確かめています。横と背中のチェックがしやすいので。あとは服の枚数が少ないので、小物で変化をつけたりします」

部屋にある白いマネキンは、ルチアと同じ身長、スリーサイズもほぼ一緒だ。

薄い金属板で中を空洞にして作ってもらったが、最初はかなり重かった。

軽量化の魔法付与は苦手だと言いながら、友人で魔導具師のダリヤが必死に加工してくれた。おかげでルチア一人でもなんとか持てるくらいになった。

「努力されておられるのだな。私は本当に何もしていなかった。これは怠慢の結果か……」

自分のばさりとした髪に触れ、ジャスミンが視線を下げる。

だが、ルチアにとってはむしろそのばさりとした髪からも、肉刺のある手からも、王城警備の任務に懸命な彼女が透けて見える気がした。

「騎士として鍛錬をしてきた結果でしょう！　私は服飾師でこちらを目指しただけですから。エンリーチ様にはエンリーチ様に似合うきれいさと、お似合いのドレスがきっとあります！」

「……ありがとう、ファーノ殿、どうかよろしく頼む」

ジャスミンが依頼の言葉をかけてくれたので、満面の笑みで進めることにする。

「ありがとうございます！　じゃあ、全部脱いでください」

「ぜ、全部？」

「あ、下着上下一枚はそのままで。靴も脱いでください。採寸と体型を拝見させて頂きたいので」

服と靴を脱いでもらい、絨毯(じゅうたん)の上に薄布を重ねた、その上に立ってもらう。

ルチアは肩、胸、腰、腕の長さ等の採寸をし、骨格と肉付きを確かめる。

美しい——騎士らしく鍛えた身体は、きっちり筋肉がついており、健康的な若々しさを感じさせる。胸は思ったよりあり、ウエストラインも高め——つまりは手足が長い。確かに左腕が右腕より太いが、気にならぬ程度だ。

太いと本人が悩む腕だが、全体のバランスから見ればちょうどいい。確かに左腕が右腕より太いが、気にならぬ程度だ。

そして、なんといっても騎士らしく姿勢がいい。凜(りん)とした立ち姿はショーウィンドウのマネキン以上である。特に背中のラインは絶賛したい。ジャスミンの背後で思わず見入ってしまった。

「……みっともないだろう？」

「は？」

背中の美を堪能していたために、思わずおかしな声が出た。

「苦労をかける。王城騎士にしては身体強化の魔力が少ないので、筋力で補った結果がこれだ。似合うドレスを探すのは大変だろう」

「何を言ってるんですか！　私は見惚(みと)れていただけです」

「え？」

今度、おかしな声を出したのはジャスミンだった。

「とてもお美しいですよ！」

「初めて言われたな。世辞でもありがたいものだ……」

小さく言った彼女に、心底反論したい。

しかし、見たことのない婚約者殿よ、まさかあなたは、愛しい女をきれいだと褒めていないのか？　知り合いだったらきっと説教していた。

なお、以前、友人のイルマの婚約者——現在はとても良い旦那さんだが、彼には同じ理由でぎりぎりと説教したことがある。しばらくちょっと怖がられたが、後悔はない。

その後、イルマが一気にきれいになったので、きちんと伝えているらしいことは理解したが。

「お世辞じゃありません！」

ルチアは正面に移動して続ける。

「お気になさっている腕ですが、けして太くありません。左右も違いは大きくありません。筋肉がきれいについていて、健康的で、むしろいい感じです」

「いい感じ……」

「鍛錬の成果だと思いますが、たるみの一切ない首、くっきりとした鎖骨、ここはネックレスもレースも映えそうですし、胸も腰も補整下着がいらないくらいです。ひきしまった高めの位置のウエストはマークするとより女性らしさが出そうですし——普段から姿勢がいいからだと思いますが、立ち姿も凜として素敵です！」

「あ、ありがとう……」

見る見る間に赤くなる彼女は、大人のかわいらしさもある。

「なんといっても見惚れるのが、この背中のラインですね！　隠すのが惜しいぐらいです！　ずっと観賞したいくらい！」

「……ファ、ファーノ殿、その、お言葉はありがたくはあるのだが、その……」

「大丈夫です、お客様は口説きません！」

冗談をこめて笑うと、ほっとした顔で笑み返された。

確認を終えて服を着てもらいつつ、ルチアの頭は作るドレスのことでいっぱいになった。

美しいこの女性騎士には、背中が大きく開いたバックレスのドレスがきっと合うだろう。

ただ、ジャスミンは露出を嫌うので、そこは同色レースの切り替えで半分ほど隠そうか。腕も同じように繊細なレースをあしらって透かせてみせるのはどうだろうか。

だが、お披露目は舞踏会。動きやすさと着心地も重視したい。

ウエストを絞って、裾は大きく広がるタイプはどうだろう。裾が長めの方が上品とされるが、長いドレスはあまり着慣れないという。足回りがもたつかぬよう、ライン取りとカットには気をつけたい。

夢見心地でギルド長室に戻ると、フォルトが書類の山、その最後の一枚にサインをし終えたところだった。

「ちょうどよかった。一息いれて、デザインについて話し合いましょう」

移動した先は、服飾ギルド内のこぢんまりとした応接室だ。

部屋に入ってすぐ、メイドがワゴンでシュークリームと何種類かのケーキ、そしてミルクティーとコーヒーを運んできた。

テーブルに所狭しと並べられたそれらは、全員の夕食が甘物に変わることとなりそうな量である。

「デビュタントの時のドレスより厚みがありますが、身長も伸びていますので、雰囲気は一緒のドレス――スタンダード、クラシカルなものが似合いそうですね」

シュークリームを片手に、フォルトが採寸の書類を確認している。

「フォルト殿、数値だけでわかるのか……？」

「ええ。数値さえあれば体型はわかりますし、服を着ていても、首と手首を見れば肉付きや肉質は大体想像できますから」

さすが服飾ギルド長、体型把握は完璧である。ただし、服飾師以外が言うと問題になりそうだが。

「補正はコルセットだけでいいですね。布はハリのある方が合いそうです。デザインは――ルチア、もう案はありますか？」

ルチアはスケッチブックを開き、さらさらとドレスを描く。

「ええと、バックレスで背中を見せ、そこにカバーレース、そしてレース袖、色はオパールグリーンではどうかと」

「そうきましたか。私的にはプリンセスラインでオフショルダーのドレスが合うかと思うのですよ」

フォルトもスケッチブックを開き、ガリガリとドレスを描く。それも確かに似合いそうだ。

互いのスケッチブックを見た後、チーズケーキを無言で咀嚼（そしゃく）するジャスミンを見る。

「わ、私は、どちらでも……！」

喉に詰まらせかけながら彼女が答えると、従者がそっとミルクティーを渡していた。

「やはり背中は開けず上品に、そして、オフショルダーの方がよくありませんか？」

「いえ、バックレスでも上にレースを組み合わせれば上品さは保てると思います」

フォルトと出会って以来初めて、意見がくっきり割れた。

言葉は丸いが、完全に譲らぬ目だ。たぶん自分も同じだが。

「髪は結い上げ、美しい首から肩のラインをすっきり出し、そこを強調して二の腕をカバーするオフショルダー、クラシカルなドレスライン、それがきっとジャスミンに似合います」

きっぱりと言い切られた。自分にデザインの実習もさせてくれるのではなかったのか？

「エンリーチ様の肩のラインの美しさは認めますが、左右の腕の差を気になさっているのです。それに拝見しましたが、あの美しい背中は絶対にチャームポイントにするべきです！　背中を出して上から透かしでレース、そしてゆとりのある花模様のレース袖。ご婚約なのですから、ここは美しさにかわいらしさを重ねるべきです！」

「あ、あの……お二人とも……」

あわあわと腕を上げ下げしているジャスミンがいるが、似合う服が脳内にはっきり見えた以上、これは譲れぬ戦いである。

ジャスミンには絶対にバックレスに袖付きレースの方が似合うと思う。

似合わぬというのならば、きっちりとした理由か実際のドレスで叩き返して頂きたい。服飾師の先輩として遠慮なく。

「レース袖はかわいいですが、オフショルダーの方が、貴族夫人としての品格が生まれるのではないですか？」

それを言われると考える。貴族女性としての品格は確かにオフショルダーの方が上だろう。

しかし、まだジャスミンが夫人になるまでは一年あるのだ。かわいさを優先させてもいいではないか――そして気がついた。

「フォルト様、それはむしろ、ご結婚のドレスにいいのでは？」

「あ……」

三、二、一――二人同時に深くうなずいた。

「「そうしましょう！」」

「ま、待ってほしい！　フォルト殿、私の経済状態では――」

「大丈夫です。あなたの婚約者の上司の奥様は、私の親しい友人です」

それは少々遠いというか、一体どんな関係なのかと思うが、あえて口は閉じておく。

この上司であれば、きっといい感じにしてくれるに違いない。

「婚約者に結婚のドレスを仕立てるのは子爵家男性としては当然のことです。将来有望な部下に、ご紹介とお勧めをきっとして頂けるでしょう」

そして、きっと断れぬものだろう。ぜひがんばって頂きたい。

こうして、二枚のデザイン画はそれぞれ制作へと進められることになった。

「ああ、絶対にこれだわ……オパールグリーン……」

服飾ギルドの作業部屋のひとつで、ルチアは滑らかな布を指でなぞりながら、にまにまと笑みを浮かべる。

オパールグリーンは、わずかに灰色の入った、薄く明るい緑色である。

緑だから地味だと思うなかれ。ダブルシルクをオパールグリーンに染めた布は光沢が強く、動く度に草原に風がさざめくように濃淡を変える。とても美しいものなのだ。

問題はお値段だが、そこは服飾ギルド長、ジャスミンの従兄(いとこ)、そして自分の上司、フォルトが笑顔でサインをくれた。

この生地で失敗したらどうしようとちょっと思ったが、振り払って笑顔になる。こんな機会は滅多にない。

「デザイン画はこれで、仮ドレスはこちらで――」

昨日、フォルトのそんな指示で、仮ドレスがストック室から出された。

デザイン画は一昨日の夜中過ぎまで叩き、朝一番、類似のラインの仮ドレスをジャスミンに合わせて補正、継ぎ足し、それを解体して基本の型紙を作った。

本日は裁断師が裁断した布を、縫い子がひたすらに縫う。二交代で休憩を取り、できるまで縫う。

明日、ジャスミンに着てもらい、再び補正する予定である。

急ぎのドレスではよくある作り方だそうだが、仮ドレスにしても丸ごと一枚を解体するのは、ちょっと胸が痛んだ。

もっとも、解体したものもワンサイズ小さいドレスに縫い直し、最終的には子供服までいくそうなので、無駄になることはないのだが。

「私も昼の間は手伝いましょう」

フォルトは昼食の時間、縫いの作業を手伝っていくようだ。

ルチアも服飾魔導工房を二時間だけダンテに任せてきたので、その間はデザインチェックと縫いの作業をすることにする。昼食は果物ジュースを二杯買い、一気飲みすれば足りる。

オパールグリーンのしっかりした生地、その裏地と表地が重なる部分、その厚みをまるで感じさせることなく、フォルトがするすると縫う。

「速い……」

若い縫い子とルチアは、その手際に見入った。

「たいしたことはありませんよ。ミスリル針に身体強化ですから」

視線に笑うフォルトだが、縫いの力だけではない。二本糸なのに絡ませず、その縫い目は正確で、針刺し機並みである。

その横で取りかかる片眼鏡をつけた熟練の縫い子達も、編み機かと思えるほどに速い。

身体強化持ちらしく、固いベルト芯にまで余裕で針を刺す縫い子には見惚れてしまう。

「はっ、あたしも少しでも手伝わないと！」

夢中で見るあまり、『私』ではなく、『あたし』――素の言葉が出てしまったのに、ルチアは気づかない。

皆がちょっとだけ微笑（ほほえ）ましく彼女を見つめ、縫いは急ぎ進んでいった。

縫い上がったのはお披露目当日の正午。

担当した縫い子達はフォルトからの心付けを手に、仮眠するか帰宅するかに分かれた。

皆、赤い目や濃灰の隈に彩られた目をしていたが、完成のときは手を叩き合って喜び、互いを褒め称えた出来栄えだった。

ルチアは少々フラついていたところ、フォルトの従者にお高い液体の入ったガラス瓶を渡された。生まれて初めてのポーションは、とてもおいしくなかった。


ジャスミンが服飾ギルドに来たのは昼を過ぎた頃だ。

応接室でオパールグリーンのドレスに着替えてもらうと、フォルトも室内に入ってくる。続けて、体力が残っていた縫い子が二人、加わってくれた。

ここからは気合いの最終補正である。貴族女性のそれは、『髪の毛一本補正』と呼ばれる細かさだ。

「背中のレースをあと指一本分下に、で、どうですか？」

「いいと思います。袖丈はどうでしょう？」

「もう少し短くてもとは思いましたが、踊るときは腕を曲げるので、これがちょうどですね」

ルチアのデザインではあるが、婚約のお披露目も舞踏会も勝手がわからないので、フォルトの提案は基本すべて受け入れる。ジャスミンに絶対に恥をかかせたくはない。

一方のジャスミンは、関節可動人形のごとく、黙ってされるがままになっていた。婚約のお披露目という幸せの日に、顔が緊張で固まっている。鏡をじっと見ることもない。

そうこうするうちにも、オパールグリーンのドレスは彼女の身体に寸分違わず合わせられていった。

基本のドレスラインはクラシカルな夜会用。広がりすぎない、そしてタイトすぎないものだ。

ドレス本体の生地は、胸の開きが谷間の見えぬ程度、背中が中央下がりで大きめに開けた。その上を、同色に近い色に染めたレースで覆うようにして縫い付け、異素材を一体化させた。

繊細な模様のレースは、肘下までのゆるめの袖付きだ。見ようによってはケープのようである。鎖骨の下から胸まで、背中側は半分ほど、レースが肌を隠しつつ魅せる。

レースの下に見える筋肉質な腕――ジャスミンはひどく心配していたが、それはむしろ背中からの流れで健康的で品のいい色気があった。

補整下着はほぼない。ダンスで胸が揺れすぎぬよう、胸部下着に強めの生地を使ったくらいだ。フォルトがコルセットまでいらぬと主張したときはどうかと思ったが、ドレスの最終補正をかけてわかった。

ジャスミンの立ち姿はメリハリがきっちりあり、なおかつ姿勢がすばらしくいい。踊る際のボディラインの自然さを考えれば、ない方が美しいかもしれない。

縫い子がちょっとだけ気にしていたが、服飾ギルド長で、夜会にも舞踏会にも慣れたフォルトである。その判断は間違いないだろう。

ゆるく癖のある金髪は美容室に行ったばかりなので艶々だ。それを服飾ギルドの専属美容師が整え、ダンスでも崩れぬように隠しピンを入れ、結い上げていく。ふわりとかわいいシニヨン――庶民でいうお団子結いになったところに、貴石で小花を模した白い髪飾りがつけられた。

その後は丁寧な化粧が施されていく。少し日焼けした肌には補正用の下地を、健康的な質感を損なわない程度に。白粉(おしろい)をはたき、眉を整え、頬紅(ほおべに)を薄くのせ、唇に透明感のある朱赤を飾る。

見惚れている中、定着用化粧品として、クラーケンが原料というリップと白粉(おしろい)が出てきたときにはちょっと驚いた。

しかし、化粧崩れは舞踏会の大敵。クラーケンには尊い犠牲になって頂くことにする。

魔物素材をよく扱う友人に、次会ったときに教えたいところだ。

仕上げはアクセサリー。髪飾りとお揃(そろ)いの小花のイヤリングに、磨きあげた婚約腕輪だ。

婚約腕輪は鍛錬で傷をつけるのが怖いので、普段は首から下げた革紐(かわひも)に通しているという。

金地に輝く青の石が三つ。濃度が異なるやや大きめの石が並んだそれは、なかなかに豪華だ。

ルチアは貴族の婚約腕輪はこういうものかと感心する。

すべてがそろった彼女はようやく伏せていたブルーグレーの視線を上げる。

ジャスミンというよりも、薔薇(ばら)の如(ごと)き大輪――そんな、美しい淑女がそこにいた。


「仕上がりました、とてもおきれいですよ！」

部屋の大鏡の前にジャスミンを連れ、ルチアは告げた。

しかし、恐る恐る鏡を見た彼女は――思いきり困った顔をした。

残念ながらご不満らしい。直せるところであればと思いつつ、急いで尋ねた。

「エンリーチ様、お気に召さないところがありますか？」

「待ってくれ……どうしたらこうなる……？」

「お気に召さないのはドレスでしょうか？　それとも他の部分でしょうか？」

「いや、すまない、気に入らないということではなく、その……きれいで、自分ではないようで
……見慣れぬというか、こう……落ち着かぬ……」

鏡から目をそらして言う彼女の頬が、次第に赤くなる。

「み、皆様……ここまでして頂いて、本当に、ありがとう……」

きれいな上にかわいい。オパールグリーンのドレスをまとったジャスミンの礼に、ルチアも縫い子も美容師も喜びの笑顔になった。

ただ一人、例外がいたが。

「だから何度も言っていたではないですか、ジャスミン！　デビュタントの美しさは幻ではないと、あなたは十分きれいだと。それを、ドレスを着る機会をことごとく避け続け――」

「すまない……腕の太さが気になってから、どうしてもドレスが着られなかったのだ……」

丸太のような腕だとか、ジャスミンというより樫の木だと言った騎士仲間、やはり許すまじ。その言葉で、どれだけ彼女に重荷を背負わせたのだ。

「あなたに似合いのドレスも百は描いていたのですが――まあ、本日こうしてきれいさを確認したのです。今度は結婚のドレスに、訪問用の衣装、冠婚葬祭に妻として同席する場合の衣装――楽しみはたくさんありますからね」

大変いい笑顔でフォルトが言った。

すでに専属服飾師が確定したようである。拒否権もなさそうだ。

「いや、きれいなのはこのドレスとメイクであって……私では……」

またも困り顔になりかかったジャスミンに、ルチアは笑顔で言う。

「きれいだと言われたら、否定せず、ありがとうございます、と笑顔で返すのがお約束です」

「お約束？」

「祖母にそう教わりました。そうすると、もっときれいになれるそうです」

「ど、努力する……」

「じつにすばらしい教えですね」

フォルトが大きくうなずいてくれた。

「だが、本当にコルセットはいらないだろうか？　やはり私は太めで……」

「最初に二曲踊るのが婚約者、次の一曲が義父上、あとは挨拶でしたね？」

「ああ、その予定だ」

「ではやはり、『今回は』コルセットはなしで。これは私のお勧めです。今宵は好きなだけ婚約者と踊っていらっしゃい」

「いや、上官殿はあまりダンスがお好きではなく……」

「あなたはダンスが好きだったではないですか。ああ、もし、婚約者殿が親族以外の他の男性と踊るよう勧めたなら、絶対にお教えください。一度、ゆっくりとお話をしたいので」

にっこりと笑うフォルトに妙な凄みを感じる。

ダンスにしっかり付き合わぬ婚約者は、貴族として失格なのかもしれない。

「フォルト殿、今回は本当にありがとう。服飾師の茶代は後日必ずお渡しする」

服飾師の茶代とは、追加金・心付けのことである。貴族の洋服を作る場合にはあるそうだ。なお、庶民にはそういった慣習はない。

「デザインしたのはルチアです。服飾師の茶代はルチアにお願いします」

「ありがとう、ファーノ殿、後日、必ずお持ちする」

「いえ、今回は私が実習させて頂いたのですし、お支払いはきちんと頂いておりますので！」

初めての貴族用ドレスで、教わったことの方が多かった。デザインとて、フォルトに貴族向きやダンス向きのものなどを説明され、元画からいろいろと変わったのだ。

このような半人前の仕事で、受け取るべきではない。

「服飾師の茶代は貴族の嗜みだ。そう多くはできないが、遠慮なく受け取ってもらいたい」

「お気持ちはうれしく――ええと、ではこういったお願いはできませんか？　私はこれからいろいろな服を作りたいので、もしどなたかが、一着依頼したいというようなことがありましたら、選択肢の一つにご紹介頂けないかと」

「わかった。正直、内緒にしておきたい思いもあるが、全力であなたを紹介してこよう」

ジャスミンも笑顔で冗談が言える余裕ができたらしい。ルチアは安堵した。

「それと――『ルチア殿』とお呼びしてもいいだろうか？　私のことは『ジャスミン』と」

「もちろんです。ジャスミン様！」

ジャスミンの専属服飾師はフォルトだが、許されるなら手伝いくらいは続けたい、そう思えた。

「本当にありがとう、ルチア殿。フォルト殿、皆様、おかげで――自分に少し自信が持てた」

これでも少しなのかと突っ込んではいけない。

スタートは小さく、そこから加速度をつけて結果は大きく、それが目標である。

「本当におきれいです、ジャスミン様。きっと惚れ直されますよ！」

「……あ、ありがとうございます」

必死に答えたジャスミンが、またも視線をさまよわせる。

「……本日、他人だと疑われぬだろうか……いや、今後、ドレスを脱いで、化粧を落としたら幻滅されるのではないだろうか……」

「ジャスミン、どこまで後ろ向きなのです？　ここにきて、まだそのようなことを――」

「フォルト様ー、あとはお任せしますねー！」

ルチアは所用を思いつき、笑顔で部屋を後にした。

「すまない、フォルト殿。忙しい時にエスコートなどということをさせて――」

「かまいませんよ。ちょうど予定は空いておりましたし、大変に役得です」

黒の燕尾服に着替えたフォルトは、一段声を大きくして答える。

すでに、窓からの夕焼けに、足元の影が伸び始める時間だ。

本当ならジャスミンの婚約者が服飾ギルドへ迎えに来て、自家へのエスコートをするはずだった。

だが、王城で何かあったらしい。急ぎの伝言が届いた。

遅れるので実家である子爵家へ先に行ってほしい――少々納得はいかぬが、王城警備はけして安全な仕事ではない。彼に何事もないことを祈るばかりである。

数日前、ジャスミンのあまりに自信なさげな態度が気にかかり、婚約者について少々確かめた。

王城警備隊の中隊長は大変に真面目で――酒は飲まず、賭け事もせず、花街の出入りもなし。趣味は鍛錬でジャスミンと同じ。少々寡黙で無骨なところはあるようだが、まさに騎士そのもの。

結婚の遅れは腕輪の宝石に気合いを入れすぎ、二人の新居の準備が遅れたことによるものらしいが――それは自分がジャスミンに教えることではないだろう。

かわいい従妹の晴れの日、エスコートの代理は喜んで引き受けよう。

「フォルト殿、何から何まで本当にありがとう……」

「いえ、お気になさらず。がんばったのはルチアと縫い子と美容師ですので。機会があれば、ルチアを他の方々へご紹介ください」

ジャスミンは本当に義理堅い。この先、年を経ても、笑顔を代価に贈答品を受け取る、そんな貴族女性になるのは難しそうだ。

「フォルト殿……もう一つ、あなたに礼を言いたいことがあるのだ」

「なんでしょう？」

「私は、あなたに最初に剣を教えて頂いた日に、騎士になろうと決めたのだ。覚えておられないかもしれないが、共に『騎士になろう』と話したことがあって……」

いいや、フォルトもはっきり覚えている。

高等学院の騎士科に入って間もない頃、叔父に頼まれ、従弟（いとこ）に剣の稽古をつけに行った。

そこに参加したがった幼い妹、それがジャスミンだ。

自分が剣の持ち方から教え、思わぬほどに筋がいいのに感心した。

兄妹（きょうだい）を褒め、いつか王城騎士になりたいという兄に、妹は自分もなりたいと言いだし――

同じく王城騎士団を目指していた自分は、小さな騎士の後輩達にその夢を告げた。

そして、三人で約束した。

『共に、このオルディネを守る騎士になろう』、でしたね……」

約束は守れなかった。自分は剣を捨て、服飾ギルドの扉を叩いた。

後悔はない。だが、騎士を目指していた想いは、情けなくもまだ残り火のように内にある。

ジャスミンの言葉に、それを久しぶりに認識した。

「約束を守れずに申し訳ありません。私は残念ながら力及ばず」

「いいや、フォルト殿は、立派に子爵家当主と、服飾ギルド長の両方になられたではないか。それによい部下もおられて――いいや、それはそうなのだが……私には、やっぱり騎士のように思えてならないな……」

「それは体型管理を褒められていると思っても？」

「そういうことではなく、なんと言えばいいのか――」

冗談で話を流そうとしたが、まっすぐなブルーグレーの視線に阻まれた。

「ああ！　きっと、針が剣なのだ！　フォルト殿もルチア殿も！　あ、すまない、おかしなことを言って……」

剣を握らせたあの日から騎士を目指し、高等学院騎士科に進み、今は王城警備隊員。

本日までまっすぐに進み続けた従妹、一人前の騎士にそう言われるのが、ひどく誇らしい。

けれど――自分はもう、騎士にはならない。

「私達は服飾師ですから。ハサミと針が武器なのですよ」

にっこり笑ってそう言うと、ジャスミンは納得したようにうなずいた。

「あなたへと――ルチアから頼まれました」

淡いピンク色をした大きめの紙箱から取り出したのは、かわいらしい花束——彼女と同じ名前の花だ。

わずかに黄色みを帯びた、白い小さな花。その芳香がふわりと馬車の中に広がる。

ルチアはジャスミンの準備が終わった後、近くのフラワーショップに急いだらしい。自分が馬車に乗る前、この箱を渡してきた。

『ジャスミン様の婚約者さん、一度もきれいだと褒めたことがないそうなんです。気遣いがなさすぎです！　褒め言葉は自信につながります。フォルト様、行く時にちゃんと、思いきり、褒めてあげてください！』

その剣幕にちょっと押されたが、全力で同意した。

「とてもいい香りだ！」

花の芳香に無邪気に笑うジャスミンは、最初に剣を手にしたときとひどく似た表情で——それでいて、美しい淑女となっていた。

馬車がゆっくりと速度を落とす。どうやら、子爵家に到着したらしい。

花束を大事そうに持ち、くんくんと匂いを嗅いでいる姿に笑ってしまいそうになったが——

馬車を降りるエスコートのため、フォルトは先に進み、白手袋をつけた手をそっと差し伸べる。

「婚約おめでとう、ジャスミン——今宵、王国であなたが一番、美しい」

「……ありがとうございます」

白い花の名を持つ淑女は否定せず、とてもきれいに微笑んだ。

ジャスミンは、半ば夢見心地で客間のソファーにもたれていた。

婚約者はようやく王城から戻り、今は着替えの最中だという。

義父母と義兄となる方にはすでに挨拶を済ませ、小部屋で休ませてもらっている。

婚約のお披露目の日、さすがに婚約相手なしでその家の廊下は歩けない。ご家族は来客対応がある。それにこれから立ちっぱなしになるのだから、少しでも休んだ方がいいと気遣われた。

慣れぬドレスへの緊張があるので、ジャスミンは素直にそれを受けた。

「すまん！　遅くなった」

「お疲れ様です」

「あ、ああ――お疲れ様……」

時間ぎりぎりに滑り込んできた上司、いや、自分の婚約者は、なぜか一瞬固まった。

その後、ほどけてもいない襟元の黒いタイを急いで結び直す。燕尾服用のスマートなシャツは、少々襟回りがきつかったのかもしれない。

「王城で何があったのですか？」

本日の準備で二日休んでいたので、気になって尋ねてしまった。

「魔導具制作部の三課で飼っている魔羊（まよう）が逃げて、隊で追いかけた」

「また、三課ですか……」

魔導具制作部の三課は、王城で必要な魔導具を作る一課二課とは違い、学術的魔導具研究をして

いる部署である。とはいえ、それは名目で——高位貴族の子弟で高魔力の者、それでいて魔導師や文官になれない者を『とどめ置く』場といわれている。

当然、問題も多い。

ジャスミンが王城に勤め始めたばかりのとき、三課は魔導具の調整を間違えたとかで、ボヤ騒ぎを起こしていた。

その後も魔石の実験で小規模とはいえ爆発、水漏れ、地面に突然に穴を掘る、なぜか魔羊を飼って逃げられるなど、いい記憶はない。

できるだけ距離を置きたい場と人々というのが、王城の多くの者の見解ではないかと思う。

「餌でもよくなったのか、前より三倍は飛ぶやつでな……」

「三倍……」

魔羊は羊とよく似た見た目だが、魔力持ちの魔物である。攻撃魔法を放つことはないが、力が強く、何よりジャンプ力がある。また、近くで見ると目つきが悪く、弱い者を狙って蹴りかけるほどに性格も悪い。

以前にも逃げ出し、自分も追いかけたことがあるが、空を飛ぶように跳ねながら逃げる様に、遠い目になったものだ。あの三倍と言われると頭痛がする。

「前回のように投網で捕獲を？」

「いや、魔物討伐部隊の鍛錬場に逃げ込んで——素手で捕獲された」

「え、素手ですか？」

さすが、いつも魔物を相手にしている隊員達である。強さと素早さが違う。

「赤 鎧のお一人が捕まえてくださったのだが、その腕の中で、ぷるぷる震えて、潤んだ目をしていた。まるで臆病な小羊のようだった」

「あの魔羊が？」

「あの魔羊が」

間の抜けた会話に聞こえるが、これは驚きと共に、その騎士に対する敬意でもある。

やはり魔物討伐部隊で先陣を切る赤 鎧、命懸けの戦いを重ねてきたために、魔羊にも畏怖されるのかもしれない。

「『毛艶が良い。いい世話をしてもらっているのだな』と語りかけられて、『メェー』と小羊のように甘えて鳴いていたぞ。受け取ってから逃げられないように、鉄線入りの縄を三本かけて連れ戻したが、まったく暴れもしなかった……」

少しだけ悔しげな声になっている上官殿に同情を覚える。

王城警備隊と魔物討伐部隊。魔羊に悟られるほど、強さに開きがあるのだろうか。

「やはりここは、鍛錬あるのみではないでしょうか」

「ああ、そうだな。明日からもがんばろう」

互いに拳を握りしめて言った後、上官殿は少し鼻をひくつかせた。

「いい香りだな……」

「見てください、とてもかわいい花束を頂いたのです！」

ルチアにもらったジャスミンの花束を見せたところ、思いきり眉をひそめられた。いきなり目の前に近づけたので、香りが強すぎたのかもしれない。

「……それは、ルイーニ子爵から？」

「いえ、服飾魔導工房長のルチア・ファーノ殿からです。このドレスをデザインして頂いた服飾師の方です」

つい、自慢げに言ってしまった。

「その……よく、似合っている」

「ありがとうございます」

本日、婚約発表といえど、甘い言葉の一つがあるわけでもない。だが、ドレスを褒めてもらえただけで、とてもとてもうれしくなった。

「そろそろ時間だな、行こう」

当たり前のように手を出され、それがエスコートのためだと気づくのに一拍遅れ――それでも背筋を正し、手に手を重ねる。

そうして二人、部屋を後にした。


会う人会う人に祝いの言葉をかけられ、挨拶をくり返す。

美しいと口々に言われたが、慣れていないのでどうにも落ち着かなかった。

だが、素敵な装い、似合いのドレスという言葉に、つい笑みがこぼれる。

フォルトとルチア、服飾ギルドの者達が、この自分のために懸命に作ってくれた美しいドレスだ。きっと自分には似合っている。そう言い聞かせつつ、背筋を正し、上官殿と共に進んだ。

子爵家なのでそれほど人数を呼ばない集まりだ。だが、華やかな場に慣れぬジャスミンはどうにも緊張する。

そして、互いに王城警備隊。そのおかげで、第三騎士団の副団長、魔物討伐部隊の副隊長までがいらしている。親しげな笑顔で祝いを告げられたが、どうにも答える声が上ずる。

子爵家なので狭く、ダンスも交代制だと説明された大広間だが、ジャスミンにとっては十分広い。魔導シャンデリアはきらきらと天井を飾り、フロア手前の赤い絨毯が、足の進みを遅くする。

自分達の婚約発表なので、最初に一組だけで踊らねばならない。正直、胃が痛い。

それでも、平静を装って広間の中央へ進んだ。

「なっ！」

ダンスをするために組んだ瞬間、上官殿におかしな声を出された。

「どうかなさいましたか？」

「……いや、なんでもない……二曲踊ったら、挨拶回りに行くぞ」

「しかし、三曲目は義父君(ちちぎみ)と踊る予定で――」

「いや、それはいい。他とは踊ってくれるな」

懇願(こんがん)めいた口調に、目が点になる。

そんなに自分のダンスの姿勢は悪いだろうか？　かなり練習はしているし、講師にも合格点をもらったのだが――もしかすると優雅さにひどく欠けているのかもしれない。

「申し訳ありません。私の姿勢がまずいせいで、ご迷惑を……」

「違う、そうじゃない……」

低く言った彼は、自分からそっと目をそらす。そこで前奏が始まったが、互いに声をひそめて会話を続けた。

「今日、コルセットをつけていないだろう……」

「はい、必要ないと言われましたので」

「いや、他と踊るなら必要だ……」

「申し訳ありません、ウエストの太さがやはり目立ちますか……」

「違う、そうじゃない……」

彼は頭痛を噛みしめるが如き表情で言った。

「布一枚じゃないか……」

「ああ、それでしたらオパールグリーンの布はとても丈夫だそうです。ダンスで少々踏んでも破けませんので――」

「違う、そうじゃない！」

同じ台詞をくり返すこと三度。本日の上官殿は大変に説明が足りない。

毎日、職務に関しての説明を理路整然としてくれる上官殿とはまるで別人だ。

冷徹隊長――そんな渾名を持つ自分の婚約者が、頬に朱を散らせて自分に言った。

「もし、次に踊る相手に絡まれたらどうする？」

「ありえません。大体、踊る予定なのは義父君ではないですか。上官殿――もしや飲んでおられますか？」

「一滴も飲んでいないぞ。さっき葡萄ジュースは口にしたが」

彼は酒に飲まれたくないと、祝いの酒宴でも酒を口にしない。

だが、じつは下戸である。一口飲むと真っ赤になるのを自分は知っている。

家に来たときは父の勧めでグラスを空け、そのままソファーに転がってしまったほどだ。

「忘れていた。お前に婉曲な表現は通じづらいんだった……」

「申し訳ありません。騎士職だけで貴族令嬢としての心得が抜けており」

「そんなものはいらん、お前はお前のまま、隣にいてくれるだけでいい」

やはり上官殿は酔っているのではないか、葡萄ジュースではなく、ワインを召されたのではないか、そんな疑惑が胸に浮かぶ。

しかし、始まった曲を止めるわけにはいかない。ステップを踏む中、上官殿はひそやかにささやく。

「王城外で『上官殿』と呼ぶのは、これきりにしてくれないか、『ジャスミン』」

確かに婚約者に対しておかしいか。これから他に挨拶をするときにも気をつけないと、そう思いつつうなずいた。

「……わかりました、『ロディ様』」

「様もいらん」

そう言われても咄嗟には呼べぬ。名前に様付けだけでも緊張したのに、いきなりすぎる。

ぱくりと口を開けて閉じると、ひどく近い距離で目が合った。

とても濃い青の目が、自分だけを見る。

「ジャスミン、今夜も、本当にきれいだ」

「っ！」

普段は、いいや、今まで一度もこんなことを言う方ではなかった。

そうして続くダンスの途中、くるりとターンをした自分の背を、温かい手がしっかりと支える。

いつもは感じぬそのぬくもりは、コルセットをしていないせいで——安心と落ち着かなさが同量で感じられるとはどういうことか。

頬が熱い、顔が熱い、そして——胸が熱い。

見つめる先、飲んだとしか思えぬ真っ赤な顔で、婚約者は言った。

「今夜は俺以外とは踊らないでくれ。他の誰にも触れさせたくない」


その舞踏会の後、仲睦(なかむつ)まじく踊るカップルが大変話題となった。

婚約した二人は、最初の曲から五曲、親族が止めるまで休みなく踊りきった。

王城警備隊の中隊長とその部下。仕事が忙しく結婚延期が長びいたため、男性側が一刻も早く結婚したいと、強い意思表示をしたらしいとささやかれている。

周囲は二人を祝い、両家は話し合いの末、来年に予定していた結婚を四ヶ月後に、貴族としては最短に早めた。

なお、ルチアは翌週、仲良くなった縫い子達に泣きつかれることとなる。

一年あったはずの準備期間は、わずか四ヶ月。

フォルトがデザインしたのはオフショルダーのドレス。ふわりとした長く柔らかな裾に、細やかな花の刺繍(ししゅう)がたっぷりと入った会心の一着。

崩れきったスケジュールに、縫い子を追加で集め、こそりとフォルトとルチアも花嫁衣装に針を入れるのは、間もなくのことである。

# 服飾魔導工房の食事会

服飾魔導工房が稼働してからほぼ二週間。

五本指靴下、乾燥中敷きとも、なんとか生産体制が見えてきたということで、工房の者と靴下の糸の担当者達で食事会をすることになった。

場所は中央区に近い南区、三階建てのレストラン。魚介類もお肉もおいしく、お酒も飲める店である。本日は三階が服飾ギルドの貸し切り、経費もギルド持ちだ。

皆、本日の作業予定分をなんとか終わらせ、店に滑り込んだ。

ルチアはしっかり食べるため、アイラインのすとんとしたワンピースに、長めの上着を合わせた。色はどちらも明るい青。上着の袖やワンピースの裾には白いサテンリボンでラインが入っている。

自分のデザインを、服飾ギルドではなく、服飾工房に勤める縫い子が形にしてくれたものだ。大変によい出来である。

本日は絶対にワインをこぼさないと誓って着ている。一応しみ抜きも持ってきたが。

「服飾魔導工房の繁栄を祈って、乾杯！」

「乾杯！」

服飾ギルドの食事会は、ありがたいことに、堅苦しいことは抜き、ただ食事をして話すだけの催しだそうだ。

残念ながら、フォルトとジーロはまだ仕事が終わらず、行けたら行くという話だった。

乾杯後は、食事をしつつ、席が近い者と雑談になった。

ルチアは魚介と野菜のバター炒めを味わいつつ、話に耳を傾ける。

魚介と野菜のバター炒めは火の通りが絶妙だった。野菜はシャキシャキ感が残っていて、クラーケンと海老はぷりっとしている。別々に炒めているのか、それとも下ごしらえなのか、家では絶対できない味だ。

話題は、服飾関係からすぐ、流行っている服飾店や雑貨店へと移った。

ある服飾店では、鈴蘭やミニ薔薇模様のレインコートが飾られているという。ダリヤに防水布を作ってもらい、ルチアが縫ったものだ。それを見かけた者がいたらしい。

「かわいい薔薇模様があったの。ちょっとお値段はするけれど、雨の日の気分転換に欲しいわ」

「あれ、男物も出ないかなぁ。ストライプとかで。それなら、すぐ自分のだとわかるし」

こういった話を聞くのは、なんともうれしいし、ためになる。今すぐは忙しくて無理だが、いずれ様々な模様でレインコートを作りたいものだ。

「ファーノ工房長、フリッティをよろしければ。私が食べたのは、オリーブの中に肉が詰まっているのと、ズッキーニとチーズでした」

「ありがとうございます、頂きます」

縫い子に勧められたフリッティ――平たく言うと揚げ物だが、この店のものは、具材は様々だがわざと形を似せてあり、何が入っているのか衣で見えないのが面白い。

最初に食べたのはズッキーニとチーズを細く切って合わせたもので、夏らしい味がした。

次に食べたのはクラーケンかタコか、それと合わせたトマトだった。こちらも一緒に食べると食感と味の混じり合いが楽しい。オリーブの中に牛肉を詰めたものもおいしかった。

サラミとチーズ、そして生バジルの葉がわんさかのったピザ、じゃがいもとチーズのニョッキ、香草をまぶした鶏フライ、牛肉を叩いて香辛料をたっぷり振り、鉄板二枚で挟み焼きにしたもの、野菜サラダにフルーツの盛り合わせ――全体として見ると、しっかり食べられる皿が多いようだ。

最初に小皿で好きなものを食べ、気に入った皿は店員に言って追加してもらう形なので、無駄がない。

ルチアも遠慮なくピザを堪能し、滅多に食べられない真っ赤なオレンジを味わった。

食事が一段落つくと、席を移ったり戻ったりしつつ、それぞれが自由になる。酒を追加で飲む者、話に興じる者、デザートに舌鼓を打つ者と様々だ。

ルチアはヘスティアに勧められたレモンシャーベットを堪能していた。目いっぱい食べた後の冷たいデザートは格別である。

「ファーノ工房長、ワインはどうですか？」

不意に、真横からダンテに声をかけられた。それなりに飲んでいるのか、上着を脱いでタイも取り、かなりリラックスした感じだ。

「炭酸水でお願いします」

乾杯だけは赤ワインをもらったが、ルチアはあまりお酒が飲めない。二杯目からは炭酸水と決めている。ダンテはうなずくと、炭酸水の新しいグラスを渡してくれた。

「ファーノ工房長の健康を祈って、乾杯」

「カッシーニ副工房長の健康を祝って、乾杯」

ジーロは初日に呼び捨て、ヘスティアは『さん』付け、縫い子のほどんどが『さん』付けだが、このダンテ・カッシーニだけは、いまだ『カッシーニ副工房長』である。

彼は、カッシーニ子爵家次男で、服飾ギルドの幹部候補だそうだ。家もフォルトとは同格程度であると聞いた。

ルチアの契約期間は半年。その後はダンテが服飾魔導工房長になるのではないかと思っている。

「ファーノ工房長。ジャスミンさん、とても似合ってましたよ、オパールグリーンのドレス。皆さん、上品で素敵だととても褒めておられました」

「よかったです！　カッシーニ副工房長は、ジャスミン様の婚約のお披露目に参加なさったんですか？」

「ええ。家が同じ派閥ですから。一緒に出席した友人などは、あれほど美女だとは思わなかったと悔しがってましたね。ジャスミンさんとは騎士科で時々話す間柄だったらしくて、余計に」

ふと思い出したのは、ジャスミンの鍛錬した腕を、樫の木などと言った愚か者である。同一人物かどうかはわからぬが、あの美しい彼女を思いきり自慢したいところだ。

「カッシーニ副工房長は、夜会によく参加されるんですか？」

「いえ、たまたまです。ああいった場は、婚約者なしの独り身が、両親のどちらかに捕まえられて参加することも多いので」

「大変なんですね……」

貴族は絶対数が少ない上に、適齢期の者は限られている。貴族同士となると、適した相手を探すのもなかなか大変そうだ。

そして、貴族も庶民も独り身に対しては親や親戚が結婚を勧めることが多いらしい。

ルチアの家族に関しては、兄にも自分にも一切勧めたりしないが。

「ファーノ工房長は、近いうちにご結婚やご婚約の予定はありますか？」

「いえ、ありません」

「服飾ギルドは、私含めて未婚男性も多いので、いかがでしょうか？」

「仕事で精いっぱいなので」

社交辞令に答えつつ、レモンシャーベットの最後の一匙を口にする。ひやりとした食感、そして甘さと酸味につくづく幸せを覚えた。

しかし、サービスサイズはちょっと多すぎたかもしれない。

ルチアはバッグを持つと、ちょっと失礼します、とお手洗いに行くため部屋を出た。


幸い、お手洗いはすいていた。すぐ戻ろうとすると、部屋の前の廊下に自分の名が響くのが聞こえた。

縫い子達は、声のボリュームを抑えているつもりだろうが、壁の反響できれいに声が通ってくる。

「ファーノ工房長、今日のお洋服もかわいいわよね。うらやましい」

「素敵だけど、あまり見ないデザインよね。肩ラインを見る限り、オーダーメイドだし。もしかしたらフォルトゥナート様のデザインかしら？」

「だろうな。フォルトゥナート様、かなり肩入れしてるっぽいし……」

「あたし、ギルド長のお父様の隠し子だって聞いたけど」

「え、じゃあファーノ工房長って、フォルトゥナート様の妹？」

興味本位の噂話。ここで素知らぬフリで時間をつぶし、何食わぬ顔で戻れば――いや、ここで立ち止まったら負けである。

若い女がいきなりの上役。気に入られぬことなど百も承知だ。

それでも、自分は形だけ、期間限定だとしても、彼らの上役なのだ。

ルチアは部屋に入ると、勢いよく彼らの元へ歩み、声高く言った。

「洋服へのお褒めの言葉をありがとうございます！」

ぶはり、縫い子の男性が一人、赤ワインを噴いた。ちょっとした惨状である。しみ抜き剤を貸してあげた方がいいかもしれない。

「え……ファーノ工房長、聞いて……」

「いや、今のは、その……」

覚悟さえ決めてみれば、うろたえる年上の者達が、ちょっとかわいいとすら思えてしまう。

「はい！　廊下までしっかり聞こえてましたので」

「すみません！　噂が気になってしまって、確認するのも失礼かと思い……」

「申し訳ありません、フォルトゥナート様の親族だと考えると、どんな態度をとるべきかわからず……」

謝罪とその理由は大変わかりやすい。曖昧にごまかされたり、逆ギレされたりするよりずっといい。

「どの噂も、背びれ尾びれに羽までついてて、トビウオかと思いました！」

糸の担当者が、げほげほとむせ始めた。

「この洋服は私がデザインしたもので、フォルト様のものではありません。あと、フォルト様は兄ではありません。まったくの他人です」

そう言い切ってみたが、周囲には微妙な空気が流れている。

急に静かになったのは、他のテーブルの者達も黙り、聞き耳を立てているからだろう。

驚きの顔がないことからして、ほぼ全員が知っているようだ。噂の範囲はなかなか広いらしい。

仕事と生活は別とはいえ、一歩間違うとフォルトの家とファーノ工房が誤解される。それで仕事に悪影響が出たら大問題だ。

それに、このまま明日からの仕事をするには、ちょっとばかり胃がもたつく感じがして――ルチアはダンテのいるテーブルに歩み寄ると、新しいグラスに半分、赤ワインを自分で注ぎ入れた。

「ファーノ、工房長？」

区切るように呼びかけた彼の前、一気にグラスをカラにする。

正直、おいしくない。苦手な赤ワインの辛口、喉を通る強い熱。しかし、口は滑らかになりそうだ。

「こういうのをお腹にたっぷり詰め込んだままお仕事するのって、嫌いなんです。この際――ぶっちゃけて話しませんか？　服飾の先輩方」

さらにしんと静まりかえった部屋の中、ダンテが手を叩き、けたけたと笑いだした。

「面白い！　ファーノ工房長、今日だけ全員無礼講、言ったこと聞いたことに一切咎（とが）めなしでいいか？」

「ええ！」

言い出したのは自分なのだ。ぜひそうして頂きたい。

「んじゃ、遠慮なく俺から聞く。フォルト様の恋人か愛人っていう話は？　だから工房長になれたという噂があるが」

彼がわざと口調を崩し、場を動かしてくれたので、ルチアも従うことにする。

「ないわー。五本指靴下を開発したのが友達で、一番最初に作ったのがあたしです。だから急ぎのことで仮の工房長になっただけです。大体、フォルト様とあたしとじゃ、釣り合いがとれません。クラーケンと小イカほど違うじゃないですか！」

「クラーケンと小イカ……」

近くの縫い子が必死に笑いをこらえたが、結局無理で大笑いになった。周りの者達もつられたように笑いだす。

「はい、次！」

「ええと、フォルトゥナート様の父君の娘さんで、ファーノ工房長が、フォルトゥナート様の妹という噂をギルドで聞きました」

「言ってた人に伝えてください！『目がお悪いんですか？　お医者さんか神殿へ行かれた方がいいですよ』って」

「疑う奴はファーノ工房に行ってこい！　うちの工房長と父親のファーノ工房長は瓜二つだぞ！」

そう言ってくれたのは糸の担当者だ。ファーノ工房にも出入りをしている人なので、父どころか、家族全員顔見知りである。

ちなみに、ルチアは父親似らしい。祖父や母ともよく似ていると言われ、兄も同じだ。

ファーノ一家は全員似ているのかもしれない。なんだか不思議な気もするが。

「あの、そのネックレスはフォルトゥナート様からのプレゼントじゃないかと……」

大変よく見ていらっしゃる。ルチアは首にかけた金のネックレス、その空色のペンダントトップを服の外にわざと出した。

「服飾ギルドからの支給品の魔導具です。役のある方はつけるそうですよ。毒消しと混乱防止とかが入っていると伺いました。あたしも魔物素材を扱うことがあるので、あった方がいいと渡されました」

「それ、口実じゃない？　ファーノ工房長にあげるための」

「魔物素材を扱うなら、ギルド貸与の腕輪で間に合うじゃないですか？」

貸与の腕輪なるものがあるらしい。初めて聞いた。

「はい、注目！　その魔導具、俺も支給されてる」

ダンテがシャツの下からずるずると銀鎖を引きずり出した。鎖の先は鮮やかなエメラルドグリーンの丸石である。

「貴族とやりとりするような役持ちは必須。昔、ギルドの若僧が、外で一服盛られたことがあるんだよ。とある高位貴族夫人の、次のシーズンのドレスの形を知ろうとした愚か者に」

その話も初めて聞いた。デザインを似せたドレスか、より華やかなデザインのドレスで競おうとでもしたのだろうか。

「え、大丈夫だったんですか？　その人？」

「ちょっと、私もそれ知らないわ！」

ヘスティアも目を丸くして聞き返す。

「お前が入る前だから。若僧は一服盛られてべらべら話してしまい、ご夫人に謝罪に行って、次シーズンのドレスは別デザインでお取り換え。なお、費用は全額ご夫人が持ってくださった。その上、お高い三重付与の防御のペンダントが四十ほど、そのご夫人から服飾ギルドに贈呈された」

「あり余る財力！」

一体その魔導具――三重付与の防御のペンダントとはいくらするのだ？　今度、魔導具師の友人に聞いてみることにする。

「で、次シーズン。着る予定だったドレスと大変似たものを仕立ててきたご夫人があった。今、貴族一覧にその家の名前がない」

「ありまくる権力！」

ドレスで家が消えたらしい。まったくもって容赦ない。

「怖すぎるでしょ！」

「冗談ですよね、カッシーニ副工房長!?」

ダンテはにたりと笑い、部屋を見渡す。

「これ、うちのギルドのトップシークレットだから。この後バレたら、全員道連れな！」

「ちょ、カッシーニ様、なんてことを！」

「うわ、副工房長の悪魔！」

そうこう言いながらも、誰からともなく笑いだし、そのまま雑談になだれ込んだ。

「あー、怖い怖い。自分がどういうところで働いてるのか、ようやく理解したわ」

金髪の女性が、自分の隣に腰掛け、苦笑しながらグラスを傾ける。

「ヘスティアさんも知らなかったんですね」

「ええ、まったく。あ、『ヘスティア』でいいわよ、『チーフ』」

「ヘスティア……まだ慣れませんね」

そう言うなり、にっこりと微笑(ほほえ)まれた。美女の至近距離の笑顔は、破壊力がなかなか大きい。

「ごめんなさい、チーフ。私も勘違いしてたわ。フォルトゥナート様とのこと」

「ただの上司と部下です。あと服飾師の大先輩と駆け出しのヒヨコです。貴族の服なども教えて頂いているので、先生でもありますけど」

甘い果実酒を渡されたので、それをちびちび飲みつつ話を続ける。

「でも、勘違いされるようなことはなかったと思うんですが」

夜遅くまで針を探したり、ドレスを縫っていたりしたことはあるが、すべて他に人がいるのだ。誤解されるような状況はない。

ヘスティアはちょっとだけバツが悪そうに目を伏せた。青みのある薄紫の目に、ゆらりと何かがよぎる。

「『ルチア』って呼び捨てだったから。四年ご一緒に仕事をして、私はいまだに『ヘスティア嬢』。だから、そういうふうに近い関係なのかと思い込んでしまって」

「ああ、それはですね……」

ルチアは以前働いていた服飾工房でのことを説明した。

お嬢さん呼びされるのが仕事上でサポート役になるように思えて苦手なこと、『嬢』なしの呼び方をお願いしたこと——気がつけば、周囲で話を聞いている女性達がいた。

「そうだったの……」

「ヘスティアも言ってみればどうですか？　呼び名から、『嬢』は取ってもらえると思いますよ」

「そうしてみようかしら……」

「横からすみません！　私は今のまま、『嬢』付けがいいです。他でそんなふうに呼んでもらえることはないんですもの！」

縫い子の言葉に、そういう考えもあるかと納得する。これは個人の受け取り方かもしれない。

周囲で、『嬢』付けに対する話が盛り上がり始めた。

「そういえば、その服は自分でデザインしたって言ってたけど、全部一人で？」

「ええ、一人で描きました。ほら！」

鞄（かばん）からデザイン帳を取り出すと、そのページを見せた。ちょっと周囲に説明と計算を書き込みすぎて、背景が黒っぽいのが恥ずかしいが。

「すごいわね……いろいろと勝手に勘違いしていて、ごめんなさい。お詫（わ）びに、明日から一週間、昼食を奢（おご）るわ、それでいいかしら？」

ヘスティアは何も悪くない。そもそも仕事上の態度は一切変わらなかったではないか。謝ってもらうことなどないのだ。しかし——これはチャンスかもしれない。

「謝って頂くことはないので、それよりお願いしたいことが……」

「なに？　私にできることなら、遠慮なく言って」

「お洋服のモデルになってください！」

「え？」

「大人っぽい女性のかっこいい服、かわいい服が作りたいんです！　でも服を着てくれるモデルが周囲にいなくて……私が着たらなんか違いますし……」

背丈と手足の長さと雰囲気もある。作りたい服が必ずしも自分に合うとは限らない。

「服ならいくらでも着るけど、チーフが着ているような服は、私では無理じゃないかと……」

「いえ、こういう服です。ヘスティアなら似合うと思うんです！」

デザイン帳をぱらぱらとめくると、後ろの方の一枚を指さす。

黒いドレスラインは膝までタイト、膝下から花が咲きかけたようなふわりとした広がり。胸部分は開きが大きめだが、短い丈の上着で首と肩は隠れるので下品にはならない。

元のイメージは人魚。全体としては大人っぽいシルエットだが、あちこちにリボンやレースの飾りが入っている。背が高い女性向け、かっこ良さとかわいさを追求してみた。

「うわぁ……」

薄紫の目を見開き、彼女はデザイン画をじっと見る。

呆(あき)れられたか、これをどこに着ていくのと聞かれるか、作るのが大変そうと言われるか——そう思ったとき、彼女はため息をつくように言った。

「素敵な服……これ、すごく着てみたい……」

まるで、服飾店のショーウィンドウで本当に気に入った一枚を見つけたかのよう。デザイン帳から視線は動かず、その表情(かお)には強い焦(こ)がれがこもっていて——

うれしさが、ルチアの内をひたひたと満たしていく。

作りましょう、着せましょう、何がなんでも布と糸とレースをそろえねば！

そして思い出す。もう一冊のデザイン帳には、ヘスティアに似合いそうなワンピースにラフスタイルの普段着まであると。

「あの、デザイン帳はこっちにもありまして、ヘスティアに似合うかもと。よろしければ、着てみたい服を教えてください」

「ありがとう！　お借りするわ！」

取り出したデザイン帳に、金髪の乙女は目をきらきらさせてうなずいた。

どうしてこうなっている——？

遅れてやってきたフォルトは、部屋の中へ困惑の視線を向けていた。

本日まで、仕事仲間としてはそれなりに良好だが、一定の距離が互いにあると思えた工房員達。

それが親戚一同、結婚式の後かと思えるほど、仲良さげに酒を酌み交わし、雑談に興じている。

壁際のテーブルには、ルチアのデザイン帳を恍惚(こうこつ)とした顔で眺めるヘスティアがいる。納得はしたが、あれでは声をかけるのもためらわれる。

そして、中央のテーブル、一番の困惑の原因である二人が、肩を寄せ、声大きく笑い合っている。

「流行を無理に追わなくても、合う服の方が素敵だと思うんです！　気に入ったなら似合うところだけ取り入れればいいいと」

「まったくそうだ！　俺は流行は交ぜるものであって、追うものじゃないというのが持論だ」

ダンテは口調がもはや、庶民である。だが、ルチアはそれにきっちりと応えていた。

「ですよね！　今年はフレアーフレアーって、タイトとフレアー、両方あってもいいじゃないですか。体型とか場面によって合う方を着れば。それよりもスカート丈です！　ちょっとだけ直せばいいのに、指二本分の丈の違いが、足を太いと錯覚させるんです！」

「わかる、わかるぞ！　ズボンの丈、指二本分がダサさを生むんだ！　それがわからずに裾を同じ長さで指定してくる奴の多いこと！」

ダンテがルチアのグラスに、こぼれんばかりに果物酒を注ぐ。

「前に貴族のお方に高さの違う夏靴と冬靴それぞれに合わせるズボンに、同じ丈を指定されたことがあって、試着を強く勧めたんだが、『気にしない』と。あのときの絶望感ときたら……」

「え、高位貴族の方でもですか？　踵の高さが違うならズボン丈も違うのに……」

「お前の足の長さは同じでも、履く靴が違ったら高さが違うんだと、声を大にして言いたい！」

「わ、か、り、み！」

ルチアがワインをだばりと注ぎ返す。あふれかかった酒をすすり、ダンテが再び話しだした。

「手間賃目的じゃない、せっかくだから格好良く着てほしいんだ！」

「ホントにそう！　こっちは朱色系の赤がどんぴしゃのお嬢さんが、赤が好きにもかかわらず、派手になりたくないからと、すごく薄いピンク、しかも青みの入ったものをお選びになろうとしたこ

とが――」

「もったいない！　印象がぼけぼけになるだけじゃないか！」

意気投合、それ以外に表現のしようがない二人。邪魔したくないとも思うが、なかなか面白い話をしているようで――フォルトは、二人の元へゆっくりと歩み寄った。

「フォルト様！」

「フォルト様――！」

声をかける前に、同時にこちらを見た二人に見つけられた。

ルチアが一つ席をずれ、フォルトが真ん中、そしてダンテと、はさまれる形で座る。

頼んでもいないのにルチアによってグラスが置かれ、ダンテによって赤ワインが注がれた。

とりあえず、二人の邪魔にはされぬようである。

「楽しいお話をなさっていたようですね」

「はい、ズボンの丈とかスカートの丈の話をしていました！」

「確かにそれは服飾師として気にかかるところですね」

「あと理解とセンスのない顧客の話を！」

「くれぐれもここだけでお願いしますね……」

本日、この階は貸し切りにしておいて本当によかった。

しかし、ダンテがここまで酔うとは珍しい。フォルトも会話に加わることにした。

「フォルト様も服飾師として、納得できない、気になる装いってありませんか？」

ルチアにそう尋ねられ、襟のタイをゆるめつつ考える。

幸い、ここには紐付き——どこかの貴族家へ情報を持ち出すような者はいない。

目の前のダンテは子爵家出身ではあるが、付き合い上、それなりに信頼できるのもわかっている。

この場で、少しは遠慮のない話をしてもいいだろう。

「男性の三つ揃えで、三つとも色と素材をそろえないと、正式ではない、礼儀知らずと言われることですね」

「そうなんです？　略式扱いになるんですか？」

「ああ、格のあるところで、俺も『若僧の礼儀知らず』って言われたことがある。直接、言わないで陰でぐちぐちと……」

「ベストだけ一段濃くすると、身体が引き締まって見えますし、色の明度を変えたりするのもお洒落です。結婚式と葬儀はともかく、それ以外で礼儀知らずと言われるのは納得がいきません」

じつは、服飾ギルドに入って間もなく、それを知らずに高位貴族に『やらかした』ことがある。

一段濃い色のベストを内側に着ていたのだ。

あのときは訪問先のご夫人が先にこっそりと教えてくれ、『馬車の不具合で着替えずに来た』という言い訳まで与えてくれたが——もうちょっと、貴族男性の装いに自由が欲しいというのが本音である。

「あれ？　でも、フォルト様、着ることの多い灰銀の三つ揃え、ベストだけ少し色が濃いですよね？」

「そうそう、あれ、色番、一番違いですよね？」

服飾師二人に食いつかれた。しっかり見られていたのは少々気恥ずかしいが、職業柄としては大変好ましい。

「その通りです。相手に気づかれなければ問題ありませんから」

「さすが、服飾ギルド長！」

ようやく空けたグラスに、だぶりとワインが注がれた。

そこへタイミングよく、チーズやサラミの盛り合わせ、そして、好物のバジルピザがやってきた。従者が手配してくれたらしい。それに手をつけつつ、話を続ける。

「あとはちょっと意味合いが変わりますが、気になるのは最近の男性の靴下ですね」

「靴下、ですか？」

「五本指靴下が美しくないとか？」

「違います。五本指靴下には機能美がありますから」

正直、五本指靴下を最初に見たときはひいた。魔物の抜け殻ではないか、造形的に許せないともちょっと思った。

しかし、実際に履いてみれば、足の手袋。靴の中は快適で、歩く際にも心地よい。

よって、フォルトはあれは手袋と同じく、必要な機能美であると認識することにした。

「それよりも靴下の丈です。今年の夏は短めが流行っているではないですか。足を組んだときに肌色の皮膚が見えるのが美しくないと思いませんか？」

「ああ、フォルト様はハイソックス派なんですね」

「俺は気にならないんだけど、短めの方が涼しいから、夏はショート丈もありかと」

ルチアは納得してくれたが、ダンテがわかっていない。よく考えてほしい。

「座ったときでもきれいなラインのズボン、そして磨かれた靴、そこにすね毛の見える足——絶対に許せません」

「な、なるほど……」

「あー……」

視覚的に説明したせいか、両者納得してくれたらしい。フォルトはさらに持論を展開する。

「さらに許せないのが素足で革靴、あれは靴職人に対する冒涜です……」

革靴は大変に制作に時間がかかる。それは服以上だ。しかも、己の足に馴染ませるのにも時間が必要だ。それを傷むのがわかっていて、靴下なしで素足で履くなど、冒涜以外の何物でもない。

「まあ、素足で履くなら布靴かサンダルですね」

「え、でも革靴に素足っていう人も一定数いますよね。うちのお爺ちゃんとか友達のお父さんもそうだったので。今作ってる乾燥中敷きが増えたら、素足で革靴って流行るかもしれませんよ」

「そんな流行はいりません……」

ルチアがいきなり怖い話をしてきた。

基本、男性向け五本指靴下は乾燥中敷きとセット販売にした方がいいのかもしれない。

二切れ目のピザを口にすると、ダンテが追加のワインを注ぎながら提案してきた。

「せっかくです。ちょっとこう、色のある話をしませんか？」

「ええ、いいでしょう。では――貴族男性に関する危険な色の話をしましょうか」

「危険な色の話？」

ルチアが半分不思議、半分疑いの表情を浮かべているが仕方がない。

「ええ、『紳士の靴は黒か茶か』、貴族男性として、派閥や序列のあるところでは出してはいけない話題です」

「フォルト様、その話を俺の前でしますか？」

「ええ、ダンテ、今日こそはっきりさせましょう」

目に冷たい光を灯して言う部下に、言葉を続ける。

「紳士の靴は黒。それも深い黒から灰色までの中から選ぶものです。着るものによっては茶系もありですが、やはり葬儀から式典まで通せる、黒こそが紳士の色です」

「なるほど、汎用性が高いんだ……」

ルチアがぼそりと言って果実酒に口をつけた。その通りである。

葬儀や各種式典まで使えるのだ、何かあったときに、黒の最上級の靴が一足あれば名誉が保てる。まさに、貴族にふさわしい色である。

しかし、緑髪の男は自分の目の前、深々とため息をついた。

「革靴はそもそも革。革っていうのは、元々の皮の色合いがあるじゃないですか。深い茶なら黒と同じ品格は出ますし、染色の茶は自由度が高いですし、長く履いて色合いを育てていくのもいいものです」

ダンテは己の靴をちらりと見る。見事な艶の深い茶革である。

「そもそも、茶は黒よりバリエーションがありますからね。赤の入った茶か、それとも緑の入った茶か、濃淡もありますし……そのあたりの自由さも含めて、茶こそ貴族男性の靴です」

「茶は選択の幅が広いと……」

ルチアが両手で果実酒を持ちつつ、深い海のような目を伏せた。

ダンテの理論に影響されているのか——そう思ったとき、彼女が口を開く。

「紳士の靴は黒か茶かって、それぞれに大事な思いがあって、答えが出そうにないですよね。オルディネのお国自慢と一緒で」

そう言われると否定はできないのだが、微妙に納得したくない。

「皆、服飾師なんです、一度、逆にしませんか？」

「逆？」

「ええ。カッシーニ副工房長はフォルト様の見立ての黒い靴で、フォルト様はカッシーニ副工房長のイチオシの茶の靴で、それを履いて、手持ちの服をコーディネイトするんです。貴族男性のお客様によって『紳士の靴は黒か茶か』の持論があるわけでしょう？　それに合わせてコーディネイトできる方がいいですし、自分の似合う服と靴の幅を広げられたら楽しいじゃないですか」

一気に言い切ったルチアは、にこりと笑った。

服飾師としてなかなかに鋭い視点、深い考察を誘う提案であり——

「なんて言いましたが、フォルト様の茶の靴も、カッシーニ副工房長の黒の靴も、どんな着こなしになるか、私が見たいだけというのが本音です！」

「うわ、『さすが、ファーノ工房長！』って言いかけてたぞ、俺は！」

同じく、褒める前でよかった。口にしようとした言葉を変えて、ダンテに声をかける。

「面白そうなのでやってみましょうか。そのうち靴職人を呼びますから、付き合ってもらえますか、ダンテ？」

「ええ、フォルト様。俺も行きつけの靴職人をギルドに招いても？」

「もちろんです」

フォルトとて、茶の靴は持っている。茶系が好みの取引先へ行く時にと、無難に選んだものだ。

ダンテが選んだ靴に、手持ちの服を合わせてみる――いつも服と靴をセットで決めていた自分には、いい勉強になるかもしれない。

それにしても、ルチアはデザインセンスだけではなく、頭もいい。機転も発想もすばらしい。

「ルチア、服飾ギルドで貴族向けの服飾師を目指してはどうです？　あなたならきっと、順番待ちになりますよ」

「いえ――私は、いつか自分の工房を持つのが夢なんです」

このところの疲れと酔いが混じったか、無邪気な笑顔でそう話す彼女に、ひどく納得した。

だが、工房を持つよりも服飾ギルドに長くいてほしいものだ。服飾師としても工房長としても、これほどの人材は逃がしたくない。

「工房ですか……ルチア、五本指靴下に一番詳しいのはあなたですから、工房長におなりなさい」

よく聞こえなかったのか、きょとんとしているルチアに、意味は正しく通じなかったらしい。

仮ではなく、正式に――そう説明を続ける前に、彼女へ呼びかける声が響く。

「ファーノ工房長！」

左隣のダンテがひょいと席を引き、自分の背中越し、右に座るルチアに身体を傾けた。

「『カッシーニ副工房長』って長すぎだ。これから呼ぶときは『ダンテ』、様付けなしで頼む」

「わかりました、『ダンテ』！」

やはりルチアは、服飾師の他に、上役になる資質があるらしい。

気がつけば、工房を見事にまとめ、こんななごやかな関係に変えていた。

役持ちの三役、ジーロ、ヘスティア、そして、ダンテに呼び捨てを許され、切り返しも提案も見事で、いかなることにも動じず——

「じゃ、明日からもよろしく、『ボス』！」

「『ボス』!? 『チーフ』でいいじゃないですか！」

ルチアの悲鳴に似た抗議が響くのは、この後すぐのこと。

服飾魔導工房長の正式な就任書類に青ざめるのは、数日後のことである。

# 老人と孫

老人は苦悩していた。

オルディネ王国第二騎士団にて、重装騎士として二十年以上勤め、九頭大蛇(ヒュドラ)との討伐にも参加した。引退後は父と代替わりをし、王都北東の領地で子爵家当主としての職務に励んだ。

良き妻、子、孫に恵まれ、この歳(とし)まで大病なく過ごし、息子に家督を譲って隠居の身となった。

それなりに波風はあったものの、順風満帆とも言えるありがたき人生。

それがここに来て、こんな悩みを抱えることになろうとは。

王都貴族街にある別邸。その客室には、強い緊張感が漂っている。

「お、おじい、さま……こん、にちは……」

自分の目の前、たどたどしくも懸命に挨拶をしてくるのは、孫であるアンナリーザ。

柔らかな金の巻き毛、白い肌に薔薇(ばら)色の頰(ほお)、透明度の高い青の目。人形よりもかわいらしいこの孫は、五歳になったばかりだ。

他家に嫁いだ末娘が、本日、顔見せに連れてきた。

じっと見れば、前回会ったときと同じく、狼(おおかみ)の前の子兎(こうさぎ)の如(ごと)く、ぷるぷると震えている。

理由はわかる。この自分である。

騎士として誇りであった大柄の体躯(たいく)——熊とまちがえそうだと言われたこともあるが。

騎士らしい迫力があると評された顔——熊といい勝負だと悪友にはよく言われたが。

この年齢であれば致し方ない白髪に深い皺。それに加えて威圧感のある黒い目に、当主らしさを求めて伸ばした長い髭。

どこに出ても恥ずかしくない黒の三つ揃えに黒い靴。剣は帯びていないが、傍らには黒に銀の杖がありーーようするに、孫にとっては、とてもとても怖い人に見えるらしい。

前回までは娘にくっついて離れず、近寄ってもこなかった。

だが、本日はなんとか目の前にいる。

ここで優しく声をかければ、怖くないとわかってもらえるのではなかろうか。

今日こそはと気合いを入れ、大きく笑ってみせる。

「アンナリーザ、息災であったか？」

「………」

返事はない。唇を噛みしめ、ほろほろと泣かれた。

「……ということで、孫に泣かれぬ服はないか？　フォルトよ」
「内々の用件というのはそれですか、師匠？」
「いいや、まあ……口実だな。お前の活躍ぶりを見たかっただけだ」
本日は報告書の提出と制作予定数の確認に呼ばれたはずのギルド長室では、不思議な会話がなされていた。

来客中なのに入室を許されたが、自分は邪魔にならぬのだろうか、ルチアはそう思いつつフォルトの近くに進む。

「失礼します。報告書の提出に参りました」

「お疲れ様です、ルチア。師匠、こちらは服飾魔導工房のファーノ工房長です。ルチア、こちらはアルトゥーロ様、テスティーノ子爵家の前当主で、私の父の友人です」

「これはたいへん可憐なお嬢様だ。儂はアルトゥーロ・テスティーノという。今日、ファーノ嬢にお目にかかれた幸運に感謝致そう」

さらりと女性を褒める言葉が出てくるあたり、やはり貴族だと思う。

貴族男性は初対面の女性を褒めなくてはいけない――そんなマナーがあるそうだ。服飾魔導工房での雑談で聞いて驚いた。もっとも、人間、褒められれば気分は上がるものだ。円滑な人間関係のためなのだろうと理解した。

自分も、ようやくこのリップサービスに慣れてきた気がする。ルチアは笑顔で答えた。

「ありがとうございます。服飾魔導工房長のルチア・ファーノと申します。以後、お見知りおきくださいませ」

フォルトの向かいにいるのは、白髪にわずかに黒さの残る初老の男性だった。

かなりの大柄、一目見て騎士であったとわかる肉付きの身体である。

濃紺の三つ揃えに、襟が高めの白絹のシャツ。太めのタイは濃紺で、カフスに飾られたのも濃い青の石だ。

上質で上品な装いだが、まるで隙がない。同じ部屋にいるだけで緊張しそうである。

先ほどフォルトはこの男性を『師匠』と呼んでいたが、服飾師のようには見えず――それに気づいたのか、フォルトが席を勧めつつ、説明してくれた。

「アルトゥーロ様には、子供の頃、剣技を教えて頂いたことがありましたので、内々のときはつい『師匠』と……」

「フォルトの父は槍使いなのでな、子供で剣を学びたい男児には儂が教えておったのだ。いまだ『師匠』と呼ばれるのは少々こそばゆいが、皆、立派になったものだ」

「残念ながら、私だけは騎士とはなれませんでしたが。当主になっているのも成り行きのようなものですし」

「何を言う、フォルト！」

自嘲気味に笑ったフォルトを、ぴしゃりと厳しい声が遮った。

「お前はルイーニ家を一人で立て直したのだ、当主になって当然だ。むしろお前以外の当主など儂は認めん」

ルチアもそれは遠い噂で聞いたことがある。

フォルトの家、ルイーニ子爵家が財政的に傾いたとき、彼が服飾ギルドに入り、大変な活躍をして支えるに至った、それで当主になったのだと。

服飾ギルドに入る前は、盛った噂なのだろうと気にも留めなかったが、今は納得している。センスがあり、腕のいい服飾師のフォルトなら、きっと可能だ。

「師匠――」

少し困った声を出したフォルトが、一瞬、少年めいた表情を浮かべた。だが、それはすぐに苦笑にとって変わられる。

「騎士になりたいのならば、服飾ギルド長を引退してからなればいいではないか。剣技ならばまた教えてやろう。いや――引退はもう二十年も先の話だろうな。さすがに儂は生きておらんだろうから、息子のどれかに頼むとよい。フォルトに教えるとなれば、皆喜ぶぞ」

こほん、と咳をして、アルトゥーロは深い黒の目をルチアに向けた。

「しかし、歳を取ると説教臭くなっていかんな。フォルトにも話していたのだが、この見た目のせいか、孫に怖がられてのう……儂を見ると泣きそうな顔を――いや、泣かれるのだ」

がくりと肩を落とすアルトゥーロに、悩みの深さを理解した。

「人見知りをする時期ではないでしょうか？」

「妻には抱っこされても頬ずりされても笑っておる。執事にも従僕にもメイドにも庭師にも笑っておるし、目つきの悪い護衛犬にすら笑っておる……」

大柄な身体が小さくなった気がする。かなりの落ち込みっぷりだ。

あと、護衛犬までも比較対象になっているのが、とてもせつない。

「孫が泣くのをこらえようとがんばっているのがわかるので、同じ部屋に長くはいられぬ。周りが手を尽くしてくれたが、泣くのをこらえている孫を見るほど、胸に痛いものはなくてな……」

「あきらめて距離を置き、お孫さんがもう少し大きくなってからお会いになったらどうでしょうか？」

「フォルト、お前は悪魔か？」

「フォルト様、それはちょっと……」

アルトゥーロとルチアは同時に声をかける形になり、つい顔を見合わせた。

幼くかわいい時期に孫を見たいのは当たり前だろう。ルチアとて親戚の赤ちゃんや小さい子は見ているだけで楽しいのだ。

フォルトはそういったことに、あまり思い入れがないらしい。幼い娘がいるのだから、あと二十年もしたら理解するのかもしれないが。

「まあ、フォルトの言うことが正しいのだろう。孫に泣かれぬような服はないかと思ったが、無理なのもわかっておるのだ。儂が領地から王都に来るのは半年に一回だ。末娘の孫とは、その間に数回しか会えぬ。滅多に顔を見ぬ怖い老いぼれに、慣れろというのも酷だろう」

祖父とはいえ、別々に住み地理的に遠いのであれば、確かに慣れるのは難しいのかもしれない。

家族どころか、親戚もほとんど王都にいるルチアには、距離の遠さも大変なものだと思えた。

「それに着るのはこの儂だ。『黒の大熊』に何を着せてもかわいくはなるまい」

確かに、アルトゥーロは一見怖そうだ。『黒の大熊』と言われるのもわかる。

ある程度の年齢とはいえ、その体躯、筋肉に衰えが見えない。おそらくは今も鍛えている方だろう。

「普段はどのようなお召し物を？」

「今着ている、黒か紺の三つ揃えだ。すべて同じ型で、昔から変わらん」

スタンダードなスリーピーススーツである。

どこに出ても恥ずかしくない型、深い色合いで良質な素材、サイズも合っている。

遊び心は一切ないが、堅牢(けんろう)さを感じさせるほどに見事な貴族の装いだ。

これをずっと続けてきたのであれば、いきなり着崩す、明るい色、柔らかなラインのドレススーツを勧めるのも厳しい気がした。

アルトゥーロは遠い目をしつつ、ため息をついた。

「一昨日、久しぶりに舞踏会に出て驚いた。王都だからということもあるだろうが、明るい青や緑の燕尾服に、薄い色のスーツに飾り織り……今の若者達はとても自由なのだな……」

「そこまでとは申しませんが、青や緑のスーツでしたら、師匠に近い年代の方々もお召しになっています。艶なしのもので、一度お試しになってみませんか？　こういったものがありますので」

フォルトが視線を向けたのは、部屋の隅にあるトルソーだ。

制作途中で裏返し、しつけ糸だらけの上着だが、艶やかな緑の生地は目に残る美しさだ。

「いや、もうよいのだ。フォルト、お前のような美男子であれば、老いてもああいった洒落た服が似合うだろう。確かにきれいだとは思うが、老い先短い儂に似合うとは思えん」

さみしげに笑ったアルトゥーロは、髭に手をやった。

「そのようなことはないと思いますが――」

「儂の世代が若い頃は、見た目など後回し。男は仕事で価値を示すもので、騎士のように力で戦うか、文官のように書類を多くさばくか、商人のように利益を積み上げるか――そういったことの方が千倍大事だと教えられていた。それこそが自分を伝える方法だとな」

それも確かに大事だろう。

だが、彼の目は、羨望を込めてトルソーに向いていた。若ければ、きっと着ていただろう、そう思える。

「あの、外見も、相手に自分を伝える手段ではありませんか？」

気がつけば、口から言葉が滑り落ちていた。

「確かにファーノ嬢から見ればそうかもしれん。貴族の淑女が容姿を重んじられるのは、男性の比ではないからな」

「いえ、私は庶民ですので……」

「そうであったか、失礼した――」

アルトゥーロに謝罪されたが、自分が伝えたいのはそうではない。ルチアは必死にたとえを探す。

「ええと、見た目というのは、騎士の鎧と剣とも言えるのではないかと……安く薄い革鎧で、誰かを守ると言っても安心してもらえないと思います。それに、若い騎士でも、名のある剣を持っていれば一目置かれるのではないでしょうか？」

「鎧と剣……」

騎士について詳しくは知らない。

黙り込んだアルトゥーロに対し、ここからはルチアの知る者達の例で説明することにする。

「『見た目じゃ中身はわからない』とはよく言われますが、見た目でしか判断できないときもありますから。食べ物を売る売り子さんには清潔そうな服でいてほしいですし、お医者様はぴしっとした白衣でいてほしいと思う方は多いかと。その、テスティーノ様も、今のお洋服は立場にあったものをお召しだと思います」

「妻任せであったが……確かに見た目の安心感というのも大事だな」

袖のカフスに目を留め、アルトゥーロはうなずいた。

「では、装いを少し変えて、お孫さんのための、安心感のある見た目にするのはいかがでしょうか？」

「できるものならしたいが……黒い大熊と呼ばれているこの儂だぞ。どうやっても『安心感のある見た目』にはならんと思うのだが……」

苦悩の顔が確かに唸（うな）っている熊に見えないこともないが、孫が心から大事なのは確かだ。

せめて、泣かれないようにしてあげたい。

「たとえ黒い大熊でも、『優しいお祖父（じい）さん顔』が、きっとあると思うんです！」

言い切ってはっとする。

まずい、必死に言葉を繕っていたが、貴族相手に『黒い大熊』『優しいお祖父さん』は失礼すぎる。せめて『お祖父様』だったろう。

ふとフォルトを見れば、口元を指で押さえていた。その視線から完全に自分を外している。

おそらくフォローのしようもなくて困っているに違いない。

ルチアは血の気が引いていく。慌てて謝罪しようとしたとき、先に口を開かれた。

「そうだな……できることなら、泣かれぬほどの『優しいお祖父さん』にはなりたいものだ。あいわかった、ファーノ嬢、フォルト、依頼してもよいか？」

「喜んで承ります」

「はい、もちろんです！」

いい笑顔のフォルトと、声が重なった。

「一から仕立てている時間はありませんね」

貴族向けの応接室に移ると、フォルトは上着を脱ぎ、腕をまくった。

アルトゥーロはあと五日でまた領地に帰るという。再び王都に来るのは半年後。

そして、孫がもう一度来るのは明日の午後。その次は、おそらくはまた半年先。

明日の午後までの仕上げとは、服飾ギルドの特急制作でもなかなかに厳しい。

フォルトと話し合い、現在の三つ揃えの色変更と、シャツの取り替えを行うことにした。

「その三つ揃えをお借りできますか？　補正の上、シャツを変えましょう」

「かまわんが、これの色でも変えるのか？」

「はい、わずかに明るくし、光沢を出そうかと」

ここは専属魔導師による付与魔法の出番だ。

この絹に光沢を出す付与なら、ダリヤに聞いたことがある、大白貝（おおじろがい）の真珠の粉あたりだろうか。

なんとも楽しみである。

「ご担当の服飾師には、後でお詫（わ）びの手紙をお送りします」

「いや、それには及ばぬ。分家の者であるし、こちらが無理を言ったのだ」

「いえ、服飾師によっては、自分が作った服に手を入れられるのを嫌う者もありますので」

「そういうものなのか？」

「鍛冶（かじ）師とて、作った剣に手を入れられるのを嫌う者はおりましょう」

「ああ、そういうことか！」

騎士と服飾師もいろいろと共通するところがあるらしい。ようやく話が通じたようだ。

スーツを脱ぎ、裾の長いガウンを着せられたアルトゥーロは、落ち着かなげにフォルトを見ていた。

「あとは補正を——ズボンはラインを少々絞らせて頂きます」

少々、幅をスリムにするらしい。フォルトが今履いているものと同じ形だろう。よりスマートに見せる効果かもしれない。

「子供が下から見上げた時に大きく見えやすいので、少しでも威圧感を減らせればと」

完全に幼児向けの対策だった。さすがである。

フォルトはそのまま慣れた手つきで針に糸を通し、裏返したズボンを縫い始める。

彼の縫いは大変に速く、正確である。その上、どんな厚地もミスリルの針と身体強化のおかげですいすいと縫える。ちょっとうらやましい。

「ルチア、ストック室からこのシャツに近いサイズを何枚か——スーツの色は布見本の、ダブルシルク艶紺の十三番を参考に見立ててください。合うタイもお願いします」

「はい、行ってきます！」

足早に部屋を出ると、ストック室へ向かうため、階段を下る。

服飾ギルドでは、サンプルが必要な場合や、急な依頼に備え、シャツやアンダーウェアなど、基本の服を一定数ストックしてある。さすがにドレスやワンピース、オーダーメイド系の服はないが、今回はちょうどいいだろう。

二階に下りる途中、見慣れた顔が見えた。

「あ！　ジーロ！」

「チーフ、届いた糸に不良品があったから交換してもらった。ここにサインを——」

「ちょうどよかった！　ジーロに相談したいことがあって！」

「不良品か？　それともクレーム？」

「髭！」

「は？　女の顔剃りはさすがにできないぞ。男の髭はともかく、女の顔のうぶ毛剃りは——」

「え？　ジーロって美容師だったの？」

「実家がそうだから手伝ってただけだ。って、話が全然見えないんだが……」

ジーロは苦笑しつつ、己の濃灰の髭に手をやった。

「『ボス・ルチア』、順序を守ってきちんと説明して頂けますか？」

「はい……」

その後、ストック室に歩きながら、そしてシャツを見立てながら、ジーロにここまでの経緯を話した。

ばさりと長い髭は、子供には怖いだろう。かといって髭なしというのも違う気がする。

「かっこいい髭にしたいなら、かっこいい髭を持っている人に聞けば間違いないと思って！」

ジーロが指で眉間を揉みつつ、出したシャツをしまうという、器用なことをしている。

「髭を褒められたら手伝わないわけにはいかないな。わかった、一緒に行く」

「お願いします！」

ジーロは『五分くれ』と言って部屋を出た。

その間にルチアは真珠色とクリーム色のシャツを探す。襟のデザインは、思いきってホリゾンタルカラーを選んだ。

ホリゾンタルカラーは、通常より短めの襟で、その尖った先が、左右に大きく開くものだ。襟の開き角度が水平＝ホリゾンタルに近くなるため、そう呼ばれる。

式典関係には向かぬが、軽さと若々しさを出しやすい形だ。

ホリゾンタルカラーのシャツに合わせて選んだのは、柔らかで光沢のあるタイ。こちらは空色、そして明るくやや薄い黄の二色である。

ちょっとだけ迷ったが、裁縫箱に入れていたピンバッジをポケットに入れた。もしかしたら出番があるかもしれない。

「お待たせしました、チーフ」

「うわ！　ジーロ、すごくかっこいい！」

上下濃紺のスーツ、そしてスタンドカラーの白シャツをインナーにし、髪を後ろに流してきた男は、いつもとはまるで違う。足元もいつもの作業用ブーツではなく、艶やかな茶の革靴だった。高級品なのは一目でわかる。

いかにも貴族向けで腕のいい服飾師という感じだ。

「お褒めの言葉をありがとうございます、チーフ。ま、これが俺の貴族向けの制服ってことで。じゃ、行きますか！」

「ええ！　でも、もう毎日これでもいいくらい似合ってる。皆の目の保養になりそう」

「チーフ・ルチア、本当にお上手で――」

言いかけたジーロは、目を細めてこめかみを指で掻く。

「いや、掛け値なしに素直に褒められているのはわかるんだが、こっちの格好は、荷物の上げ下げはしづらく着崩れるわ、生地表面に傷が入るわ、糸屑はつきやすくて目立つわ、作業には向いてないんだ。何より暑い」

「伸縮性と丈夫さと温度管理は、服飾の課題よね……」

その後は二人で布について語りつつ、貴族向けの応接室へと移った。


「失礼致します。ジィスタヴォーロ・コンティーニと申します――」

新しく連れてくる形となったジーロが、自己紹介をし、アルトゥーロと挨拶を交わす。

その後、ジーロは椅子に座ったアルトゥーロの向かい、その顔をじっと見つめていた。

アルトゥーロの眉はかなり太め、そして毛足もそれぞれに長い。耳と鼻下から続く顎髭は襟元までの長さ。しっかりした髪質ならぬ髭質なので、手入れをしていてもばさりとした印象がある。

だが、その目は加齢もあって少しだけ垂れており、唇はそれなりの厚さがある。顎のラインも鋭角ではない。

総合的に見て、迫力や怖さはあるが、冷徹さや酷薄さといったイメージはない。

「試しに、片眉を整えさせて頂いても？」

「よろしく頼む」

いかめしい顔をさらにいかめしくしてうなずく。それが緊張によるものだと、ルチアはこの短時間でわかるようになっていた。

前子爵当主に対して失礼かもしれないが、根は気のいい、優しい人のように思える。

ジーロはアルトゥーロに白いケープをかけると、その眉に静かにハサミを入れた。小さな櫛を使いつつ、長すぎる毛足を切ると、青銀の剃刀(かみそり)で幅を細め、形を整える。一歩下がって見ては、形を再度整えた。

いっそ美容師になった方がいいのではないか、そう思えるほどの手際である。

しかし、眉が三分の二ほどの幅になると、顔全体からはかなり浮いて見える。

「左側の顔を隠して、手鏡をご覧ください」

ジーロの言葉に従い、アルトゥーロが左側を手で隠し、手鏡をのぞき込む。

「……そう大きくは変わらぬな」

大きく違うだろう！　その場で声にしたくなったが我慢する。感覚の差なので仕方がない。

「では、眉を両方こちらにさせて頂き、髭は半分ほどにさせて頂いてもよろしいですか？」

「ああ、お任せする。ばっさりやってかまわん」

剣で斬られるのを受け入れるかのように、アルトゥーロはきっぱりと言い切った。

今までの髪、眉、髭、そして黒や濃紺の三つ揃えは、すべて子爵家当主として舐(な)められないためのもの――彼にとっての鎧だったのかもしれない。

「では、遠慮なく――」

口角を一度上げたジーロが、もう片眉を同じように手早く整える。そして、髭へとハサミを進めた。

剃られた眉毛が入らぬよう目を閉じたアルトゥーロは、鏡での確認を申し出ることはなかった。

「……え」

そのままさくさくと切られていく髭に、ルチアは小さく声が出てしまった。

『髭は今の半分ほど』そう言ったはずだが、どう見ても、ばっさりいきすぎだ。最初に落とした白と黒の混じった髭が、ケープの上で小山を作っていく。

つい隣のフォルトを見たが、彼は楽しげに目を細めているだけだ。

髭を整え終えると、ジーロは白いタオルで丁寧に顔についた髭を落とし、アルトゥーロのケープを外した。

髪は櫛を入れ直し、ゆったりと後ろに流す。そして、手鏡を持ち上げる。

「テスティーノ様、鏡をどうぞ」

全体が三分の一ほどになった眉毛は、その少しだけ垂れた目をより優しく見せていた。

そして長い髭はばさりと長さを落とし、もみあげから顎を薄く柔らかに縁取るだけ。顔の丸みのある輪郭がはっきりと出ていた。

鼻の下の髭はより短く、すっきりとそろえられ、笑んだ口がはっきりわかるボリュームと長さ。

「ほう……！」

一声あげると、アルトゥーロはただただ手鏡に見入っていた。

短すぎる髭は気にならぬらしい。確かに、そしてここまで切ったというのに、元からこうであったと言われても、違和感のないバランスと自然さだ。

「眉と髭だけでも、こう、若くなるものだな……」

手鏡の角度を変えて確認している姿が、なんとも楽しげだ。

「これで、『優しいお祖父様』に少しは近づきましたね、師匠」

「もうこれでよくはないか？　これなら泣かれぬ気がするぞ」

「泣かれぬだけでは足りません。ここまできたら笑って頂かないと」

ハードルを一段上げたフォルトに、アルトゥーロが声をあげて笑った。

「儂の方が先に笑ってしまったではないか。では、ここからもお任せするとしよう」


そうして、アルトゥーロは届いたスーツに着替えることになった。

ルチアは紅茶を頼みに行くのを理由に一度部屋から出る。

メイドと共に紅茶を持ってきたときには、着替えが終わっていた。

「わぁ……お似合いです！」

大白貝（おおじろがい）の真珠の粉を魔法で付与した濃紺の三つ揃えは、一段明るく、光沢のある色合いに変わっていた。形もわずかに違う。少しだけ裾をスリムにしたズボン、袖先も指半分ほど詰め、カフスがよく見えるようにした。

上着のボタンは留めず、ベストを見せる形だが、このベストが一段明るい青みがある。おそらくは付与の魔力を変えたのだろう。

そして、シャツはクリーム色のホリゾンタルカラー。その短めの襟の下、空色の柔らかなタイがふわりと巻かれている。

子爵家前当主としての格は残しつつ、快活さを感じさせる貴族男性がそこにいた。

いや、今ばりばりと働く当主だと言われても違和感はない。じつに素敵である。

「ありがとう、ファーノ工房長」

老人は少し照れたように笑う。

長い眉、そして口元の髭が減ったので、その表情がはっきりわかる。そのせいだろう、最初に話したときよりもずっと話しやすい気がした。

「奥様もきっとお喜びになりますよ」

「これにそろえたいという理由で、新しいドレスをねだられるかもしれぬ。服飾ギルド長よ、そのときは値引いてくれ」

「奥様のためでしたら、勉強させて頂きます」

フォルトの言葉に、親しい間柄らしい切り返しが交わされた。

「フォルト、ファーノ工房長、コンティーニ殿。本日は感謝申し上げる。これならば孫に泣かれずに済むかもしれん。まあ、あとは運を天に任せて祈るだけだ」

そう言ったアルトゥーロは、その空色のタイを指で確かめるように撫(な)でた。

「あの、よろしければこちらをお付けください」

ルチアはポケットから小さなピンバッジを出す。タイを留めるのにちょうどいい、小さな留めピンだ。もし、アルトゥーロが空色のタイを結んだなら勧めようと思っていた。

「ほう、細かい細工だな。なかなか見事な鳥だ」

貝を材料にきれいに磨かれたそれは、白い鳩(はと)。

「はい、鳩です。空色のタイに合うかと」

ジーロがアルトゥーロのタイに付けてくれる。羽を広げた白鳩(しろばと)は空色のタイによく映えた。

「なるほど、これはよいな……」

「ルチア、そのタイピンはギルドのストックにありましたか？」

「いえ、私物です。庶民向けのものですが、お似合いかと思ったので」

「それは気を使わせた。これは買い取らせてもらってもよいものか？」

「差し上げます。私も『仲良くなれるお守り』として受け取ったので」

「仲良くなれるお守り、ですか？」

フォルトに不思議そうに尋ねられた。

おそらく、ここにいる者達は見たことがないだろう。ルチアも知ったのは偶然だ。

「隣国エリルキアのおまじないで、白鳩モチーフのものを身につけていると、周りの人と仲良くなれるのだそうです。仲良くなれたら、次の方へお渡し頂ければと」

隣国のこのおまじないを知ったのは兄の本からである。そして、この白い鳩を彫ってくれたのは祖母だ。手持ちの飾りボタンの材料で、いくつか作ってくれた。

先日、服飾ギルドで働くことの決まった日、他の者達と仲良くなりたいと願い、ピンバッジを裁縫箱に入れていた。

少々トラブルはあったが、願い通り、服飾魔導工房の者達、それに縫い子さん達とは、思ったよりずっと仲良くなれた。

だから、これは次の方へはばたかせてもいいだろう。

「エリルキアにはそういったものがあるのか……しかし、このように美しい細工物を無料でというのは、職人に失礼だな。『服飾師の茶代』に何か足すものはないか？」

「そちらはフォルト様へ――」

今回、ルチアはデザインも縫いも関わっていない。フォルトの指示に従ってシャツを選んだだけだ。

だが、かなり目上の方、そして子爵前当主ににべなく断るのも失礼に当たる。

「それと、もし、お知り合いのどなたかが、いつもとは違う服を一着ということがあれば、選択肢の一つとして服飾ギルドをご紹介頂ければと」

貴族は専属服飾師や店がついている者も多いのだ。横から仕事は奪いたくない。

ただ、気分転換に違う店や服飾師に手頃な服を注文することはたまにあるというので、そちらをお願いすることにした。

ルチアではわからない貴族向け衣装を依頼されるとか、服飾魔導工房が手いっぱいという可能性もあるので、服飾ギルドという名目にした。

「それはかまわぬが、個人的に何かないか？　この白鳩の代金に」

お孫さんと仲良くなってください――そう言いたくはあるのだが、それを相談しに来た老人に願うのはおかしい。ルチアはちょっとだけ考え、自分の祖父を思い出す。

ルチアは同居の祖父が好きである。編み職人として尊敬しているし、優しいし、穏やかだ。

まあ、時折ちょっと気が弱いところがあるが、あれはファーノ家男性陣の特性のようなものだ。

その祖父は、小さい頃からことあるごとに、ルチアをかわいいかわいいと、褒めてくれる。

一時は口だけだと思いひねたこともあったが、今は孫の自分を大事に思ってくれているのはよく理解している。そして、ふと思いついた。

「では一つお約束をお願いします。お孫さんの名前を呼んで、『とてもかわいい』と伝えてあげてください」

「いや、孫は確かにとてもとてもかわいいが、皆に何十回も言われておるぞ。わざわざ儂が改めて言うことでは……」

ごにょごにょと言い出したアルトゥーロに、ルチアは確信した。

貴族の品格やら、かっこいい祖父のイメージやらを優先し、きっと伝えていない。

なぜそこを人任せにするのだ、直接言わなければわからないではないか。

周囲から言われるのと、相手本人から言われるのはまったく別の話だ。

「だめです、ちゃんと口に出して伝えてください！」

自分がつい一段声を大きくすると、老人はきっちり二度うなずいた。

「あいわかった、必ず――約束する」

アルトゥーロは再度全員に礼を述べ、応接室を後にする。

別室で待機していた従者とは、廊下で再会する形になった。彼は自分に目を見張り、きっかり五秒黙った。

「……よく、お似合いです！」

言葉の前のタメは本当に服が似合っていての感心か、それとも若づくりを笑いたくてこらえたのか、正直判断がつかぬ。

馬場に向かい、乗り込む際は長い付き合いの御者が自分を二度見し、やはり数秒固まっていた。

その後はいつものように何も言わずに馬を御し始めたが、微妙に気になる。

それなりに似合うと思ったのだが、馬車の中、なんとも不安になってきた。

屋敷の前で馬車から降りると、つい足の進みが重くなる。

玄関を過ぎると、メイド達がぱっと目を見開いて自分を見て、一拍止まり、その後に笑顔で挨拶をする。

「お帰りなさいませ、大旦那様！」

いつもよりいい笑顔が、限りなく不安である。

「お帰りなさいませ、アルトゥーロ様」

執事はいつもと同じく声をかけてきた。それについ問いかけてしまう。

「髭を短くしてきた。世辞なしで聞きたいのだが、どう思う？　不自然ではないか？」

「いいえ、よくお似合いです。お仕えしたばかりの頃を思い出しました」

執事にいい笑顔で言われ、さらに不安が増した。

彼の仕え始めはまだ自分が若い頃――やはり、若づくりがすぎたのではないだろうか。

その後は妻のいる部屋に向かうが、なぜか緊張する。

若人ではないのだ、妻は自分の見た目に左右されることはないだろう。自分に言い聞かせつつ、中に入った。

「今、戻った」

「まあ！　よくお似合いですわ」

声と共に、自分の顔と身体を行き来する視線が忙しい。妻はさらに言葉を続けた。

「お洋服の色合いもいいですし、その変えたお髭も、若い頃をちょっと思い出しますわね。あなたらしくて、とても素敵です」

満面の笑みで言う妻がこそばゆい。だが、嘘と無駄な世辞は言わぬ彼女に、ようやく安堵する。

それでも、どうにも褒め言葉に素直にありがとうとは返せず――

「夫への世辞に、無理をせんでもいいのだぞ」

「いえ、本心ですわ。ところで、お願いがあるのですが……」

妻のヘーゼル色の目が、猫のように細くなった。

欲しいものをねだる前の彼女の癖を、久々に見た気がする。あと、たぶん予想が当たる。

「私にもその服飾師さんをご紹介くださらない？　あなたとの釣り合いが取れなくなってしまいましたわ」

「わかった。王都にいるうちに、なんとか服飾ギルドへ二人で行こう」

今さらだが、アルトゥーロは確信する。あの服飾師達の腕はすばらしい。

妻のドレスを一枚、いいや、二枚は作っておきたいところだ。ついでに自分ももう一着、新しいスーツを仕立てるのもいいかもしれない。

とりあえず安堵して、妻へ本日の詳細を語ることにした。


そうして翌日、運命の時がやってきた。

アルトゥーロの服装は昨日と同じ、頭髪、髭、眉もできる限り服飾ギルドで仕上げてもらった形に近づけた。客間で待っていると、ようやく娘と孫が入ってきた。

「まあ、お父様、とても素敵！」

娘が目を見開き、歩み早く寄ってくる。

頭から爪先までチェックする視線は、妻そっくりだ。ちょっと緊張する。

「おじいさま？」

孫であるアンナリーザも駆けてきて、自分の周りをぐるぐると回る。その青い目がきらきらとした輝きを宿していて、じつに子供らしい。

昔は廊下を駆けるお転婆な娘を、行儀が悪いとよく叱ったものだ。

だが、なんだ、その――子供らしいのも悪くないではないか。

「お行儀が悪いとは叱りませんの？」

自分が娘を叱ったことを覚えていたであろう妻が、とても優雅に笑う。

アルトゥーロはバツが悪くなり、低い声で答えた。

「……元気が良いのは、いいことだ」

「お父様ったら！」

娘には子供のように吹き出された。

ぐるぐる回っていた孫は、自分の真正面で、ようやく動きを止めた。

「おじいさま、かっこいい！」

足にぺたりとくっついてきた孫が、ちょっとだけバランスを崩す。転ばせるまいとして、思わず抱き上げてしまった。まるで昔、娘にしたように。

「おじいさまの、鳥さん！」

腕の中、タイピンの白い鳩を指さし、孫が笑う。触れてもよいと伝えると、とても興味深そうに撫でていた。そして、何を思ったか、整えた髭、そして頬も撫でられた。

くすぐったさに、ははと笑ってしまうと、孫もけらけらと子供らしい声をあげた。

こんなに近くで孫の笑顔を見、笑い声を聞いたのは初めてだ。

本当に、すばらしく、かわいい。

アルトゥーロは今このとき、青目の服飾師との約束を、迷わず実行することにした。

「アンナリーザは、とてもかわいいな」

心からそう言うと、孫は頬を赤くした。

しかし、精いっぱいすました顔をした後、笑顔で返された。

「アンナリーザのハンカチは、おじいさまにあげます！」

かわいさが三段増した。

オルディネ王国では、刺繍(ししゅう)をした白いハンカチは、貴族女性の初恋を告白する品。渡される貴族男性としては、限りなき栄誉の品である。

ああ、まったく、どうしてくれよう。

ドレスに靴、子馬に鞍(くら)――今はまだ、アンナリーザの次の誕生日に贈る物、そのリストを作るくらいしか思い浮かばぬ。

その後、妻が『まあ、かわいいライバルですこと』と微笑(ほほえ)み、娘が子供のように笑い転げることとなった。

なお、娘の夫から貴族の薄紙に包みきれていない苦情の手紙が届くのは、この翌日である。

## 友との休日

王都の中央区の洋服通りは大変に華やかだ。

毎週替わる服飾店のショーウィンドウは、ルチアにとっては教科書であり、美術展だ。来る度に心が躍り、胸がいっぱいになる。

いろいろなデザインの様々な色の服、靴、そしてアクセサリー、メイク用品。それを見ている様々な装いの者達を見るのも楽しい。

この数年は国外のデザインを参考にしたものも多くなっている。

隣国エリルキアの皮や毛皮を活かした服、その先の砂漠の国イシュラナのたっぷりとした布使いと色とりどりの天然石、海を越えた東ノ国の長い袖に艶やかな帯——大変に興味深い。

日差し眩しい午後、多くの者達は夏服のショーウィンドウに釘付けだ。

布面積の少ない涼しげな服の中には、ちょっと着るのに勇気がいるものも見えた。メリハリのあるスタイルのイルマなら似合いそうだが、勧めたらマルチェラから止められそうである。

そしてシャツやブラウスの模様も今年はぐっと増えた。

水玉やストライプなどのスタンダードなものは以前からあるが、今年は魚や貝殻模様、クラーケン、そしてセイレーンなどを胸元に描いた、夏らしく個性的なものも流行ってきている。

そのうちにスライムの模様を見つけたら、ダリヤにプレゼントするのもいいかもしれない。

きれいなもの、かわいいもの、遊び心に満ちたデザイン——ルチアは沸き立つ気持ちを抑えつつ、目的の場所へ急ぐ。

本日は久しぶりの休暇、友人との待ち合わせである。

「ルチア、ここよ！」

道沿いのレストラン、赤髪の友人がテーブルの横に立って手を上げる。

屋外席にいたのだが、大きな麻色のパラソルの陰で、見つけるのが遅れてしまった。

「ダリヤ、久しぶり！　今日の服と髪型、どっちも素敵！」

ホワイトリリーのセーターに、オリーブグリーンのロングパンツ、踵（かかと）がちょっとだけある白い靴。

艶やかな肩までの赤髪はダウンスタイル、少しだけ巻いたらしい。カールのついた髪はふわりと風になびき、じつに素敵である。

春までは婚約者の趣味と本人のお洒落（しゃれ）への興味のなさから、地味方面へ舵（かじ）を切りすぎた服装だった。素材はいいのに、とことんもったいなかった。

最近は、魔導具師の仕事ばかりではなく、商会長として貴族とのやりとりも増えたからかもしれない。一気にきれいになった友人を見るのは楽しく——とてもうれしい。

「ダリヤ、このお店のおすすめはある？」

「シーフードスパゲッティとトマトの冷製スープがおいしかったわ」

「じゃあ、それと炭酸水にする。ダリヤは何にするの？」

「緑豆の冷製ポタージュと、夏野菜のスパゲッティにするか、キノコとハムのピザにするかで迷ってるの」

「スパゲッティを頼んで、ピザを半分こにしない？」

「……そうしましょ！」

一拍の遅れの間、友の視線がウエストに泳いでいたが、気づかなかったことにする。帰りに馬車を使わずに歩けばいい。あと、明日の食事を軽めにすればいいのだ。

「ルチア、工房はすごく忙しい？」

「まあ、それなりに。でも仕事があるってありがたいことよ。お給料もいいし。それに、服飾関係はどうしても忙しいときと暇なときがあるから」

季節ごとのものもあるが、急なサイズの変更、納期が早められた各種式典の服、希望数の増減など、どうしても波はある。

服飾魔導工房でも忙しい時はしっかり働き、作業もできるかぎりする。時間にゆとりがあるときは改良案を模索する――そんな形にしている。

そう説明したら、魔導具の制作と開発に似ていると納得された。

「そうなのね。ダリヤもかなり忙しいでしょ？」

「うん。でも、加工関係に詳しい方が見つかったから、今は勉強中」

「ダリヤはもう一人前の魔導具師だと思ってたけど、まだ勉強するの？ 新しい魔導具理論とか？」

「魔導具の形状加工がなかなか難しくて……小型化と軽量化がしたいから、試行錯誤しているところ」

魔導具師も大変らしい。服飾師と同じく、一人前と呼ばれるようになっても、上には上がいる。ちょっと目が利くようになると、腕のある大先輩や先生方と自分の差は、嫌というほどわかる。

「あ、これおいしい！」

届いたトマトの冷製スープは、酸味と塩味、そしてバジルの香りがとてもいい。

ダリヤの緑豆の冷製ポタージュも正解だったらしい。スプーンを口に入れたダリヤの目尻が、ちょっとだけ下がり、にまにまとゆっくり味わっている。

こういうところは本当に、父であるカルロさんに似ている——不意にそう思った。

今は亡きカルロも魔導具師で、ダリヤの師匠でもあった。

ルチアが緑の塔へ遊びに行くと、カルロはいつも笑顔で迎えてくれた。髪型や服装を褒めてくれることが多く、会う度に笑顔になれた。

男爵なのに、偉ぶったところが一切ない、優しく、気さくな人だった。

思い出す度、ダリヤを一人残して逝ったことが残念でならない。

娘に、弟子に、教えたいことはまだたくさんあったに違いない。それでも、まだ学び続けていることを、あちらで応援してくれるだろう、そう思うことにする。

「ルチア、キノコとハムのピザ、ちょっと大きいわね……」

視線を上げると、二人で頼んだスパゲッティとピザが届いていた。

ピザの大きさが、予想より一回りほど大きい。その上、サービス精神あふれる具だくさん、チーズは皿に溶け落ちんばかりにのせられていた。

「……大丈夫！　帰りにたくさん歩けば！」

「これ、全部食べたら動けなくならない？」

緑の目の冷静な問いかけに咄嗟に返事はできず——食後、二人でゆっくりとウィンドウショッピングを楽しめばいいと言いながら、ルチアはピザを切り分けた。

「ああ、機械がね、また新しいのになって、台数もそろったからすごく楽になったの。もうちょっとしたらまた数が増やせそう。来年にはもう少し値段も下げられると思うから」

五本指靴下も乾燥中敷きも、もっと生産数を増やし、値段を下げないと、庶民には回らない。

ルチアは乾燥中敷きを使用中だが、この初夏、使えば使うほど良さがわかる。五本指靴下は男性陣から評価が高い。

なんとしても量産態勢を拡大し、庶民にも広げたいところだ。

「よかったわ。最初はもうどうなるかと……ルチアに迷惑をかけたんじゃないかって思って、心配だったの」

「全然！　お給料も増えたし、先輩方のお仕事も見られるし、新しいお洋服も作れたし、あたしの方がダリヤにお礼をしなくっちゃ」

心からそう言うと、友ははにかんで笑った。

その後、それぞれピザを口にする。

ルチアは、はむりといった一口目、その熱さにちょっと慌てた。

それでも、焦げ目のあるチーズの下、柔らかなハムに、香りのいい数種類のキノコをしみじみと味わって食べる。採った場所のせいか、それとも気候のせいか、今年のキノコは去年よりいい香りだ。

「この前ね、原料がクラーケンのリップと白粉を見たわ。化粧崩れ防止ですって」

「白粉もクラーケンの被膜を利用しているのかしら？　……あ、レッドスライムの口紅、私が今使っているのがそうなんだけど、透明感があっておすすめよ」

「今度お店でチェックしてみるわ」

ルチアは答えつつ、思いきり笑顔になってしまった。

ダリヤはまったく気がついていないが、自分に化粧品を勧めたのは、長い付き合いで本日が初めてである。

「最近、布工房で大型の機織り機ができて、それが二階建ての高さくらいある魔導具なんですって」

「機織り機の魔導具！　魔石を使っているのかしら、それとも魔物素材かしら」

「風の魔石を使っているって聞いてるわ。今までは身体強化の使える人が幅広の機織り機を使うことが多かったそうだけど、魔石なら魔法なしでも動かせるわよね」

「その機織り機、見てみたいわ……」

夢見る目になったダリヤに、こくりとうなずく。友は魔導具として、自分は布の状態をぜひ見たいところだ。

「見学が許されるようになったら、一緒に行きたいわね」

まだ調整中で、糸目がそろわぬことがあるらしい。幅がある分、無理もかかるのかもしれない。改良を願うばかりだ。

「これで布の価格がもう少しだけ下がればいいんだけど」

そうは言ってみたものの、これでも昔よりはかなり下がったと聞いている。

祖父母の子供時代、布の値段は今の三倍だったそうだ。値段が落ち着いたのは、糸紡ぎ機、機織り機、編み機などの開発がなされ、原材料の確保も進んだからだ。

兄から聞いた話では、糸や布を染める染料も、生産量が三倍以上に増えているのだという。

草木染めはもちろん、虫や鉱石、魔物素材などで染められることも増えた。
他国からの染料の輸入も多くなっている。最近の一番人気は東ノ国（あずまのくに）の朱色である。
なかなかに難しい色だが、使いこなしが楽しいその染料は、原料が木だと聞いた。

「ねえ、ダリヤ、東ノ国（あずまのくに）からきた染料で、きれいな朱色なんだけど、元々は木だっていうの。木の形をした魔物素材かしら？」

「それは『漆（うるし）』とかじゃないかしら。かぶれる人がいない？」

「加工してあるから平気。服飾ギルドの染料は安全を優先しているから。ダリヤは魔導具を染めることもあるじゃない。魔導具って、どんな染料があるの？」

「東ノ国（あずまのくに）の植物で、『赤鬼葉（あかおにば）』っていうのを使うことがあるわ。とってもきれいな赤なの。耐久性も上がるから、家具なんかにも使われるんですって。あとは、多いのは魔魚（まぎょ）のウロコかしら。白、赤、黄色とか色合いも多いから……」

　染料と魔物素材について話を振ったところ、ダリヤは植物や魔物の染料について教えてくれた。
ルチアが知らないものも多く、まだまだ勉強しなくてはと思う。

「鷲獅子（グリフォン）の爪や、風龍（ウインドドラゴン）のウロコなんかも、付与でいい色が出るって聞くけど、まだ使ったことがなくて……」

　いつの間にか、染料から魔物と魔法付与の話になっていた。
友はそのうちにまた新しい魔導具を作り出しそうだ。
服飾師としては、防水布、五本指靴下に続き、ぜひ服飾関係品であることに期待したいところである。

そうして互いに話しつつ食べ、ようやくすべての皿は空になった。本日、別腹も埋まったので、デザートは無理らしい。

「最近、食べすぎで体重が気になって……」

食後すぐに言うことではないのだが、同感である。主に自分は服飾魔導工房での食事とおやつが原因だが。

昼食は工房やギルドの者ととることも増えた。午後のお茶の時間、フォルトや取引先からの差し入れ、そして工房員の持ち込みと、おいしさが絶えない。もし余ったら残業時のおやつになる。

夜、入浴前の腕立てと腹筋を増やしているが、ウエストサイズとの攻防中である。

「ダリヤ、忙しさが山越えしたら、浴場のサウナに行きましょうよ」

サウナ自体は王都のあちこちの浴場にある。王都ではお風呂や給湯器のない古めのアパートもあるし、仕事帰りの気分転換に湯を浴びる者もいる。

サウナは痩身・健康目的で人気があり、夕方には長めの待ち時間ができるほどだ。

「そうね、ぜひ行きたいわ。でも、家でも何か簡単にできるといいのだけれど」

ダイエットと体型維持に『簡単』の文字はない。そう言いかけたが、やめておく。

今まで体重と体型について真面目に悩んだことがない友である。大いなる進歩ではないか。これに水を差すわけにはいかない。

そして考える。緑の塔に住むダリヤが毎日気軽にできるもの――

「荷物を持って階段の上り下りを多くしてみる、あとは浴室に家用サウナを付けたら？」

「うん、もう少し増やしてみる。家用サウナは、塔で壁に丸みがあるから、置くと狭くなりそうだし、私しか使わないからちょっともったいないわね……」

しっかり稼いでいる割に、友の財布の紐(ひも)は固い。

防水布の開発者、その特許である利益契約書を持ち、定期的にお金が入ってくるのだが、ダリヤはそれを魔導具の開発資金と老後資金にと貯(た)めている。ちなみにその口から老後資金と初めて聞いたのは十五のとき、二度聞き返した記憶がある。本当に堅実である。

ルチアも貯金はしているが、工房とお店のためで、老後はまだ考えていない。

「そういえば、この前納品した薄手で長い防水布って、背が高い人用？」

「ううん、レインコートとレインズボンがあるでしょ。あれを別々じゃなくて、赤ちゃんの上下つなぎみたいにして、水が入らないようにできないかって相談があったんだけど、難しくて」

防水布で作った上下つなぎの服である。河川や池の工事人が着るのに向いているのではないかと思ったが、最大の問題があった。

「袖とか首から水が入っちゃうから？」

「ううん、そのへんは許容範囲。二重にして紐留めしてもいいし。それより思いっきり蒸れるの。レインコートと比較にならないくらい。腰回りに汗が集中しちゃうって。身体強化もかける方だったから。『これを着ると倍、疲れる』って」

「ああ……通気性の問題があるのよね……」

ダリヤが苦悩している。水をはじくのが防水布だ、空気を通して水を通さないなどという器用な素材はありえない。

「でも、便利なのよ！　短時間作業なら使えるから！」

「……お風呂に入れる『サウナスーツ』になりそう……」

『サウナスーツ』！　なるほど、防水布で作った上下つなぎ、あれを着てお風呂に入ったらサウナに近いってことね！」

「え、ええ……いいかもしれないわ」

すでに製品化まで考えているのか、ダリヤが微妙に遠い目をしている。

毎回思うが、ダリヤの発想は大変に斬新だ。

サウナは木の小部屋で蒸気を浴びるとしか考えなかったが、汗をかくのが目的なら、防水布の上下つなぎでもいいわけだ。そしてお風呂に入れば十分に温度も上げられる。

これで痩せられれば完璧である。

「試作品が二着あるから、家に帰ったら一枚、ダリヤ宛てに送るわね。あたしも手元のを補正してから試してみるから」

背がそれなりに高く、手足の長いダリヤと違い、ルチアにはちょっとサイズが大きすぎるのだ。

暇を見てぴったりの『サウナスーツ』を作りたいところだ。

「ありがとう、ルチア！」

ダリヤの方が試すのは早そうなので、念を押しておく。

「でも、あんまり長い時間入らないでね、ちゃんと休憩はとってよ」

初等学院時代、初めて一緒にサウナに入ったとき、自分とイルマが熱さに負けて出ても、なかなかダリヤが出てこなかった。

心配になって戻ったら、『できるだけ我慢するものだと思っていた』と、真っ赤な顔で言われた。

汗をかいて爽快感を得ようという場で、何が悲しくて一人我慢大会をやっているのか。

イルマと共に、水を浴びせつつ、水を飲ませることとなった。

それを思い出したのが伝わったらしい、ダリヤは少しだけ頬を赤くして言った。

「もう、大丈夫よ、ルチア！　ちゃんと時間を計って入るから」

後日、ルチアは赤髪の友に、『よく効く汗疹の塗り薬を知らない？』そう尋ねられた。

時間を計って何度入ったのか——友の我慢強さは相変わらずであった。

# 双子のご令嬢

「ルチアに、折り入って相談したいことがありまして――」

服飾ギルド長の部屋、従者とメイドを横に、フォルトが切り出した。

ルチアは花の香りつきの紅茶をソーサーに戻し、姿勢を正す。

本日、午後一番に大切な話があると呼ばれたので、いろいろと覚悟はしていた。

そして、いつもは余裕のあるフォルトが、この深刻な表情だ。

急な断れぬ注文で、五本指靴下の制作を急がされるか、それとも服飾魔導工房長の交代の打診か――考えつつ、続く言葉を待つ。

「突然で申し訳ありませんが、貴族女性のドレスを二人分、違った形でデザインして頂きたいのです」

「え？　ドレス二人分ですか？」

想像もしていなかった依頼に、思わず聞き返してしまった。

だが、フォルトはそれを自分が困っていると判断したらしい。

「もちろん、あなたがとても忙しいのは承知しています。服飾魔導工房長の仕事については、こちらに携わる期間内は、私の方でも分担します。人が足りないのであれば随時、服飾ギルドから回しましょう。デザイン画のラフだけでもお願いできるのであれば、大変助かるのですが……」

「ええと、フォルト様、前向きに検討したいので、詳しく教えてください」

彼はほっとしたようにうなずくと、赤い羊皮紙のケースをテーブルにのせた。

「こちらがドレスを身につける予定の二人です。私の家と近しい子爵家のご令嬢です」

羊皮紙のケースから出されたのは、書類の大きさほどの肖像画だ。

年齢は十八から二十くらいか。フロスティブルーの髪を結い上げ、ミモザ色のドレスで、そっくりの笑顔を浮かべる青い目の二人——髪型・アクセサリー・化粧・服、完全に同じに見える。

いや、この肖像画はわざと似せて描いたものかもしれないが。

「双子のご令嬢ですか？」

「ええ、そうです。今まではこの家の服飾師、そして、私やギルド関連の服飾師達が、彼女達の母——子爵夫人に言われた通りに『二人同じもの』『似ているもの』を作っていました。それが次から『それぞれ別のものを』ということになりまして……」

双子で同じ服を着せられ続けても、ある程度大人になれば別々にしたいと思うだろう。

もしかすると肖像画はとても大人っぽく描かれているか、年齢より上に見えるご令嬢なのかもしれない。

「お二人がおいくつか伺っても？」

「十八です」

ルチアの感覚としては遅すぎるくらいだ。

オルディネの成人年齢は十六歳。大人になって二年超。どうしてそれまで素直に同じものを着ていたのか、別々にしたいと言い出さなかったのか、ちょっと不思議に思ってしまった。

「小さい頃はドレスの色で喧嘩（けんか）にならぬよう、少し大きくなってからは双子としてのメリット——話題性や覚えてもらいやすい、などですが、そういったことでそろえていた面もありますね……」

フォルトの微妙な物言いに、なんとなく引っかかるものを感じた。

「ええと、それまではお二人から、別のお洋服にしたいといったご希望はなかったのですか？」

「ありませんでした。子爵夫人からも、できるかぎり同じに、髪や化粧にかける時間も差がなく、というご指定でした」

それを聞いてさらに不思議になる。かける時間まで一緒にして何の意味があるのだろう。

「どうしてでしょうか？　失礼ながら、それぞれに好みや似合いのものを身につけさせず、ご家族の誰もそれを止めないというのがわからないのですが、貴族では双子だと同じものを着るといった決まりがあるのでしょうか？」

「それは……」

コホン、フォルトの斜め後ろの従者が一度咳をした。いつもは存在感を消している彼が、その黒い目でじっと主を見る。

「そういった決まりはありません。やはり、相談する以上、きっちりお話しするべきですね」

フォルトは一度声を止め、紅茶を一口飲んだ。

優雅な仕草の後、フォルトはその青の目をまっすぐルチアへ向けてきた。

「ここからは内密に願いたいのですが――子爵夫人も双子だったのです。姉で跡継ぎの子爵夫人と、その妹さんとは、様々なところで区別されたと伺いました。子供の頃から、姉には高級なドレスを、妹には一段下のドレスを、というように。夫人は何度も同じようにしてくれと両親に願ったそうですが聞き入れられず、妹も夫人に対し、跡継ぎなのだから当然だ、気にしないようにと言っていたそうです」

「そうだったんですか……」
「その妹君はデビュタント前に病で、はかなくあちらに行かれ、葬儀も内々で最小限であったと
……子爵夫人は、それをずっと悔いておられたそうです」
ようやく内情がわかった。その子爵夫人の両親に文句を言いたい。
同じ子供だろうに、どうしてそんなに格差をつけるのか。
もしかしたら、『貴族だから』という説明で終わってしまうのかもしれないが、ルチアとしては
やりきれない思いと、理不尽さに怒りを覚える。
「子爵夫人の事情を知る周りの者は、そのお心に添うようにしてきました。しかし、姉妹も大きく
なり、姉の方は来年に結婚式が決まったとのことで……それぞれに違った形のドレスをというのは、
その子爵夫人からのご依頼なのです」
「結婚で離れるので別々でいい、ということでしょうか？」
「いいえ、事情を知った姉の婚約者の方から叱られたそうですよ。未来の義母を叱るとは、なんとも
勇敢な方です」
大変にすばらしい方ではないか。尊敬に値する。
「内情を知らぬとはいえ、服飾ギルドでは、仲の良いかわいい双子だと、揃いの服を作り続けてき
ました。今回のドレスは、今までと似たものになってしまうのは避けたいのです。私が推薦するの
であれば別の服飾師でもよいということで、最初に浮かんだのがルチアでした」
「たいへん光栄です……」
肩の荷が一気に重くなった。その荷を下ろすつもりはさらさらないが。

「材料や人員はすべてこちらで。支払いはこの金額で、成功には追加を、失敗の責任はすべて私が取ります。やってみませんか？」

「喜んでお引き受け致します」

ルチアは、フォルトが羊皮紙に書いた金額を見ないうちに答えた。

迷うことなどあるものか。こんな機会は滅多にない。

「では、日程をあちらにお尋ねして、お伺いすることと致しましょう」

二日後、ルチアは王都北区の貴族街、子爵家の屋敷に来ていた。

従者として一緒に来てくれたのは、ヘスティアだった。

服飾ギルドの女性でルチアとも親しく、子爵家の出身で礼儀に詳しい――従者役にするのは申し訳ないのだが、適任が彼女だけだった。

何かあったときには頼らせてくださいと願った自分に、ヘスティアは任せてと笑ってくれた。大変に心強い。

先日の食事会でヘスティアに気に入ってもらえたドレスは、家で縫い始めている。なんと彼女が上等な布を自分で持ち込んできた。

仕事が忙しく進みは遅いが、途中まで縫ったそれを見てもらったり、ランチを一緒にしたりと、楽しく過ごしている。仕事場に一人でもこういった仲間がいると、とても心強い。

服飾魔導工房の仕事に関しては、フォルトの了承を得て、ダンテにすべて話してお願いした。彼らしく、一言の確認もなかった。

「心おきなく、思いきりやってらっしゃいませ、ボス」

そう、いい笑顔で馬車を見送られた。

いろいろおかしい気がするのだが、彼の『ボス』呼びは敬意の表現だというのであきらめた。

ダンテは年上だが、子供のようなからかいをするタイプなのだろう。子供時代の近所の男の子を思い出し、ルチアはそう納得している。

屋敷の前で馬車を降り、庭の短く刈られた緑の芝生を横目に、白いレンガの道を進む。

古めかしくも品のいい、石造りの屋敷。それがヴォランドリ子爵邸だった。

「ようこそ、ヴォランドリ家へ。ヴォランドリ家長女、マリアルナ・ヴォランドリと申します」

「はじめまして、妹のデルフィナ・ヴォランドリと申します」

通された客間、二人の貴族令嬢が共に挨拶をしてくれた。

揃いのミモザのドレス、似た化粧、だが、髪型は違っていた。姉であるマリアルナは、ゆるくウェーブのかかった髪をひとまとめに結い上げ、妹のデルフィナはそのまま背に流している。

そして、マリアルナの左手首には、金に緑の石の付いた婚約腕輪が光っていた。

「服飾魔導工房のルチア・ファーノです。お声がけ頂き、ありがとうございます」

ルチアも挨拶を返し、勧められたソファーに座る。ヘスティアは従者役なので自分の斜め後ろに立っているのだが、疲れはしないかとちょっと気になる。

「申し訳ありません、本日は母が同席せず――」

「いえ、お忙しいことと思いますのでお気になさらないでください」

これは先にフォルトから聞いていた。その場にいては、それぞれ心安らかにいられぬであろうという配慮である。

「このところ、お互いに似ていることが気になりまして……母は姉妹で区別をしないようにと、私達が同じ装いをすることを望みました。そっくりな双子ということで目をひき、社交界の話題になるのもうれしかったようです」

「私達はそれが嫌でしたが、なかなか言い出せず……」

フォルトに聞いていた話と同じである。その先はあえて尋ねない。

そして、向かい合い、至近距離でそれぞれを見てわかった。

双子のご令嬢は肖像画ではそっくりだったが、こうして見ればそれほど同じではない。

確かに顔立ちは似通っているが、目、頬、顎のラインはある程度違うし、目の色も微妙に違う。

フロスティブルーの髪も、マリアルナはゆるいウェーブがあるが、デルフィナはまっすぐに見える。

服の好みが違えば、違いはもっとはっきりするだろう。

「わかりました。最初にドレスについての聞き取りをしたいのですが、よろしいでしょうか？」

「はい、お願い致します」

「では、それぞれお一人ずつでお願い致します」

「それは、互いの同席なしでということでしょうか？」

いつも一緒にドレスを決めていたせいかもしれない。おずおずとデルフィナが聞き返してきた。

「はい。細かくお伺いしたいですし、どうしてもお時間がかかりますから」

「わかりました。では、別室で私からお願いします」

姉らしく、マリアルナが笑んで言う。だが、その手はきつく握られていた。

マリアルナとともに来たのは、隣がバスルーム、反対側が衣装の間へ続く部屋だ。

中央にはソファー、靴を履く際のフットスツール、壁面には大鏡とサブの姿見と一式がそろっていた。なんとも貴族らしい造りである。

部屋に入ったのはマリアルナとルチア、そしてヘスティアと着替えを手伝うメイドだ。

「ドレスをお召しになる場はどちらでしょうか？」

「略式舞踏会が十日後にありますので、間に合えばそちらへ。ご無理なようでしたら来月の略式舞踏会にと思っております」

略式舞踏会であれば、多少遊び心のあるデザインも許されると聞いている。貴族の格式の判断にまだ自信がないので、ルチアは少しだけほっとした。

「ご希望の色や形、こんなふうに見えたいというのはおありですか？」

「……品のある落ち着いた貴族女性、婚約者がいて、そのうちに夫人となってもおかしくなく見えるよう、無難な色で、スタンダードな形でお願いできればと」

緊張した面持ちで告げられたが、店で吊しのドレスから選んだ方がいいのではないか、そう言いたくなるような希望である。メイドも少々困った顔で主を見ている。

「夫人となっても着られるドレス、ということでよろしいでしょうか？」

「ええ、来年には結婚予定ですので、着回しができた方が――せっかくの自分だけのドレスですもの」

　そう言って、マリアルナはとても楽しげに笑った。

　彼女の、『自分だけのドレス』という言葉に内心ほっとする。やはり双子でも別々の装いがしたかったのだろう。

「ドレスを抜きにして、お好きな色はありますか？」

「え？」

「小物などの兼ね合いもございますので、参考にお伺いできればと」

「……白やアイボリー、薄いピンクや水色が好きです。あとは、明るい緑でしょうか」

　さきほどからの落差、ちぐはぐさが、妙にひっかかる。

　そのため、ちょっとリストにはない質問をしてみた。

「将来は何になりたいと思っていましたか？」

「……お笑いになるかと思いますが、『お嫁さん』でした……」

　もしかして、来年の結婚に対し、マリッジブルーになっているのだろうか？　その深い青の目が曇る。

「紅茶をお願いします」

　不意に、マリアルナがメイドに命じる。メイドはそれに従い、部屋を出ていった。

「私と妹のことについては、フォルトゥナート様から聞いておられるのでしょう？」

「はい」

　嘘をついても始まらない。ルチアは素直にうなずく。

「双子に差をつけてはならない、それが母の持論でした。でも、実際にはそういうわけにもいかず……長女である私が、『兄弟家』である婚約者の家へ嫁ぐことが、十歳のときには決まっておりました」

さすが貴族と言うべきか。『兄弟家』とは、同盟のように互いの家を守り合う関係だと聞いている。まさかここでそれを聞くとは思わなかった。

それと、自分の十歳の頃を思い出し、ルチアはなんとも言えない気持ちになる。

「ですが、もしかしたら妹の方が、婚約者の家では役に立っていたかもしれません……」

いきなり不穏な話になってきた。

「役に立つとは？」

「私より妹の方が頭はよいのです。語学が堪能で、計算も得意ですから。婚約者は今、王城の魔物討伐部隊に勤めております。憧れていた仕事ですから長く続けたいと——ですから、家を守るのは妻の役目となります。おじさま、おばさまともに良くして頂いておりますが、いずれ家業を継がねばと思っております」

長い睫毛を伏せ、マリアルナは静かにそう話す。

「失礼ですが、お相手の家業は何かお伺いしても？」

「当家と婚約者の家の二家で、王都壁の点検をしております」

領地持ちではなく、王都の職持ちの子爵家だったらしい。

オルディネ王都は巨大な石壁で囲まれている。はてしなく長く大きい壁だ。あの壁を管理するのはもちろん人も雇ってのことだろうが、大変な仕事だろう。

そういったことを取り回すのは、才ある妹の方がよかったのではないか、そう思ってしまうらしい。

「マリアルナ様は、婚約者様のことを愛されていらっしゃるのでしょう？」

「もちろんです」

強い声が返ってきた。

「彼は、私が悩んでいるのを知って、母に向かい、母が二人を同じように愛していることなど、皆が知っていると、違う二人を同じにそろえる必要などないと、そう言ってくださいました。私は、そんな彼と共にあるのにふさわしい妻、貴婦人になりたいと、そう思うのです……」

そう言ってマリアルナは目を伏せた。

握りしめたその左手、きらりと婚約腕輪の石が光る。

「緑が好きとおっしゃったのは、ああ、婚約腕輪の色石もきれいな緑ですね」

「はい、彼が緑の目で――とても見事な風魔法使いなのです」

「魔物討伐部隊で魔導師を？」

「いえ、隊員騎士として勤めております。後衛だそうですが、お義父（とう）様も元魔物討伐部隊員ですので。今もお元気で、王都壁の点検中に角兎（ホーンラビット）が出てきたら、夕食のシチューにしてしまう方ですわ」

誇らしげに笑った彼女に納得した。

もうすでに相手の家にもそこまで馴染（なじ）んでいるのだ、心配などいらないではないか。

「では、お相手に、惚（ほ）れ直してもらうドレスを目指しましょう！」

「え？」

目を丸くされた。無茶を言っている自覚はある。しかし、本気である。

「二人、同じにそろえる必要などないとおっしゃった方でしょう？『マリアルナ様』に婚約腕輪を渡した方でしょう？　マリアルナ様はご結婚前で感傷的になっておられるだけです」

「……そうなの、でしょうか？」

「ええ、ですから惚れ直してもらうドレス――違いますね、自分で自分に惚れ直すドレスを選びませんか？」

「自分で自分に惚れ直すドレス……」

「ええ、一度とにかく好きなドレスを考えてみませんか？　ご依頼はいったん、横に置いて頂いてかまいませんので。気分転換になると思います」

横のヘスティアがこめかみを指で押さえている。本当に申し訳ない。

だが、このまま無難なドレスを選ぶなら、自分ではなく、貴族街の服飾店を回ってもらう方が間違いはないだろう。ならば、自分の本当の好みだけでもきちんと認識してもらいたいのだ。

「わかりました。ぜひ、お願いします……！」

右手を拳にして答えられた。マリアルナはなかなか芯が強いのかもしれない。

「では、お化粧を落として、上下一枚ずつの下着以外、全部脱いで頂いてよろしいですか？　採寸と体型を拝見させて頂きたいので」

「え、ええ、かまいませんわ」

緊張が透けて見えるが、気づかぬふりをした。

着替えは紅茶を淹れに行っているメイドの代わりに、ヘスティアが手伝った。

そうして――貴族の装いをほどいたマリアルナは、とてもスタイルがよかった。

「なぜ、胸を、ここまで、布ベルトでつぶすのですか。ずっとしていると、形が崩れます！」

ヘスティアが大変お怒りである。

マリアルナは、その胸を下着の上に重ねた布ベルトで、できるだけ平らになるようにつぶしている。さらに、ウエストのコルセットは幅広できつく、見ていてちょっと痛々しい。

貴族女性というのは、もしや細身の方がいいとされるのだろうか。

「私は太り気味なものですから……」

「まったく太っていらっしゃいません！　十分細いです！」

自分が言う前にヘスティアに声高く言われた。

そこに紅茶が届いたため、メイドには大変厳しい目を向けられた。

「こちらで、好きな布をお選びください。まず、似合う似合わないは関係なくで」

着替え直したマリアルナの前、テーブルいっぱいに布見本を広げた。

この布見本は、小さな布の端切れではない。一枚が手のひらよりも大きな布で大量にある。

服飾ギルドの貴族向け色見本であり、高級な生地も多数ある。できることなら自分用に欲しいほどだ。一式がトランク一つで大変重いのが難点だが。

「これとこれも素敵……」

白に淡いピンク、薄いブルー、優しい感じの色合いが並ぶ。

「マリアルナ様の一番お好きな色はどれですか？」

「一番は、この色合いが……素敵ですね」

マリアルナが手にしたのは、光沢のあるアイボリーのシルクだ。花嫁衣装にも使われることがある布である。

実は難易度が意外に高いのが、アイボリーやベージュのドレスである。

アイボリーやベージュは、色味がわずかに違うだけでイメージが大きく変わる。

白っぽいベージュなら顔色が明るくなっていいだろうと思ったら肌荒れが目立った、肌色を思わせてセクシーにしたいと濃くしたところ肉感的すぎて下品になってしまった、などの話も聞いた。

ルチアはそのアイボリーの生地を使った場合のドレスのデザイン画を描き始める。そして、マリアルナを左隣に、ヘスティアとメイドを向かいに、描きながら次々と質問した。

「こういうタイトなものもお似合いになりそうですが？」

「いえ、身体のラインはぴったりしていないものが好みです」

「胸を目立たせない方がいいんでしょうか？」

「はい。太って見えてしまいそうですし、品良くしたいので」

「マリアルナ様、絶対太ってませんから」

「ええ、お嬢様は太っておりません！　お嬢様はスタイルがいいとあれほど……！」

メイドにも全力で同意された。続く言葉を聞いていると、どうやらマリアルナが頑なに、今まで聞こうとしなかったらしい。

「ええと、レースやビーズは好きですか？」

「はい、好きです」

「スカートは『すらっと』と『ふわっと』、どちらがお好きですか？」

「『ふわっと』が好きです。あの、回ったときに広がるのが……」

時折話がそれつつも、言われたことを書き換え、付け加え、二枚、三枚とデザイン画を描き続けた。彼女は身を乗り出してそれを見ていた。

ルチアは新しい画用紙に、マリアルナの好みと自分が似合うと思える要素を詰め込んでいく。身体のラインはところどころ拾うがややゆるめ。露出を抑え、肩先から胸にかけて、ビーズ付きの大きめの模様のレースで飾る。

マリアルナが気にする胸は、カシュクールのように左右から布の流れでカバーする。太くはないのだが、より細く見えるようウエストは少し上で切り替え、そこで一度タイトに止め、ふわりとしたスカートラインへとつなぐ。

胸をカバーした分、背中は開け、こちらもレースとビーズで飾る。

それらを描き込んだ二枚のデザイン画に、マリアルナの装飾品も描き入れてみた。

結婚腕輪、そして婚約者から贈られた東ノ国(あずまのくに)産の真珠のイヤリングとネックレスである。

婚約者は魔物討伐部隊員となって得た最初の給与で真珠のイヤリングを買い、その日に届けられたと聞いて、褒め称(たた)えたくなった。ちなみにネックレスはその次の誕生日だそうである。

なんという想(おも)いと浪漫(ロマン)の固まりだろうか。愛を疑う必要などないではないか。

なお、ネックレスを描き入れながら、『このロマンチックさを、世の男性は見習うべきよ』と小さくつぶやいていると、ヘスティアとメイドに深くうなずかれた。

そうして、デザイン画は完成した。

「マリアルナ様は、こういった感じがお好きなんですね」

アイボリーのドレスの前と後ろ、二枚のデザイン画を並べると、マリアルナは唇を引き結んだ。

じっと二枚を見る目は、とても真剣だ。

「私に、似合うでしょうか？　いえ——私は、これが好きです」

ルチアは、『きっとお似合いになると思います』という言葉をどうにか呑み込んだ。

「最初、どんなふうに見えたいかとお尋ね頂いたとき、妹のように頭が良くて、友人のようにおしとやかで、母のように上品で……そんなふうに、誰かのいいところだけをつぎはぎで考えていました。でも——私は、私ですね」

自分に言い聞かせるように言った彼女は、濃い青の目をまっすぐルチアに向けてきた。

そこに迷いはなく、あどけなさの残る少女が、貴族の淑女に変わった気がした。

「このデザインでドレスをご依頼させてください、ファーノ様」

「ありがとうございます！　がんばって仕上げます！」

できることなら飛び上がって喜びたい、その思いを抑えていると、彼女の願いが続いた。

「それと……こんなことを申し上げるのはおかしいとわかっておりますが、どうか——デルフィナの、妹の力になってやってくださいませ」

自分にそう願い出たマリアルナは、間違いなく姉の顔をしていた。

別室で午後のお茶、ケーキやクッキーを山とご馳走になった後、再び隣がバスルーム、反対側が

衣装の間へ続く部屋へ戻った。

　今度やってきたのは、妹のデルフィナである。メイドは連れてきていなかった。

「デルフィナ様がドレスをお召しになる場はどちらでしょうか？」

「姉と同じ略式舞踏会ですが、できればその後にある軽めの立食パーティにも使えればと思います」

「立食パーティ、ですか」

「貴族の顔合わせと歓談の場で、ダンスのない、気軽なものです」

　ヘスティアがこそりと教えてくれた。

「隣国からお客様がいらした際、通訳として呼ばれることがあるものですから」

　デルフィナも付け加えて教えてくれる。マリアルナが、『妹は語学が堪能だ』と言っていたのはこのことかと納得した。

「わかりました。デルフィナ様は、ドレスの色や形、こんなふうに見えたいというご希望はございませんか？」

「子爵家の娘としておかしくなく、通訳としておかしくなく、姉とは似ていないものでお願いします」

　申し訳ないが、げんなりした。まるでイメージがわかない。

　つい、デルフィナの顔をまっすぐ見てしまう。

　姉のカールのある髪に対し、まっすぐな髪。一段薄い青の目。頬の肉はより薄めで、顎のラインはわずかに鋭角だ。

　化粧で姉に似せようとした弊害だろう。頬紅が濃すぎ、アイシャドウは目の色に合っておらず、逆に野暮ったい。

「……わかりました。お化粧を落として、上下一枚ずつの下着以外、全部脱いでください。採寸と体型を拝見させて頂きたいので」

「少々お時間をくださいませ」

デルフィナはそう言うと、バスルームに消えた。着替えは一人で大丈夫だという。

「チーフ、くわしい聞き取りはしなくていいの？」

ヘスティアが心配そうにささやいてくる。だが、今の時点で、彼女はドレスに何の望みも期待もしていないのだ。そんな顧客に何を提供できるのかが見えない。

白いデザイン帳を前に考え込んでいると、デルフィナが戻ってきた。

「……すみません、化粧を落とすと見栄えが悪く、地味で」

目は姉よりも細く、瞼（まぶた）の幅が狭い。一段青が薄いこともあり、涼やかにできる。唇も薄めだが、形がいい。フロスティブルーのまっすぐな髪も、この顔立ちに合う。本人は地味だと言うが、むしろ硬質な美しさが引き立った。

「いえ、お美しいです！　お化粧は違う方が合いそうですね！」

予想外のことだったのか、きょとんとした顔で見られた。

そして、羽織っているバスローブを脱いでもらって確認し、マリアルナが自分を太いと思い込んでいる意味がわかった。

妹のデルフィナはスレンダーで、手足がすらりと長く、ウエストが細い。胸も控えめだが、希望があれば盛ればいいだけの話だ。

「……マリアルナと違って、凹凸がないのでドレスが映えないかと……」

「ないものねだりですね……」

暗い声に、思わず言ってしまった。

「ええ、本当になく……」

「違います、痩せていて手足がすらりと長いのに、凹凸がないなんてないものねだりなことをおっしゃるからです！　マリアルナ様は逆に細い方がいいとお思いになっていらっしゃいましたし」

「姉はちょうどいいではないですか、女性らしい体型で。私は十八にもなっていまだこれで……」

「お二人とも相手を基準にしすぎです。ご自身を活かした方がきれいになれます」

そう言ったが、デルフィナは深くため息をついた。

「なぐさめて頂いてありがとうございます。でも、私は姉のように華やかでもなく、美しくもないのです。化粧を落とせばこれですし、同じ服で一緒に舞踏会へ行っても先に声がかけられるのも、ダンスに誘われるのも姉ですから……」

「あの、それは姉、妹と声をかけなくてはいけない貴族特有の順序ではないでしょうか？」

ヘスティアがすかさず言った。子爵家出身だけあって、そういうところは詳しい。

「でも、私達は双子です。その順番は――」

「私の妹達も双子ですが、順番はありました。似た顔で見分けがつかなければ、少し離れたところから姉の名を先に呼ぶのです。そして、返事をした方を先に誘います。序列を守らないと、地方は特に……跡継ぎ問題もありますから」

「でも、そもそもお二人はあまり似ていないですよ。似たお化粧をしても、髪質も目の色も違いますし、すぐわかるかと」

そう言うと、目の前の女性は肩を落とす。

「……私が悩んでいたのは、もしかして、勘違いだったのでしょうか……？」

「そうではないかと、私は思います」

ヘスティアがにこりと笑って言い切った。

「ところで、先ほど通訳をなさると伺いましたが、お仕事は長いのですか？」

「昨年の冬より王城からお声がけ頂きました。他国の高位貴族の女性と話す際は、女性の通訳が求められることもありますので」

この年齢で王城から依頼されるなど、どれほどの語学力なのだろうか。

隣国の言語、その単語ですら試験後に記憶が定着しなかった自分としては、尊敬するしかない。

「王城から依頼されるなんて、すごいです……」

「ありがとうございます。今は隣国での通訳として王城よりお声をかけて頂いて、いずれ行ってみたいとは思っているのですが……」

その鮮やかな青い目が、ちょっとだけ光を強くした。

「たとえばですが、通訳でいろいろな方にこのオルディネ王国を紹介するパーティなら、どんなドレスが着たいですか？」

「……ええと……それなりに格のある、上品なドレスでしょうか」

それは着るべき服であって、着たいドレスではない。立場はわかるが、デルフィナという女性が見えてこない。

「デルフィナ様のお好きな色はなんですか？」

「母から、似合うのは黄色や水色だと言われていて……」

「いえ、好きな色をお伺いしたいのです、お話の一つに。なんでしたら、アクセサリーに選ぶこともできますので」

「似合わないかもしれませんが、青と赤です。白と黒も好きです……」

「それでしたら、お似合いになりますよ。特に鮮やかな青、サファイヤブルーなんか素敵だと思います」

「サファイヤブルー、ですか……？」

怪訝(けげん)そうなデルフィナの前で、ルチアは布見本をごそごそとあさる。

なかなか見つけられずにいると、ヘスティアがそっとその布を引き出してくれた。

艶(つや)やかで、鮮やかな青――デルフィナの顔立ち、肌に似合う色合いだ。

「きれいですね……」

ため息のような声が落ちた。

「デルフィナ様でしたら、こういった感じのものも合うのではないかと思います」

開いたスケッチブックは、少し前にデザインした赤のドレスだ。

透けるオーガンジーの布を複数重ねた、タイトなマーメイドライン。ウエストは絞り、膝からふわりと広がり、少し引きずる裾。裾の内側にたっぷりレースを使い、優雅な人魚のイメージだ。

「花嫁衣装のようですね。いつか、こんなドレスが着られたら素敵です……」

つぶやきは賞賛というより、さみしさに聞こえたのは気のせいか。

ヘスティアが、横からぱらりとデザイン帳をめくった。

「まあ、とてもきれい……」

デルフィナが小さくつぶやきをこぼした。

数ページ先にあったのは、ちょうど濃い青で描いたドレスだ。

腕と肩を完全に出したビスチェタイプ。上半身はぴったりとしつつ、胸元に少しのカッティングを入れ、銀のビジューで飾る。上半身がタイトなのに対し、ウエストからはボリュームがある。長い花弁のようなフリルが斜めに咲く、個性的なデザインだ。

黙り込んだデルフィナが、そのデザイン画をじっと見た後、テーブルの上の布に視線を走らせた。

「その組み合わせは、きっとお似合いになります」

理由づけなく、ただ勧めた。

スレンダーな彼女の、手足の伸びやかさ、ウエストの細さをチャームポイントとして活かせる、かわいいよりきれい系、クールな美しさがある、いろいろと説明はできるが、口は閉じる。

彼女が自分で選ばなければ、意味がない。

「素敵だとは思います。着てみたいとも。でも、私には派手で……」

世の中には、ルチアと同じく悩む者は多いらしい。

「『着たい服があるなら着てしまえ』、私が子供の頃、そう言われました」

夕焼け空の下、赤茶の髪の少年に言われた言葉。ルチアはそれを、着たい服を手に取る度に思い出す。

あの日、少年に出会わず、あきらめてしまっていたら——自分は今、レースのある服も、髪飾りもつけていなかった。

「ご家族の方にですか？」

「通りすがりのお兄さんです」

「えっ？」

「チーフ……」

ヘスティアの薄紫の視線が、冷えて痛い。本当のことなのだから仕方がないではないか。

「着たい服があって、着ることができるのは幸運です。生まれた国や時代が違っていたら、着られる服は限られていたかもしれませんから」

服飾師としてこの国、この時代に生まれたことを感謝したい。ルチアは本当にそう思っている。

「その……お作り頂いても、舞踏会で着ないということがあってもよろしいですか？　もちろん、お支払いは致しますので」

「かまいません。仕上がりがお気に召さないのであれば、お返し頂いても結構です」

「チーフ！」

とんでもないことを言っている自覚はある。かかる金額はかなりだろうが、それは今のルチアであれば支払える。

この青いドレスは、きっとデルフィナに似合う。

だが、それに目を背けられるぐらいならば、手元に置かれぬ方がいい。

「いえ、これでもヴォランドリに名を連ねる者ですから、お支払いはきちんと致します。どうぞよろしくお願いします」

凛（りん）とした声が響いた。きっとこちらが、彼女の仕事モード、貴族の声なのだろう。

「ありがとうございます。では、こちらのデザインで、生地はこちらで……手袋にご希望はありますか？　白手袋にするか、色手袋にするか」

「略式舞踏会の方は色手袋も可能ですが、どちらがドレスに合いそうでしょうか？」

「同色の手袋ですとまとまりが出ます。ただ、腕がきれいなので短めでもよろしいかと」

「悩みますね……」

きちんと考え始めたデルフィナの前、ルチアはふと思い出す。

「ヘスティア、すみませんが馬車にあるデザイン帳を持ってきてもらえませんか。手袋のデザインがまとめて描いてあるので」

「わかりました。行って参ります」

そうして、彼女は部屋を出ていった。

「……ファーノ様は、勇気がありますね」

「え？　勇気、ですか？」

突然のつぶやきに、つい聞き返す。

「ええ。正直に申し上げて、先にお若い服飾師の方と伺っていて、かわいいと世辞を重ねられ、流行のドレスを勧められるかと思っておりました。でも、こう、言い方がまっすぐというか、容赦がないというか――」

「すみません、庶民なものですから礼儀知らずで」

「いえ、とても……安心したのです。自分が好き、嫌い、で服を選んだことがなかったものですから。新鮮でした」

こういったところは、姉のマリアルナと似ている。

だが、装いに関しては、母親が双子として平等にしようとした結果、二人の足枷になっていた。

「私は、勇気があるわけではなく、向こう見ずなだけだと家族に言われております」

「表現の違いだけです。いいことではありませんか。私などはもう少し度胸があればといつも思いますもの」

王城関係の来賓の通訳は、度胸なしでできるわけがないのだが、気づいてはおられぬらしい。

そして、度胸という単語に、初等学院時代のおまじないを思い出す。

「デルフィナ様は、試験前に度胸がつくおまじないなどはおやりになりませんでしたか？」

「いいえ。点数が上がるようにペンを一度ぐるりと回したりというのはありましたが。どんなものですか？」

「ちょっとお行儀が悪いのですが……」

二人だけだが、少し声を落として説明する。貴族のご息女に勧めていいおまじないではない。

しかし、話が終わると、デルフィナはその明るい青の目を悪戯っぽく輝かせた。

「一度やってみたいので、一緒にお願いできますか？」

「あ、はい」

教えてしまったので断れなかった。

そうして、二人そろって廊下を出て、こそりと屋敷の奥へ進む。

「人のあまり来なそうな階段はありますか？」

「この先の、一階上であれば、この時間、人の通りは少ないかと」

もはや、貴族屋敷への侵入者の気分である。周囲を見渡しつつ、二人で進んだ。

階段の手前、周囲に誰もいないのを確かめると、ルチアは靴を脱ぐ。

「では、見本を」

踊り場まで十二段、上の階までは二十四段。それを一段抜かしでぽんぽんと上る。

薄い絨毯が敷かれているので、音はない。

「一段抜かしで上って、途中で止まらないこと、友人以外に姿を見られないことが、おまじない成功の条件です！」

「わかりました！」

靴を脱いだデルフィナが、ルチアに続いて一段抜かしに階段を上る。なかなかに速い。

勢いをつけすぎたのか、ちょっと息を荒らげ、彼女は自分の隣に来た。

「友人以外に見られないこと、ですね。これで、私は『ルチアさん』と友人にならなければいけませんね」

「ええと、この場合は大丈夫かと……私はお教えしただけですので」

「私に度胸がつかなかったら、困るではありませんか」

にっこりと笑ったデルフィナからは、先ほどまでのおどおどとした感じが抜けていた。

本当に度胸がついたのか――いや、猫が皮を一枚脱いだだけかもしれない。

「もしかして、デルフィナ様は、かなり緊張なさる方ですか？」

「ええ。初対面の方には特に緊張します。内々だけですと、今のようになれるのですが」

今は内々というエリアではないような気がするのだが。

「よろしければ『フィー』とお呼び頂けませんか？　私は友達が少ないので憧れていたのです。家族以外から愛称で呼ばれるのを」

名前に『さん』付けどころか愛称とは、いきなり難度が高い。

「フィー、様」

「『様』は入りません。お洋服は面白そうなのでこれから勉強したいと思います。オルディネを他国の方へ説明するにもよいかと……今度、貴族つながりで隣国から服飾の本も輸入します。それを読みながら、服飾に関するお話をお聞かせ願えませんか？」

頭が良すぎる上に、権力と財力のこもったお誘いがきた。

だが、笑顔で明るい声をかけてくれてはいるけれど、その両手はきつく握られ——とても緊張しているのがわかる。

きっとフィーは、勇気を出して前へ進み、仕事のできる女性になっていくだろう。

この手を包む手袋は、薄く優しい生地で、美しい花を添えたいと思う。

「残念ながら私には愛称がないので、ルチアと呼んでください、フィー」

「ありがとうございます、ルチア。あのドレスが着られたなら——いろいろと区切りがつけられそうです。当日は、素敵な大人の男性と踊ってきたいと思います」

笑いながら、それでいて泣きそうな表情。姉から聞いた婚約話にも、察するところはある。

だが、それは自分の立ち入れぬこと。なんと言えばいいのかわからぬが——フィーには、これからいい出会いが、山のようにあるはずだ。

「世の中にいい男はいっぱいいます！　いい女もいっぱいいますから！」

ルチアが力いっぱい言うと、デルフィナは吹き出し、淑女らしからぬ声で笑い始めた。

笑って、笑って――目から一粒だけ、涙がこぼれていた。


窓の外は夕闇。それを忘れさせそうなほどの魔導シャンデリアの灯りの下、きらびやかな燕尾服とドレス姿の貴族が行き来している。

本日の舞踏会は、ヴォランドリ家の寄り家――より上位の貴族――である伯爵主催のものだ。

定期的に開かれる略式舞踏会は、新たな出会いの場ともなれば、仕事の顔合わせや情報交換の場ともなる。

「とてもきれいだわ、マリア」

デルフィナは目の前の姉に、子供の頃からの愛称である、『マリア』で呼びかける。

マリアルナは、アイボリーのロングドレスをまとっていた。

露出を少しだけ抑え、肩先から胸にかけて、ビーズ付きの凝ったレースが飾り、胸元はクロスさせるような布の流れを見せつつ、豊かな胸を品よくカバーしている。

ウエストは少しだけ上で切り替えて絞り、その下はふわりとしたスカートラインだ。背中側は広めに開けてあるが、こちらもビーズ付きのレースがVの形に飾ってある。動く度にきらめいてまぶしい。

結い上げた髪には白薔薇。そして、耳に揺れ、首元を飾る真珠は、婚約者からの贈り物である。

我が姉ながらつくづく美しいと思えた。

「ありがとう、フィーもとっても素敵よ」

姉に愛称の『フィー』で呼ばれ、笑顔で答えた。

「ありがとう、とても気に入っているの」

姉の横にいるデルフィナは、褒め言葉を否定することも、いつものように背を丸くすることもなかった。

自分が着ているのは、目も醒めるような青のドレスだ。

このドレスを初めて着た日、とても驚いた。自分が別人のように大人っぽく、ずっときれいに見えて。うれしいのに、ひどく落ち着かなかった。

ドレスの着こなしのコツを聞くと、あの服飾師はいい笑顔で言った。

『猫はかわいいですけど、猫背はかわいくないので、猫背をやめましょう！』

ルチアの方が、ずっと猫っぽい気がして、つい笑ってしまったが。

サファイヤブルーのドレスには、同じ青で薄手の長手袋を合わせている。だが、腕や肩はすべて出した、自分にとっては冒険のデザインだ。

以前は、未婚女性は肩や胸元をやや隠すデザインの方が好ましいとされていたが、最近の舞踏会では肩を出す装いも多くなり、陰でどうこう言われることは減った。だが、完全になくなったわけではない。

肩出しのドレスは、胸元にわずかに銀のビジューを光らせ、上半身がタイトになっている。ウエストの細さを最大限に活かすため、コルセットは気合いを入れて侍女に締めてもらった。

腰から足元までのスカート部分は、柔らかな生地で花弁のようなフリルを重ねたデザインで、ドレス自体が華やかに見える。それなりにボリュームがあるので、歩く度にひらひらと動く。

先日、中央区の美容院へ行き、長い髪を肩までに切りそろえた。家族の誰にも相談しなかった。帰宅後、かなり驚かれたが。

今日、髪は艶出し剤をたっぷりつけ、まっすぐに下ろしてある。さらさらと肩に当たる髪はとても軽い。

腕輪もイヤリングもしない代わり、母から青い宝石――本物のサファイヤのネックレスを借りた。若い頃の父のプレゼントだそうで、ちょっと重い。

本日、どなたからも、似ているとも仲の良い姉妹とも言われず――それを通り越し、ヴォランドリ家の娘とすらわからなかったようで、入り口で二度、各自が本人確認されてしまった。

入った後、廊下で笑い合ってしまったが。

「そろそろいらっしゃるかしら……？」

「きっと大丈夫よ」

それぞれ別のドレスを着ても、二人は、同じ一人の男性を待っていた。

王城の魔物討伐部隊、その仕事で遅れてくる、姉の婚約者である。

彼と最初に会ったのは、物心がつくかつかないか――兄弟家として行き来は多く、歳が近いこともあって、自然に仲良くなった。

子供の頃は、姉と幼馴染みである姉の婚約者と、三人でよく遊んだ。

彼が帰る度、彼の家から帰る度、いっそ三人兄弟であればよかったと言い合ったほどだ。

十歳で、姉が彼の婚約者と決まった日、隠れて泣いた。なぜ自分が妹なのかと思った。

それからは、三人で出かけようと誘われれば、二度に一度は用事があると断り、ひたすらに勉強した。

自分の見合いは、何かと理由をつけて断り——断るのが難しい歳になってからは、高位貴族女性の通訳として働き、仕事が好きなのだと答えた。

最初は見合いについて口うるさく言っていた両親だが、騎士の兄に息子が生まれてからは落ち着いた。

姉と彼は、ずっと自分に対して変わらぬ態度でいてくれた。

今も、姉と彼、二人とも大好きだ。

だから幼馴染みの彼への想いは、絶対に言わず、墓場まで持っていくと決めた。

それでも、服を変え、髪を切ったのは、きちんと区切りをつけたいからだ。

せっかくルチアから度胸がつくおまじないを教わったのだ。

今日こそ猫背にはならずに——きちんと想いに区切りをつけよう。

「あ！」

マリアルナが小さく声をあげた。

緑髪の青年が入り口のドアを過ぎる。そして、こちらを見るなり目を見開き、姉の元へ笑顔で駆けてきた。毎回、本人は早歩きと言い張るが、絶対に違う。

「マリア、すごくきれいだ！　とても似合っている！」

「……ありがとう、カーク」

姉が、花が咲くように笑む。

アイボリーのドレスでカークに向き合う姿は、本当に美しい。

今までは揃いのかわいらしいドレスで、化粧も似せて、髪型も一緒だった。

他人には何度となく互いを間違われ、子供の頃はそれが面白くて笑い合い――いつしか笑えなくなった。

それでも、母のことを思えば同じは嫌だと言いづらく、ずるずると従い続けてしまった。

それを姉から悩みとして聞いたこの青年は、そのまま母に話しに行ったという。

『二人を平等に愛するためにしている』。そう説明した母に対し、普段、温厚すぎるほど優しい彼が厳しく抗議した。

『義母上が二人を同じように愛していることなど、皆が知っております！　違う二人を同じにそろえる必要などないではありませんか！』

カークからそう言われた母は、憑き物が落ちたような想いだったそうだ。自分達に謝ってきて、見違えるように明るくなった。

その後、再来年の予定だった姉の結婚は、なぜか一年早まった。

姉いわく、『私の幸せを願ってではなく、お母様が一刻も早くカークを義息子にしたいからだわ』。

その言葉に申し訳ないが納得した。

そのカークが、黒い燕尾服の裾を揺らし、自分に向き直る。

「フィーもきれいだね！　そのドレスがよく似合っている」

優しい声が自分の名を呼び、緑の目がこちらを見る。

ああ、そうだ。カークは、この人は、姉と自分を間違えたことがなかった。

双子でも、同じ服を着ていても、ただの一度も――そう、やっと気づいた。

いつも、カークの視線の先は姉が先で、そこにはきちんとした恋の熱があって、その熱は自分に一度も向けられたことがない。

自分に向くのは、家族に対する慈愛で、とても温かなものだ。

「もう、『お義兄様』ったら、本当はマリアしか目に入っていなかったんでしょう？」

「すまない、つい……」

今日、たった今から、『カーク』から『お義兄様』に切り換える。

おそらくもう二度と、『カーク』と名前で呼ぶことはない。

もうきちんと理解できる。優しくしっかりした、尊敬できる義兄だ。

自分も姉を見るような熱のあるまなざしを、愛する人から向けられたいと、ただ憧れていただけなのだ。

これで、きっと忘れられる――デルフィナはようやく、心から微笑むことができた。

「お義兄様の燕尾服もお似合いですわ。今日は姉とぜひ三曲、続けて踊ってくださいね」

一曲はご挨拶、二曲は友人、三曲目はお付き合いをしている恋人、もしくは婚約者――

今日は三曲と言わず、四曲でも五曲でも二人で踊ってほしいところだ。

「ありがとう。後でフィーも一曲……」

「ごめんあそばせ。今夜は約束がありますので」

自分を気遣うカークに、ありもしない理由を返したとき、広間の気配が揺れた。

多くの視線は入り口、まばゆい金髪と、青い目の男に向かう。

艶やかな黒の燕尾服に、深い青の飾り襟と袖口。長身痩躯の美丈夫が、こちらに向けてまっすぐ歩いてくる。画のようなその様に、現実感まで薄れそうだ。

目が合うと、男は当たり前のように微笑んだ。

「デルフィナ嬢、本日は一段とお美しい。ぜひ私と踊って頂きたく――お受け願えますか？」

「喜んで」

デルフィナは、迷わず差し出された手をとった。

ダンスの間奏が流れる中、フォルトは容赦なくフロアの中央へ進む。ご婦人方の視線がちょっと痛いが、これはすべて彼に向けられているものと思うことにする。

ダンスのため、フォルトの肩に手を置き、その手のひらに指を重ねる。その姿勢のまま、デルフィナは小さく言った。

「フォルトゥナート様、私などのために、お忙しい中を申し訳ありません」

「デルフィナ嬢のように美しい方とダンスができるのでしたら、仕事など放り投げて参りますとも」

とても流暢に言う服飾ギルド長に、くすりと笑ってしまった。

「ルチアさんに頼まれたのでしょう？」

「……女性は少女から突然に淑女になりますね」

否定せず笑んで流した彼に、さらに笑ってしまう。

「ええ。一段抜かしで階段を上りましたから」

大変に楽しかった。

ルチアとのことを話しながら、デルフィナはフォルトゥナートと踊った。

「一段抜かし？」

夜には姉と義兄となるカーク、翌日には父母からフォルトゥナートとの関係を尋ねられたが、

その舞踏会で、フォルトゥナートと二曲踊れたのは、とてもいい思い出になった。

『仕事関係の友人』で通した。

嘘ではない。隣国エリルキアでの通訳の仕事も決めた。あちらに行ったら、服飾関係の本を山と買い込んで、ルチアとフォルトゥナートに送る予定だ。

そして、帰国したらお茶をしつつ、『友人達』に、海外の服について説明する約束をした。

フォルトゥナートに言われたが、この提案をしたのはルチアだそうだ。

『世の中にいい男はいっぱいいます！　いい女もいっぱいいますから！』。そう、力いっぱい言った彼女を思い出す度、どうにも笑えてしまう。

だが、案外そうなのかもしれない。ルチアもフォルトゥナートも、大変に素敵な人だ。

もうすぐ、自分は隣国に行く。

あちらにもたくさんの出会いはあるだろう。誰かと同じにそろえることもない。

自分らしく生きて、精いっぱい仕事をして、できれば素敵な恋をして――

いつか、赤い花嫁ドレスを、服飾ギルドの友人達に頼むのだ。

# 貴族男性と花模様の生地

本日も服飾魔導工房は忙しい。

編み機を回す軽快なジージーという音、編み目を数える小さな声、検品を行うしっかりした声とが交ざり合って響く。

大きな会議室も人と編み機で混み合い、隣室を借りるまでになった。しかし、そこも間もなく限界になりそうな勢いで、廊下には検品待ちの箱が積み上がっている。

一日も早い服飾魔導工房の建物完成を祈るばかりである。

「チーフ、今朝届いた注文書に『特級急ぎで百足追加』って走り書きがありますが、誰からかと納品先、どこだかわかります？」

特級急ぎとは何なのだ？　言葉としておかしい。そう思いつつ縫い子の一人に渡された書類を見れば、デザイン帳で見慣れた文字が踊っていた。

「納品先はわかりませんが、この字はたぶんフォルト様です。昨日のストックがあるからそれを足せば今日中に間に合うかと」

「ボス、それ、魔物討伐部隊棟と、兵舎で働く人の分です。さっき魔物討伐部隊の副隊長がいらっしゃっていたので」

「え？　王城の騎士団より先でいいの？」

ダンテの言葉に、思わず素で尋ねてしまった。

最優先は魔物討伐部隊、そして、試作として最低数を関係者。それが終わったら王城の騎士団になるか、それとも高位貴族からになるか――その順番はフォルトと他ギルドとの調整事項のはずだ。

だが、部隊棟と、兵舎で働く人を優先とは驚いた。

「ああ、順番があって、魔物討伐部隊の納品が間に合ったら、魔物討伐部隊棟で働く者の分と兵舎の食堂と清掃係、あと入浴施設の掃除の係。それが終わったら王城の調理関係者と清掃係じゃないかと思う」

「ああ、なるほど。『足先の病』のうつし合い防止ですね」

納得した。身近なところから水虫をとことん滅する予定らしい。確かに、エリアごと、人のまとまりごとにやっていく方がいいだろう。

「せっかく神官に治してもらって、五本指靴下も履いて、乾燥中敷きも敷いて、それで関係者同士でうつし合っていたら洒落にならないからなぁ……」

ダンテが崩れた口調になっている。

そして、その想像は怖すぎる。効果がない、とこちらに苦情がくるのも、開発者のダリヤに苦情がいくのも絶対に避けたい。

「考えてみれば、うちのギルドも、ギルド長含め、王城の出入りが多いですよね。服はもちろん、シーツなんかも兵舎によく納品に行きますし……」

「納品に行って、水虫のお持ち帰りってありえるのか？」

「靴は脱がないが、取引で握手することはあるよな……」

「靴下を履くときって手を使いますよね。握手でうつるっていうことはあるんでしょうか？」

「不安になることを言わないでくださいよ！」

「皆、足かゆいとかないよな……？」

周囲は次第に手を止め、互いに微妙なやりとりになっていく。

目で見てわかるものではないだけに、不安はどうにも消えない。乾燥中敷きを入れているのに、爪先がかゆくなりそうだ。

「ぼうっとしてると、せっかくのストックが消えるぞ！　口は開いてもいいが手は動かせ！」

ジーロの正しい指摘に、それぞれ慌てて作業を再開した。

「『ファーノ工房長』に指名依頼だそうです」

作業開始からしばらく、ルチアは服飾ギルド長室に呼ばれた。

テーブルの向かいに座るフォルトからそう告げられ、淡い緑に金色の飾りが入った豪華な封筒を受け取る。

差出人の名は、シュアルド・キエザ。

まったく知らない方だったが、先日の双子のご令嬢の寄り家であるキエザ伯爵家のご当主だそうだ。

もしや奥様か娘さんのドレスの相談であろうか。ルチアはわくわくとしながら、フォルトの従者に封を切ってもらった。しかし、長い定型挨拶文の後、依頼の詳細はまるでなく――

「服に関するご相談があるので、内密にお会いしたく……？」

ルチアはつい首を傾げる。突っ込みどころ満載の文である。

着るのは誰か、作る洋服がなんなのか、どこで着るのか、納期はいつまでか、そういったことがすべて抜け落ちている。その上、内密に会いたいとか、意味がわからない。

「断りましょう。キエザ伯爵家といえど、うちの服飾師に対し、筋が通りません」

珍しく不快さをあらわに、フォルトが言った。

「でも伯爵家ですよ、断ったら服飾ギルドにマイナスになりませんか？」

フォルトはルイーニ子爵当主、服飾ギルド長という役職があれど、貴族の家格としては、伯爵の方が上だ。

「でも、注意は要りますね。これ、下手するとボスの見合いとか養子話になだれ込む可能性がありますから。いきなりプレゼント積まれて、その場で結婚してくれとか」

隣にいるダンテが、コーヒー片手に自分を見る。

「は？」

意味がわからない。ルチアは庶民で貴族の親戚もいなければ、魔力が高いわけでもない。貴族の結婚相手にも養子にも向いているとは思えない。

「服飾魔導工房長で若い女性、独身。後ろ盾と金銭を与えるから一族に加わらないかっていうことですよ。あちらさんは代わりに名誉が手に入ります」

五本指靴下と乾燥中敷きは名誉らしい。だが、それは開発者のダリヤのものであって、自分のものではない。

「手紙の差出人は御年五十五の外交官の方ですが」

「じゃあ息子さんあたりですかね？」

「上の息子さんが王城の財務部、二番目と三番目の息子さんが王城の魔導師です。一人も娶っていないのは三番目の息子さんですね」

さすが服飾ギルド長と言うべきか、結婚や婚約にドレスは欠かせないので、そういった人間関係にも詳しいらしい。どれほどの記憶力なのかと尋ねたくなることもあるが。

「伯爵家子息で王城の魔導師なら、かなり好条件だと思いますよ、ボス」

「釣り合いも可能性も一切ないですね」

「容赦ないなー」

からかいが砕け散ったダンテが口調を崩し、苦笑いでコーヒーを飲み始めた。

ルチアはふと、先ほどの工房での会話を思い出す。

「思ったんですが、これ、もしかして五本指靴下と乾燥中敷きに関する相談じゃないですか？内密に先に欲しいっていう。外交官の方って常に身ぎれいにしなくてはいけないお仕事ですし……いつも革靴ですよね？」

思い当たる唯一の理由を述べると、目の前の二人がとても渋い顔をした。

「可能性としてはありえますね……」

「ボス、夏の革靴だから水虫という発想をやめてほしいんだが？」

「でも、可能性は上がるんですよね？　ダンテも履いてるじゃないですか、五本指靴下」

「いや、俺は水虫じゃない、夏で暑いからで。大体、フォルト様も履いてますよね？」

「いえ、私は履いてませんよ」

「ダンテ、フォルト様は乾燥中敷きだけですよ、三日に一セット交換で」

「ルチア……」

青い目がうらめしげに自分を見たが、本当のことを言ったまでだ。

なお、フォルトに関して数が多いのは、横流しではなくロットごとのテストである。

ダンテもフォルトも毎日革靴である。夏はできるかぎり利用してもらいたい。服飾ギルド内での足の病の蔓延もお断りしたい。

「この話題はとりあえずここまでとして――ルチアはどうしても抜けられない仕事があるとして、ギルドに呼びましょう。私も同席します」

「それでは内密にならないかと……」

「部下も守れないで、服飾ギルドの長を名乗りたくはありません」

騎士のような台詞が帰ってきたが、これはだめだ。

表立って言えない相談――内緒で妻や娘にドレスを贈りたい、若返って見えるスーツが欲しい、などだったら、服飾ギルド長を横にしては話しづらいだろう。

「裏口から入って頂き、三階の続きの応接室を使い、隣室に護衛を置いてはどうでしょう？　それなら万が一にもすぐ対応できますから」

ダンテがいい提案をしてくれた。

だが、万が一などということはなさそうだし、それよりも気になることがある。

「外交官の方が外国に行かれるとしたら、その前に一定数はきっと欲しいですよね？　一人でお行きになるというわけでもないでしょうし。ストック、準備しておいた方がいいですか？」

「あー、外交官は妻と部下と護衛とで十人は連れていくんだったかな……一回出かけると結構長期だし……」

「ルチア、すみませんが、もう百足、追加は可能でしょうか？」

服飾魔導工房の残業が決定した瞬間だった。

数日後、ルチアは三階の小さめの応接室で待機していた。

隣室にはギルドの護衛騎士と、なぜかダンテもいる。

フォルトは本日王城へ向かったが、行く前に、何かおかしなことを言われたら相談するよう、そして、万が一があれば、護衛は遠慮なく踏み込ませるので安心するよう二度言われた。

正直、そんな心配はしていない。むしろ、外交官向けに百足の五本指靴下を、通常業務に上乗せで仕上げた工房員達の労力を褒めてほしい。

なお、外交官へ渡す件については、フォルトが関係者の了承をとった。対外的にもオルディネが『足先の病』発祥の地とは言われたくないと、皆、即許可をくれたという話だ。

「失礼する」

サマーシルクの黒の三つ揃えに、薄く青みの入った白シャツ。襟元のタイは赤ワイン色で、袖口のカフスも同じ色。靴は黒に近い茶だが、その光沢は青さがある。全体のラインもわずかに細めで、今年の流行を一匙入れた感じである。

派手さはないが、なんとも凝ったお洒落な装いだ。

「シュアルド・キエザという。ファーノ工房長、予定がある中、お時間を割いて頂き、感謝する」

「ご指名を光栄に思います。服飾魔導工房のルチア・ファーノです」

シュアルドの髪は少しあせた感じの赤、目は濃茶だ。

フォルトからは五十五歳と聞いていたが、四十代でも通りそうな中肉中背の、品のある紳士である。

「デルフィナ嬢よりファーノ工房長のドレスの話を聞き――ああ、彼女は私の部下で、今度隣国へ行くとき、外交通訳の一人として参加するのだ」

先日の双子の令嬢の妹君、デルフィナ・ヴォランドリ、彼女のつながりであったらしい。

そして、デルフィナが通訳で隣国へというのは、外交官の一団に加わることかと納得した。

「そうでしたか」

「ここから相談する内容については、他言無用で願いたいのだが……」

「それに関しましては、お洋服のお話でしょうか？」

「ああ、布と服について、内密のご相談をお願いしたい」

「申し訳ありません、少々お待ちください」

ルチアは部屋を出ると、隣室をノックする。そして、壁際にくっついていたダンテと護衛騎士に退室を願った。

「ボス、言わなきゃわからないでしょうが！」

「ごめんなさい！　でも、お洋服の話だから、お客様の秘密を守りたいので出てください」

おろおろしている護衛騎士と不服そうなダンテに謝罪し、ルチアは部屋に戻った。

そこには、大変微妙な顔をしているシュアルドがいた。隣の部屋で声が聞こえるということは、当然逆もあるわけで——謝ろうとしたら先に謝られた。

「すまぬ、『工房長』と聞いていたので、うら若き女性とは思わず——邪な話ではないので安心して頂きたい。今から護衛騎士か従者を同席させてもかまわぬ」

「いえ、大丈夫です！　こちらこそ失礼しました。それで、お話を伺ってもよろしいでしょうか？」

「わかった。その……」

ここまで言い淀むということは、もしや愛人や隠し子の洋服だろうか？　王都の服飾工房にはそういった依頼もあるとダンテに聞いたが、はたして服飾ギルドの、この自分に依頼する可能性はあるだろうか——いろいろと考えつつ、シュアルドの次の言葉を待った。

「……私は男だが、美しい服、華やかな服を身につけたいと思うのは、おかしいだろうか？」

「いいえ、まったく。美しいものを身につけたいと思うのは、人の望みだと思います。男女関係なく、お好みのものをお召しになればいいのではないかと」

ルチアは拍子抜けした。

ここのところ、もてる服だの、性格が良く見える服だの、抽象的な服をギルド内で相談されることがあったが、それと比べればわかりやすいほどだ。

ここはオルディネ王国である。年齢性別に関係なく服を選べ、自由に着ても罰せられることはない。

ただ、残念ながら、装いに対する偏見はまだある。

ルチアの祖母の時代には、華やかな服や異性の服を着ている者は、今よりずっと少なかったそうだ。このため、年齢が上がるほど、性別や年代で『装いはこうあるべき』と言う者が多くなる。祖父母や親が子供の服装を注意し、そこから喧嘩になってしまった、などというのもよく聞く話だ。

シュアルドも年代的に、まだ服装の自由度が低い感覚のままなのかもしれない。

「今、お召しになっているものもとてもきれいです。色味の合わせ方とラインが大変素敵ですね。青みのある茶の靴というのも夏らしいです」

「ありがとう。あなたのその服もよいな――色のバランスが小気味いい。布の切り替えも楽しげで、夏に合った涼しげな装いだ」

「ありがとうございます！」

褒めてほしいところを褒められ、大変うれしくなった。

ルチアが今着ているのは、襟付きの青いワンピース。五分袖で、肩より内側の前身頃は、ウエストまで別布の薄水色で切り替えてある。あとは普通のワンピースに近いが、膝下から七センチほど、再び薄水色の布でフリルを加えてある。

二枚重ねているようでじつは一枚、夏の涼しさを追求した装いだ。

フォルトとヘスティアには大変に褒められたが、目の前の紳士にこうして的確に褒めてもらえるとは思わなかった。

テーブルに出していた紅茶を勧め、互いにようやく一息つく。

「再度の質問になるが、あなたは、美しい服を――たとえば、花模様の生地を使った服を男が身につけたら、おかしいとは思わないか？」

「まったく思いません。男性できれいな模様や凝った作りの服が着たいという方もいらっしゃいます。女性でもかっこいい服、迫力のある服を望まれる方もあります。装いは好き好きではないかと思います」

美しい服も花模様も好きに着ればいいとは思う。

ただ、確かに花模様――正確には華やかな模様だが、これに関しては王都でもまだ保守的な考えを持つ者は多いようだ。

今はお手頃になったのだが、昔は華やかな模様の布は高級品で、貴族女性を飾るものとされていたそうだ。この影響からか、貴族男性の服の模様は、いまだにストライプ、ドット、チェック、グラデーションなどが多い。

服飾ギルドで扱う凝った紳士物でも、家紋の剣や盾、装飾の蔦、羽根などは見せてもらったことがあるが、花模様はまだない。

もしかしたら、シュアルドは保守的な仕事で、模様付きの服が着づらい、あるいは、家族から『似合わない、花柄はおかしい』などと言われたということも考えられる。

「好き好きか……」

「はい。模様や色合い的に似合う似合わないはありますし、お仕事で決まった服があるのであれば、時間中はそれを守らなくてはいけないと思いますが。それ以外でしたら自由に身につけられていいのではないでしょうか？　好きな装いは気分転換にもなると思います」

仕事上の制約がある場合や、制服があれば、それは守らなければいけないだろう。それ以外、自分の部屋でくつろぐのであれば、どんな格好をするのも自由なはずだ。

ただ、男女差別はしないつもりだが、装いでの特性・似合う似合わないはある。

身長や身体の厚みは人それぞれだ。髪の色、肌の色、目の色もある。服の形や色で似合う似合わないもあれば、その模様が——たとえば花柄であれば、大きいか小さいか、暖色か寒色かでも変わってくる。

あとは本人がどうしたいか、どうなりたいかに合わせ、その人らしく、美しく、気持ちよくするのが服飾師の仕事だとルチアは思っている。

「なるほど……たとえば、この花の生地を取り入れる方法はあるだろうか？　仕事着以外でかまわないのだが」

革のケースから取り出された生地は二枚。

一枚はアイボリーに薄青と薄黄色の小花が絵付けされた、上品な柄だ。

もう一枚は、黒地に赤い薔薇（ばら）が拳ほどの大きさで刺し描かれたものだ。赤だけで何色の糸を使っているのか、葉の緑の濃淡も凝っている。とても美しく、細やかな刺繍（ししゅう）である。

「こちらは色合いが素敵ですね。寝間着や家着でくつろぐ時間向けのシャツはどうでしょうか？」

「それもありか。少々、気にはなるが……」

「ご家族が気になりますか？」

「いや、夜であれば問題ない。妻は理解がある。ただ……男である私が、このような飾り物に気を向けるのは、無駄とも言えるし、気恥ずかしいのだが……」

そう言った彼の周りに、透明な鎖が見えた気がした。

男はこうあるべき、自分には似合わぬ——そんなふうに自分で自分を雁字搦めにし、身動きがとれなくなっている。まるで幼い頃の自分のよう。

そこであきらめるのは、楽しくない。それこそが、かっこ悪い。

「男性が飾れぬほど、この国は貧しいのですか？　オルディネ王国はこの大陸でもっとも豊かな国と言われているではないですか」

つい、早口になってしまった。

「確かに……貧しくはないな。祖父の代は食料の厳しい冬もあったと聞くが、今は国で多くの備えがある。王都でも農村でも飢え死にするようなことはない——他国にも誇れるほど、豊かな国だ」

「好きな柄、美しい服を愛でることができるのは、国が豊かだからで……そのことに感謝して楽しむのに、老若男女は関係ないと思います。その、せっかくオルディネ王国に生まれたのですから」

伝わりそうな言葉を必死に探しつつ、流暢さの欠片もない説明をする。

しばらく考え込んでいたシュアルドが、一度だけ深くうなずいた。

「こちらは寝間着としよう。いい夢が見られるかもしれん」

「では、黒地のこちらはベストにして頂くのはどうでしょう？」

「それは面白そうだ。さすがに日中は厳しいが……」

「お仕事上に服の制約がおありですか？」

「黒の三つ揃えが基本で——いや、最初に申し上げるべきだった。外交官として隣国を担当している。年の半分は国外だ、船に揺られているか、馬車に乗っている時間も多いが」

シュアルドのここまでの迷いに納得した。

外交官であれば、やはり保守的な服装にならざるをえない。隣国エリルキアも、その先のイシュラナも、男女の装いが分かれているからだ。

それにしても、年の半分は国外というのは大変な話だ。

「大変なお仕事なのですね……」

「ありがたい仕事ではある。だが、祖国を離れると、こういった美しいものを常に手元にしておきたいという想いが強くなってな……落ち着くというか、ほっとするというか、見ているときに心が華やぐというか」

オルディネ王都から隣国へ行くには、海路を行くか、街道を長く馬車で移動するしかない。どちらも昔よりは安全になったと聞くが、時には魔物が出るのだ。神経も使うだろうし、疲労もきっと重い。

そんな中で、花模様のついた布は、シュアルドの心をなぐさめてくれるのだろう。

「わかります！　好きなものを手元に置いておくと幸せですから」

「わかってくれるか！」

うれしげに破顔した男だが、ゆっくりとその表情が苦みを帯びていく。

「だが、人によっては理解されづらいからな……」

「他の方の目が気になりますか？」

「そうだな。それもあるが……『男がそのような花柄など、みっともない』、そう、私を情けながる父を思い出すのだ。当時はまだ子供で、気に入ったハンカチがその模様だったというだけだったのだが……」

「花柄のハンカチもきれいだと思いますが」

「父の年代であれば男女を分けて考えることが多かったのだろう。いや、私も頭のどこかでまだ気にしているのだな。デルフィナ嬢からあなたのことを聞き、ここに来るまでは踏み出せたのだが、なんとも意気地がないことだ」

紅茶のカップを持ち上げ、ため息を隠そうとする男に、せつなくなった。

顧客がここまで踏み出す勇気を振り絞ったのだ。服飾師としてこのまま何もなく帰すものか。おかしくない方法を、理由を考えればいい。

ルチアは花柄の生地を見つめ、懸命に考える。

黒地に赤い薔薇は、ドレスの一部に加えても似合いそうだ。

「服の裏地にして、奥様と一緒になさってはいかがでしょう？　そうすれば『お揃い』です」

「お揃い……」

「シングルの上着で、前を開けて着れば、裏地はそれなりに楽しめるのではないでしょうか？　他の方に聞かれたら、『妻と揃いにしている』とお答えになれば、愛情表現の一つとして納得されるかと」

「愛情表現の一つ……」

オウム返しが続いているが、ちょっと無茶な理由付けだろうか。庶民では、お揃いもある程度流行っているのだが。

「申し訳ありませんが、私は庶民ですので、貴族の方がどのような受け取り方をなさるのかわかりません。でも、愛する人と同じものを身につけるというのは、浪漫だと思うのです」

「なるほど、浪漫か……たとえ離れていても、共に同じ布や模様を楽しむことができるというのはよいな。とても豊かなことだと思える」

表情をゆるやかに笑みに変えていく彼に、理解してもらえたとほっとする。

そして、つい言ってしまった。

「はい！　私もいつか恋人ができたら、絶対にお揃いを着てみたいと――」

ルチアはそこで口を閉じる。

確かに、自分に恋人ができたら絶対にやってみたいことの一つだが、ここで自分の夢を語ってどうする？　あと、恋人ができる予定が微塵もない。

シュアルドはくつくつと喉で笑いをこらえた後、軽く咳をする。

「あなたほど可憐な方であれば、引く手あまたであろうに。ああ、候補リストの一番後ろでかまわぬので、うちのシュテファン――末の息子を入れてくれないか？　王城の魔導師で独身だ」

危うく紅茶を噴くところだった。冗談が重すぎる。

ダンテといいシュアルドといい、貴族男性はこういったからかいが多いらしい。

とりあえず、いい切り返しが思い浮かばぬので、笑って濁した。

「それにしても楽しい提案だ。ファーノ工房長、寝間着と上着の裏地付け、それと妻のドレスのデザインを依頼したい。よろしく頼む」

「ありがとうございます！」

こうして、黒の三つ揃え、その上着の裏に、赤い薔薇が咲くことが決定した。

シュアルドの帰り際、ルチアは五本指靴下と乾燥中敷きをぎっしり詰め込んだ、大きな箱を渡した。

「こちらはお帰りになってから開けてください。説明書は中にあるので、隣国へ行く際にぜひご利用ください」

笑顔でそう言うと、彼は不思議そうにしつつも受け取ってくれた。

後日――隣国に行ったシュアルドより、『贈答品の返礼』として、一級品の馬皮が馬車一台分届く。

革靴に最適なそれの分配で迷うのは、少し先の話である。

「隣国での活躍を祈って、乾杯！」

華やかな貴族達がワインのグラスをぶつけ、高い音を響かせる。

オルディネ王国では、乾杯の際、『魔を祓う』ということでグラスを必ずぶつける。ワインでも他の酒でも同じだ。

隣国では、グラスをぶつけず、目の高さに持ち上げるだけである。

このグラスの当たるカン高い音も、向こうに行けば聞くことは少なくなる――そんなことを考えながら、シュアルドは赤ワインのグラスを傾けた。

本日は立食パーティー――別名、顔つなぎと情報交換の場。

王都の屋敷、今宵の会に参加するのは、同じ派閥の限られた者達だけだ。好きな服を着る予行演習には向いているだろう。

ルチアという名の服飾師が裏地を付けてくれた上着――見た目はいつもの上着だが、少しだけ重く感じる。

仕上げられたこれに初めて袖を通した日は、心が躍った。そして、しばし後、本当に自分が着てもいいのかと不安に襲われた。

だが、そんな葛藤は、あの服飾師の深い青の目に見透かされていたらしい。

上着のポケットに入っていたのは、青空色の花が小さく刺し描かれた、薄水色のハンカチ。まるで彼女が後押しをしてくれるようなそれに、思わず笑ってしまった。

ルチアという服飾師が、若いながらも工房長の肩書きを持つことに、心底納得した。

まったく、できることなら本当に、うちの末息子に一度会ってほしいところなのだが――笑顔できっぱり断られるところまで想像できるのが残念だ。

ここからは、服飾師ルチアの提案への賭けである。

さざめく声の中、上着のボタンを外し、前をゆるく開け、服の裏地が少し見えるようにしてグラスを持つ。

赤い薔薇が、上着の裏の左右で美しく咲き――自分としては、とても気に入った出来だ。

自分の隣、目の利くご婦人が、小さく、あら、とつぶやいた。

「お似合いの上着ですが、特に裏地がきれいですわね。どちらで誂(あつら)えたものですの？」

「付き合いのある服飾師に頼みました。上着の裏を、妻の服と揃いにしたのです」

そう答えながら、貴族生活と外交職務で培(つちか)った微笑(ほほえ)みを、全力でご婦人へ向ける。

貴族の既婚者では、夫と妻のお揃いといえば、腕輪かピアス、そして指輪ぐらい。ドレスと燕尾服なら、生地や色をそろえる、あるいは相手の服の色の小物を身につけることはあるが――

妻と同じ花模様の入った布地を、男の自分が上着の裏地に使う。驚かれても無理はない。

案の定、ご婦人は目を見開いて固まった。

この後は貴族の褒め言葉の裏で馬鹿にされるか、笑うのをこらえられるか――そう身構えた瞬間、ご婦人は両手を胸の前で組み、大きく笑んだ。

「なんて素敵なのかしら！　うちの夫にもそうしてもらいたいわ」

一人の貴婦人の、羨望と思える声音を聞いた。

「本当に奥様のことを愛されているのですね。いつも共に在りたい、片時も忘れないなんて！」

「え、ええ……まあ……」

妻への想いに関しては否定しないが、予想を超えて、浪漫あふれる話になってきた。

「ぜひ、詳しくお伺いしたいですわ！」

「美しい刺繍ですわ、どちらの作ですの？」

「素敵な模様ですのね！　奥様は同じものでドレスを？」

気がつけば、若き方から年上の方まで、周囲の貴婦人方がわらわらと寄ってきている。

思えば、自分一人でこの数の女性に囲まれたことなど、少年時代のお披露目以来である。もっとも、あのときはすべて親族のおばさま方であったが。

言葉を慎重に選びつつ、上着の裏地と共に、今は領地へ静養に行っている妻について話す。弟が取り仕切る領地、美肌になるとかいう温泉に、弟の妻と一週泊まっているだけなのだが――『静

養』には違いない。

「間もなく妻も王都に参りますが、ご婦人方の集いがありましたら、どうぞお声がけください」

ちなみに、領地での静養話からこの願いまで、筋書きはすべて妻である。

今回の件、妻に内緒で行うのは申し訳ないと思い、手紙を付けた鳩を飛ばしたら、麦の粒ほどの文字で筋書きを記した手紙が返ってきた。

さすが、高等学院時代から誉れ高き才人だと感心した。

なお、花柄のドレスは自分には派手すぎないかと心配する一文もあったが、そこは服飾師のルチア殿が工夫し、布地の切り替えを入れた今風の形にデザインしてくれた。その画を見せ、了承を得てから仕立てる予定だ。

正直、妻が王都に戻るのが待ち遠しい。

いずれ二人揃いの服を着て、グラスを傾けつつ、これまでの思い出、そしてこれから行く隣国についで語り合いたいものだ。

上着の裏に視線を走らせながら、シュアルドは心から微笑んでいた。

「あの裏地にどれだけの想いがこめられているのかしら……」

「奥様がうらやましいですわ……」

その夜、ため息にも似た声があちこちでこぼれた。

言葉は少なめでありながら、上着の裏を見て優しく微笑んだ男——そこにいないにもかかわらず、確かな想いを向けられ続ける妻。

シュアルドは伯爵でありながら、第一夫人しか娶っていない。第二夫人、第三夫人、そして別途、愛人や恋人もありえるオルディネ貴族において、なんたる愛のまっすぐさ。

ご婦人方の羨望（せんぼう）は、シュアルドだけではなく、その妻にも向いていた。

そんな中、既婚男性貴族の一部はこう理解した。

『上着の裏地に美しい花、あれこそは見事な浮気防止である』と。

もっとも、これはすぐにまっ二つに分かれた。

『すでに花は間に合っている、そう自分の存在を知らしめる奥方の発案であろう』

『いいや、本人による、他の花へふらつかぬ自戒を込めてのものに違いない』

その意見は、侃々諤々（かんかんがくがく）と酒の席で討論されることになる。

とはいえ、どちらにしろ使い道は広く、需要はしっかり生まれたらしい。

布の上の美しい花々は、男性貴族達の夜会服やスーツの上着の裏にたちまちに咲いていった。

夫婦で、恋人で、さりげなく服や上着の裏をそろえる――それは貴族の優雅さを好む趣向にぴったりと合った。裏地に関する依頼は急激に増え、服飾ギルドでは多種多様の花模様の布を扱い、増産へ向けて動くこととなる。

そして、しばし後、恋人なき独身貴族男性のあいだで、自らこそりと花の裏地を選び、それを付けた上着を持つことが流行りだした。

恋人がいるふりをすることこそ、なお縁遠くなる理由なのだが、それよりは貴族男性の矜持（きょうじ）が上回ったらしい。

やがて、男物女物を問わず、花模様にもこだわらず、貴族の上着にも様々な模様の裏地を付けるのが流行りだす。

そして、それはベストやシャツへ、そして、上着の表地へも広がっていくのだが――それはもう少し先の話である。

# 服飾師と安いドレス

時は少し遡る。

ルチアが服飾魔導工房に入ってようやく落ち着いた頃、服飾ギルドで久しぶりに再会した少女がいた。服飾ギルドにドレスを頼むにあたり、ルチアがいると聞いて連絡をくれたのだ。

ルチアは小さめの応接室で、彼女を今か今かと待っていた。

「ルチアさん、お久しぶりです！」

「お久しぶりです、ルネッタちゃん！　いえ、ルネッタさん」

「ちゃん付けのままでもいいですよ、ルチアさん」

自分の手を取って笑う茶髪の細身の少女は、ルネッタ・カレガ——カレガ男爵の娘である。

男爵といっても、仕事は牧場で馬を育てること。王城騎士団に納める騎馬が高く評価され、親子二代、男爵位を賜っているそうだ。

初等学院では、この少女の姉がダリヤとルチアと同じ時期の入学で、一緒に学んだ。

ルチアは特に少女の姉と選択教科で一緒になることが多く、親しかった。

東街道の途中にある家にも二度、招待され、牧場の広さと馬の大きさに驚いたものだ。

当時、ルネッタはまだ小さかったが、一緒に楽しく遊んだ。

ちなみに、その姉はすでに隣国にお嫁に行き——次女であるルネッタが跡取りとなった。

ルネッタの婚約相手も決まっているそうで、牧場で働き、馬を育てている青年だという。

子供の頃から互いに知っており、聞く限り仲はとても良さそうだ。

今月、少し遅い十八歳でデビュタント、来月には婚約披露が控えている。

ルネッタは、デビュタントを行わぬつもりだったらしい。だが、最近は貴族に馬を納めることが増え、少々強く縁談を勧められることが出てきた。

このため、寄り家の貴族に相談して、デビュタント後、正式に婚約をすることに決めたという。

「婚約者がいても縁談がくるの？　ないわー」

「ですよね！　私も驚きました。それに選択肢が大変広く、下は十歳から上は四十一まで選び放題という……」

「さらにないわー」

婚約者がいるところに、そんな選択肢の拡大はいらない。自分の間延びした声に、ルネッタが吹き出す。

「跡取りになるつもりはなかったんですけど、姉はさっさと隣国の牧場へお嫁に行ってしまいましたし」

ルネッタの姉は初等学院卒業後、一年間、隣国の言語の猛勉強をし、エリルキアに留学した。目的は馬の飼育。エリルキアで馬について学び、そして——八本脚馬（スレイプニル）に惚（ほ）れ込んだ。

「手紙に八本脚馬（スレイプニル）牧場にお嫁に行くって書いてあって、三回読み返したもの」

「そうですよね。母は婚約相手のことより先に、八本脚馬（スレイプニル）について詳しく書いてくる姉を心配していましたし……」

研修先の八本脚馬（スレイプニル）牧場で、運命の出会いをしたらしい。牧場主の息子と結婚することになったのだ。

もっとも、ルチアの受け取った手紙に最初に書いてあったのは、八本脚馬（スレイプニル）のすばらしさだったが。

「お父さんは心配してなかったの？」

「手紙が着いてすぐ隣国へ挨拶に行きました。姉が心配というのは口実で、八本脚馬（スレイプニル）を見に行ったんですけど」

「ルネッタさんは心配した？」

「いいえ、まったく。姉らしいなと思いました。きっと、一番びっくりしたのは彼だと思います。私と牧場を継ぐことになって、とても慌てていましたから」

けろりと笑った彼女は、姉そっくりだった。

しばらく互いの近況を話し、ようやくドレスの聞き取りとなった。

お披露目のドレスの布は持ち込み、型はスタンダードなもので、婚約披露にはピンクに染めて着たい——ルネッタの希望はささやかなものだった。

ドレスも完全なオーダーメイドではない。元々あるドレスでルネッタの体型に近いものを探し、その型紙で持ち込みの布を裁断して縫う。そして、前日に最小限の補正をする。

少しゆるめの、多少太っても痩せても着られるようなドレスにするのだ。色を変えたり、形を少し変えて長く使い回すこともあるという。男爵家であればおかしいことではないそうだ。

「お待たせしました」

部屋に入ってきたフォルトに、ルチアは目を丸くした。

担当が来ると聞いていたのだが、なぜフォルトが来たのだろう。フルオーダーではない品に、服飾ギルド長が担当になるとは思えない。

もしかして、ルネッタもフォルトの親戚なのだろうか。

「お久しぶりです、ルイーニ様。父が、馬の調子はどうでしょうかと」

「大変元気ですよ。よく言うことを聞いてくれます」

どうやら馬つながりらしい。

「ルチア。カレガ殿には、兄と弟が王城で乗っている馬と、家の馬でお世話になっているのです。カレガ殿のところで育った馬は、人の言葉がわかるのではないかと思えるほど、頭のいい馬ばかりなのですよ」

フォルトの説明に納得した。

ルネッタの父は『騎馬男爵』という二つ名があるそうだが、やはり良い馬を育てているらしい。

「さて、カレガ嬢、お持ち込みの布はこちらでしょうか？」

「はい、ご確認をお願いします」

ルネッタがテーブルの上の白い布包みを開いた。中にあるのは長い木箱だ。中にはロールで白い絹が入っていた。

「失礼ですが、こちらは二級の絹のようですが？」

フォルトが木箱を見て尋ねる。その外側、焼き印で等級がはっきり押されていた。

ロールのままならぱっと見ではわからない。だが、少し布を引き出して、光を当てれば、一級より白さと光沢は劣る。また、表面にわずかな傷のような皺がある。

「はい、二級の品です。でも、婚約者からの贈り物ですので、こちらでお願いできればと」

「デビュタントでは、ドレスでご令嬢の格付けもされるというのはお聞きですか？」

「寄り家であるグッドウィン子爵夫人からお伺い致しました。当方は父が男爵位を授かりましたが、元は庶民です。馬を飼うのが生業ですし、背伸びをしても仕方がありません。それに……」

ルネッタは白い絹に視線を向け、そっとはにかんだ。

「こちらは婚約者が一人で贈ってくれたものなのです」

二級の絹とはいえ、厚手のこれはけして安くない。牧場で馬を育てる青年の給与はどれほどか。

光沢の少ない銀に、小さな緑の石の入った婚約腕輪が左手首を飾る。その輝きをとてもまぶしく感じるのは、二人のまっすぐな想いのせいだろう。

うらやましいほどに素敵である。

「わかりました。加工はお任せ願えますか？　縫いやすく、扱いやすくしておきたいので」

「もちろんです。どうぞよろしくお願いします」

フォルトがさらさらと手元の書類に指定を書き込んでいる。通常、生地には一つの魔法しか付与できないところ、『光沢付与』『強化付与』の文字が並ぶ。

二重付与はなかなか難しいと聞くが、担当魔導師がきっとがんばってくれるだろう。出来上がりが大変楽しみになった。

数日後、布が仕上がり、裁断が終わると、フォルトが指示を出しつつ、自らも縫っていた。

付与をした布は独特の感覚になる。針が通りづらかったり、たわんでしまったりするので、縫うのにはちょっとコツがいる。

ルチアも昼食を野菜ジュースに切り換え、勉強のためにと理由をつけ、一部を縫わせてもらった。

シンプルなドレスはごまかしが利かず、仕上がりに縫いの腕が出る。緊張したが、ルネッタの幸せを祈りつつ進める針は、とても楽しかった。


その後、服飾魔導工房は忙しく、ご令嬢のドレスを作り、貴族男性の相談を受けるという予想外のことが続き――しかし、一番予想外なのは、本日、ここにこうしているルチア自身である。

高い天井の魔導シャンデリアは金色の光り眩しく、三階分の天井を抜いた大広間、広い壁には初代の王と王妃、騎士に幻獣が鮮やかな色彩で描かれている。

開け放たれた大きな窓からは、色とりどりの花を咲かせる庭園が見える。フロア手前の赤い絨毯は足音を消し、楽団の曲をやわらかなものにしていた。

これぞ貴族の邸宅という見本のようだ。

本日の男爵子息女のデビュタントは、侯爵家主催。寄り家や仕事などでつながりがある男爵家から六人のお披露目だ。そこに公爵から男爵まで、招かれた者達が集う形である。

デビュタントとして本人の紹介はもちろんだが、仕事の顔つなぎから独身の息子や娘の引き合わせまでと、目的は幅広い。

「本当にすみません、ルチアさん……」

「いいの、気にしないで！」

ルネッタのひどく申し訳なさそうな声に、ルチアは笑顔を返す。

ちなみに、ルチアは本日、艶なしの紺のドレスに同色の長手袋という装い。女性従者役である。

本来であれば、牧場から一緒に来た従者――正確には牧場経営を手伝う経理の高齢男性が、従者役をするはずだった。が、来る寸前、彼は急なギックリ腰で立てなくなった。

もう一人一緒に王都に来ているのはその奥様で、夫に付き添って神殿に行っている。治療後に付き添いがいらなくなったとしても、貴族の礼儀作法はわからぬという。

従者は女性でもかまわない。デビュタントの最初に渡された花束を預かり、壁際でルネッタを見守るだけである――ルチアはそう聞いて、それならばと受けた。服は服飾ギルドの見本品から借りた。

付け焼き刃の貴族の礼儀作法は、王城へ行くことが決まってからヘスティアに習っていたが、ここで役立ちそうである。ものになってはいないが。

しかし、貴族の舞踏会、そして、デビュタント参加者の服装を見放題、こんなおいしい機会を逃してなるものか。そんな邪(よこしま)な理由でここにいる。それでルネッタに謝られてはたまらない。

「そのドレス、本当に似合ってるわ。すっごくきれい！」

耳元でささやくと、ルネッタは白手袋の手を染まりゆく頬(ほお)に当てた。

「ありがとうございます。こんなに素敵なドレスにして頂いて……あの人が王都に来たら……見せたいです……」

デビュタント開始前からのろけないで――いや、これならば虫も退散しようというものだ。大いに自慢して頂きたい。

実際、本日のルネッタは本当に美しい。

肩出しの白いロングドレスはプリンセスライン。流行の型でもなく、飾りもほどんどないが、裾広がりのドレスは踏み出す度に純白の輝きを放つ。布自体も、付与のおかげで二級の絹とは思えぬ艶である。

白い長手袋で大切そうに白い花束を持っている姿は、本当にきれいだった。

数年前、牧場の芝生で一緒に転げ回ったときは、ただただかわいい女の子だった。

だが、ここにいるのは、本当に貴族の淑女、一人の女性で——それがとても感慨深い。

「よ、ボス、こんばんは」

ささやきに横を見れば、黒い燕尾服姿のダンテがいた。

「ダンテ様、こんばんは」

「ボス、様はなくていい。俺は子爵のどら息子の前に、服飾魔導工房副工房長だから」

きっぱりと言われたが、本日は従者役なのだ。自分のことはそっとしておいてほしい。

「今日は仕事？　それともお家の関係？」

「家。いい加減、身を固めろと。まあ、予定がないから、適当にふらふらして消える予定だ」

つまらなそうに言うダンテをちらりと見る。

スタンダードで着崩さない黒の燕尾服、オールバックにした黒みを感じさせるほど濃い緑の髪、アイスグリーンの目——それなりにかっこいいのだが、服飾ギルドにいるときの方が、彼らしい気がした。

「ルチアさん、すみません、花束をお願いします」

最初のダンスの準備が始まるのだろう。ルチアが白い花束を受け取ると、横のダンテが挨拶をする。

「服飾魔導工房、副工房長のダンテ・カッシーニと申します。ルチア工房長の部下です。カレガ嬢、後で一曲お誘い申し上げてもよろしいでしょうか？」

「ありがとうございます。不慣れですが、どうぞよろしくお願い致します」

ルネッタは無防備に見える笑顔で受け、寄り家の子爵当主にエスコートされて遠ざかっていった。

一応、お披露目最初に踊るのが、ファーストダンスと呼ばれるものらしい。彼女が最初に踊るのは、子爵当主である。そのことで後ろ盾がはっきりしていると示すのだそうだ。

もっとも、ルネッタは、牧場で家族と仲間、そして馬達の前で、婚約者とファーストダンスを踊ってきたと言っていたが。

「初々しい感じでいいな。ラインも後ろ姿もきれいだ」

「ダンテ、ルネッタさんは婚約者がいらっしゃるので……」

念のために言っておく。ルネッタが揺らぐとは思えないし、ダンテも無理を言うとは思えないが、後で気まずくならぬ方がいい。

「ボス、悪いが、ドレスの話だ……」

違う意味で気まずくなった。

そして、ファーストダンスが始まり、人が動く。

ルネッタは余裕の笑顔で一曲目を踊り終えた。大変に安心した。

二曲目になると、お披露目の者達に加えて、燕尾服の紳士、ドレスの淑女がダンスに加わる。

来た甲斐（かい）があった――ルチアはとことんそう思う。

赤、青、黄などのカラフルなドレスから、淡い色と白を切り替えたもの、グラデーション、花や蝶（ちょう）など画（え）の描かれたもの、ビーズやビジューで飾られたもの、見事なレースをあしらったもの、背中の絶妙なカッティング――ドレスだけではない。燕尾服も光沢があるもの、銀や金で飾りを施したもの、襟と袖の布を変えたもの、スリムに絞ったもの――服の宝箱を見るようだ。

アクセサリーはやはり高級貴金属が多いが、ガラスでも大ぶりなもの、長さがあるネックレスやイヤリングなど、動きのあるものが目を引く。あとは意外に生花が映えて見える。特に髪に挿した花はなかなかにいい彩りだ。

白状すれば、スケッチブックを開き、遠眼鏡で見るか、真横でかじりついて見たい。あと、できれば布をちょっと触らせて頂きたい。

三曲目になると、男性同士、女性同士で踊る姿も見られた。これはオルディネ特有で、他国にはないそうだ。オルディネではどちらの装いをするのも、どちらと踊るのもありである。

今、目の前で、デビュタントの白いドレス同士の女性、燕尾服同士で踊る者もある。大変に自由で楽しい。

ちなみに通常の貴族の舞踏会でも、男性同士、女性同士で踊り、友好を深めることがあるという。熟練の貴族では、男性同士の場合、カップルでない場合は、歓談しながらいかに息を切らさずに踊るかが問われ、体力勝負になることがある。

女性同士の場合は優雅に踊り、相手をいかに褒めるかに重点が置かれることが多い。たまに笑顔で褒め殺し合いになることもある――ダンテにそう聞いて、頭痛がした。

見たくもやりたくもない戦いである。どうか仲良く平和に踊って頂きたい。

特に、デビュタントの本日くらい、子息女の皆様には明るく楽しい時間を過ごしてもらいたいものだ。

四曲目、ルネッタとダンテが踊った。二人ともとてもダンスが上手だ。何かしら話が盛り上がっているらしい。共にいい笑顔だった。

ルチアは踊れないが、こうして見ているだけでも楽しい。

やがて、踊り終えた二人が、壁際のテーブルに戻ってきた。

「お飲み物はいかがですか？」

「炭酸水をお願いします」

ルネッタに従者らしく声をかけ、グラスを渡す。そして、彼女のこめかみの汗をハンカチでそっと押さえた。やはり緊張したのだろう。

ダンテには何も言わず、好物である赤ワインの辛口を渡しておく。無言で一礼して受け取られた。

なお、ルチアは従者役のため、一切飲まないし食べない。本日、これが終わったら、屋台で夜食のクレスペッレを買って帰る予定だ。

「カレガ嬢、お披露目おめでとう。皆様、お変わりないか？」

「ありがとうございます。おかげさまで皆元気で、子馬の世話に追われております」

「とてもお似合いのドレスね。かわいらしさが引き立っているわ」

「お褒め頂いて光栄です」

ルネッタはここから挨拶回りをする予定だったのだが、先に来られてしまった。

お披露目のお祝い、カレガ男爵の近況、馬についての話――その後に本人とドレスが褒められる。口々のそれに、お披露目の定型の褒め言葉かと思ったが、どうやら違うらしい。

ダンテがこそりと説明してくれたが、ルネッタがとても礼儀正しいのと、ドレスがクラシック――

流行を狙わぬデザインであること、そして、婚約者が贈った布であることが広まりつつあるらしい。もっとも、これはルネッタが吹聴したわけではなく、寄り家の子爵との受け答えで知られたことだ。

本日の集まりでも、以前、ルネッタに見合いや誘いをかけた貴族は一定数参加している。子爵がそれを牽制して婚約者の話を広めているそうだ。

だが、その結果、ルネッタ本人の人気がさらに上がったらしい。

庶民の婚約者とまっすぐに想い合い、若い貴族男性や高位貴族男性に声をかけられても一切の揺れはない。家業の子馬の誕生のためとはいえ、父も婚約者も欠席した本日の場で、臆することなく一人礼儀正しくふるまっている。

一部の貴族から、家の嫁に欲しいとささやきがこぼれているのに納得した。このあたりは、貴族も庶民もあまり変わらぬらしい。

もう婚約ではなく、結婚を進めた方がいいのではないか、そう思いつつ、ルチアはようやく始まるルネッタの挨拶回りについていった。

彼女の行くところ、どこでも小さな輪ができる。

話に紛れてルチアまで自己紹介をすることになってしまった場もあった。

その上、名を呼ばれた先、見知った顔から、無理な納期をこなして頂いたと、礼を言われた。

まさかここに魔物討伐部隊の隊長が参加しているとは思わないではないか。ルチアは必死に貴族的挨拶を返した。

「ルチアさん、大丈夫ですか？」

「ええ、ルネッタさんこそ」

「大丈夫です、馬のお産に付き添うことに比べたらこれぐらいは」

次のテーブルへ向かうルネッタは、余裕の笑顔だ。

だが、比較対象を馬にもっていくのはやめてほしい。理解できない。

「じつに可憐(かれん)なお嬢さんだ。世辞なく、うちの孫の妻となって頂きたかった」

「カレガ殿もさぞかし鼻が高いでしょうな。本日、お父上は？」

「子馬が生まれて、その世話に追われております」

ルネッタがまた会話をさばいている中、ちょっとだけ離れた場から声がした。

「まあ、娘より子馬だなんて……」

その声の主は、若い貴族女性。

鮮やかな赤のドレスに、金のビーズ飾り、胸元の大きく開いたデザインは大変大人っぽく、目を引くボディラインに似合いである。ただし、中身はガキとしか思えないが。

「あら、かわいらしいドレス。――祖母の持っていたデビュタントのドレスを思い出しましたわ」

続く声は一段大きく、ドレスが古くさいという嫌みがコーティングされている。

それでも、ルネッタは顔色一つ変えず、お褒め頂いてありがとうございます、と返した。

そして、また声をかける者達に丁寧な挨拶を返していく。見事としか言いようがない。

だが、それは、ルネッタがご令嬢を無視しているように見えたのかもしれない。

ルチアもたまたま魔物討伐部隊員に声をかけられていて、気づくのが遅れた。

「あら、失礼――」

ルネッタのドレスに散った、赤い飛沫。

通路に余裕はあるのになぜ真横を、赤いワインの入ったグラスを持って通るのか、何も障害物がないところで、どうして体勢を崩すのか。

「あら、ごめんなさい。よろけてしまって」

「不注意だったね、フランディーヌ」

微塵も誠意のない令嬢の謝罪に、パートナーであろうか、追随する若い貴族男がいる。

ルチアの頭に急速に血が上った。

いや、待て、ここで怒鳴ってはいけない。ルネッタに迷惑がかかる。そう思いつつ、奥歯をきつく噛みしめる。

「別室で着替えていらっしゃったら？」

「いえ、着替えは持参しておりませんので……」

結婚のお披露目ではないのだ、デビュタントの衣装を二着用意してくるわけがないではないか。

同じように思った者がいるのか、それともこの場が目立つのか、ひそひそ声が周囲からこぼれる。

「あら一枚も？　なら、そちらのドレス代は弁償してさしあげるわ。もう少しお高いものを作った方がよろしくってよ」

ルチアは心底怒りを覚えた。

この女、絶対に許さん！

かわいかった、きれいだった、とても似合っていた――婚約者にも見せたいと、きれいな笑顔をしていたルネッタに、なんということをしてくれたのか。

拳をきつくきつく握っていると、背後からそっと肩に手を置かれた。振り返ると、ダンテが聞こえる限界のささやきをよこした。

「ボスは従者役だ。ここは下がって、フォルト様に相談を――」

ダンテの言うことは正しい。自分は服飾師で、本日は従者役、しかも一介の庶民だ。

だが、服飾師で従者役――それならばそれで、できることはある。

ルチアは一度だけ深呼吸する。そして、主の、ルネッタの真横に立った。

「失礼致します！　従者で服飾師の、ルチア・ファーノと申します。ご確認をお許し願いたいのですが、弁償とは、ドレスの制作費用一式ということでよろしいでしょうか？」

「ええ。もう一段高級なものでもよろしくってよ。まあ、今のものの方がお似合いかもしれないけれど」

自分に目を細めた令嬢は、口角を吊り上げて答えた。完全にルチアを見下した表情である。

ここまではルネッタがされたことに対する憤りだったが、ここからは違う。

ドレスを汚され、馬鹿にされた以上、服飾師である自分の喧嘩である。

ルチアは全力で頭を働かせつつ、表情を整えた。

「大変恐縮ですが、その、書面にさせて頂いても？　服飾ギルドに勤め始めた私の、ようやくのドレスの縫いで……その、月々のお支払いがないと困ってしまいますので……」

たどたどしく言ってみたが、嘘は言っていない、嘘は。

服飾ギルドでは勤め始めて間もないし、ちょっとだけだが縫いはした。月々の給与というお支払いもないと困る。

なお、服飾魔導工房に関してはドレスと関係ないのでお伝えしないだけである。周囲の方々もこのご令嬢には教えていないようなので、そう有名な工房ではないだろう。

「もちろんですわ。月々というのも大変ですわね」

支払いが分割だと思い込んだのだろう、ご令嬢は薄く笑う。ルチアも笑みつつ返した。

「失礼ですが、お家の方へご相談なさらなくてよろしいのですか？」

「まさか。それぐらい、私の方で用立てますわ」

「さすが、名家ともなると違うのですね！」

娘の躾ができていない、名家ではなく、迷家のような気もするがかまわない。

「申し訳ありません、計算に少々お時間を頂きたいのですが」

「ええ、後日、伯爵家の方に回してちょうだい」

「ありがとうございます！」

言質は取った。ルチアは全開の笑みで礼を述べた。

速攻で従僕を呼び、羊皮紙に書類を準備し――手続きはすべてはダンテが整えてくれた。

なかなか流麗なサインは、『フランディーヌ・エルノーラ』。

エルノーラ伯爵家のご令嬢だそうだ。

ルチアは安堵した。取れるものはしっかり取れそうである。

そうして、書類を整えた後、ルネッタが舞踏会を退席することを主催の侯爵家と子爵に丁重に詫び、共に服飾ギルドに向かった。

なお、移動の馬車の中、ルネッタとダンテには大変に怒られた。

「ルチアさん、ドレスは染めればいいだけです！　ルチアさんのこれからのお仕事に差し支えたらどうなさるんですか！」

「ボス、先にフォルト様に相談してくれと言ったじゃないですか！　不興を買ってからでは、いろいろ面倒なんですよ！」

同時に言うのはやめて頂きたかった。耳がとても痛かった。

「……というわけで」

服飾ギルド長室、フォルトにはダンテから詳しい説明がなされた。

ルネッタは神殿から戻った付き添い人と一緒に、宿に行かせた後である。

白いドレスは服飾ギルドで預かり、しみ抜き職人が現在ワインの飛沫を消す作業中だ。

目の前で、コツコツと執務机に爪を立ててはじく音がする。フォルトの機嫌が良くないときの癖である。

「ルチア――ダンテの言ったことに、間違いはありませんね？」

「はい。こちらが書類です……」

これは雷を落とされるだろう。思いきり先走ってしまったが、相手は伯爵家、このまま服飾ギルドを首にされても反論できぬ。

だが、あの伯爵令嬢には、きっちり弁償させたいのだ。なあなあにはしたくない。

ルチアは覚悟して書類を執務机にのせた。フォルトの青い目が、それを探るように見る。

そして、自分に視線を向け直し——不意に大きく笑った。

「ルチア、よくやりました」

「はい？」

「デビュタントの衣装にワインをかけるなど、神をも恐れぬ所業です」

夏だというのに、空気が一段冷えた気がする。首筋後ろが妙に涼しい。

「いや、フォルト様、まずいでしょ、エルノーラ伯爵家ですよ！　フォルト様と同じ派閥じゃないですか。もめ事は——」

「服飾師に剣はないが針がある、盾はないが糸がある——服飾ギルド、初代ギルド長の言葉です」

フォルトが上着の両方の襟を指で整える。その仕草は、どこか鎧（よろい）をつける騎士を思わせた。

「私が全責任を持ちます。ルチア、服飾師として遠慮なく責任追及なさい」

「はい！」

こうして、そのまま服飾ギルド長室で請求書を書くこととなった。

その後、渡された書類で、ルネッタのドレスの制作金額が、元のドレスの販売金額よりずっと高いことに驚いた。

付与された魔法が『光沢付与』『強化付与』に加えて、『シワ防止』、この三つになっているのが原因だろう。知らぬ間に高性能なドレスになっていたようである。

金額オーバー分は、馬を納めてもらっている三家が、お祝いとしてもつのだという。フォルトの家もその一つだそうだ。あとの二家は、魔物討伐部隊長の侯爵家と、本日のデビュタントの会場となった侯爵家――王城財務部長の家だという。

うっかり尋ねたことを後悔した。伯爵家どころの話ではない。

本当に、ルネッタの家はどれだけすごい馬を納めているのかと思う。

「下書きですが、請求書って、このくらいの金額でもいいでしょうか？」

「まあ、妥当じゃないか」

かなり盛りまくったが、ダンテには苦笑しつつ納得された。そんな中、長い指がひょいと下書きを持ち上げる。

「ルチア、倍掛けなさい」

「はい？」

聞き間違いではないだろうか？　今でも十分高めなのだが――そこまでいくとぼったくりな気もする。

「額面を二倍に。私も下に名前を入れましょう」

「ええと、それでは高すぎませんか？」

今でもかなり付与だの、クリーニング代だのを入れて盛り盛りにしているのだ。

フォルトの言う金額では、高位貴族女性のドレスが三枚は買えるほどになってしまう。

「何を言うのです？　服飾ギルド長で、服飾師のフォルトゥナート・ルイーニも縫ったのですよ。十分安いドレス代です」

大変に美しい営業用の笑みで言い切られ、反論は露と消えた。

うちの上司は、本当にいい腕と――いい性格をしていらっしゃる。

ルチアは心から尊敬した。

ちなみに、白いドレスはきっちり一つのしみも残さずにきれいになった。とはいえ、そのまま使うのはダメだろうということで、ちょっとだけ形を変え、染める予定である。

ルネッタからはピンク色を指定されているので、色見本を見せて決めた。

万が一、情報が漏れる可能性を考えて、染め直しは服飾ギルド内では行わず、友人のダリヤに相談する予定だ。すでに魔法は付与されているので上書きも難しいとのことで、仕様書を持って緑の塔へ行くことにする。

ついでに、今回の一件を『おやつ』に、ダリヤとおいしいケーキを食べるのもいいかもしれない――ルチアはそう考えつつ、にまにまと笑う。

いい性格をしているのはどこぞの服飾師も一緒だが、彼女が自身を振り返ることはなかった。

デビュタントの数日後、ある伯爵家のご令嬢の元に、薄水色に金の縁取りの入った大きな封筒が届いた。

裏面のサインは先日の庶民の服飾師、ルチア・ファーノの名。

そしてその左には、フォルトゥナート・ルイーニ――なぜか、服飾ギルド長、子爵家当主の名が並んでいた。

『服飾ギルドに勤め始めた』そう、あの緑髪の服飾師は言っていた。だから服飾ギルド長と連名なのかもしれない。

フランディーヌは思い返す。あのデビュタント、兼、舞踏会はひどくつまらなかった。

周囲との歓談で、苦手なワインが進んだほどだ。

せっかく仕立てた最新流行のドレスは、婚約者候補と友人しか褒めてくれなかった。

伯爵家の自分より二つ下、男爵家の野暮ったいドレスを着ている少女ばかりが褒めそやされる。

しかも家業を聞けば馬を育てているという。あまりに貴族らしくない。

まして、父親が娘のデビュタントに同席しないなど――ものわかりのいいふりではなく、その場にいない父親の悪口の一つも聞きたいくらいだった。

いいや、だが、貴族の父親というのはどこも同じなのかもしれない。

仕事優先で夕食も共にすることは少なく、たまに声をかけてくれば、礼儀作法の勉強はしているかといった問いかけと、欲しいものはないか、婚約者候補との会食はいつだと告げるときぐらい。

ゆっくり語り合った記憶など、ここ数年ない。

母が生きていたならば、いろいろと相談もできたろうに――そう思うとさらに気が滅入る。

数年前、母は風邪をこじらせ、呆気なく亡くなってしまった。あまりに急で、数ヶ月は泣いて落ち込んだ。

ようやく元の生活に戻ろうとすれば、父はとっくに仕事で他国を行き来しており、自分だけが取り残された気がした。

いっそ早く結婚すればこのさみしさが紛れるのかとも思うが、父はまだ婚約者を決めてくれず、相手の吟味をしているという。仕事で忙しい上、家同士の関係もあるので仕方がないとわかってはいるが――どうにも落ち着かなかった。

フランディーヌは不機嫌な表情で、メイドにペーパーナイフで封を切らせ、三枚の便箋を受け取る。定型の丁寧な挨拶文、支払先は服飾ギルド、期日は今月中。ごく当たり前の内容だ。

本日中に端数を切り上げて支払えばいい――そう思いつつ、三枚目の請求書に視線を流し、その金額を二度見した。

「なんなの、この金額？　ありえないわ！」

フランディーヌのいつにない取り乱しように、メイドは慌てるばかりだ。

そこへ、いきなり父がやってきた。

滅多に自分の部屋に来ることがない父に、今度は自分が慌てることになった。

「フランディーヌ、私もルイーニ子爵から手紙を受け取っている。魔法付与あり、ルイーニ子爵本人が縫ったドレスだ。おかしいことは何もない」

服飾ギルド長から、父にも手紙は届いていたらしい。自分は踏み倒すつもりなどないのだから、二通もいらないではないか。それにしても、この値段はあまりにおかしかった。

「でもこんな金額はありえませんわ！　私のドレスの三倍以上するのです」

「お前は愚かな取引をした。その場で金額を確認せず、支払うと言い切ったではないか。反古にはできんぞ」

「それは……」

思い出すのは、濃い青の目をした侍女の装いの服飾師。貴族ではないと思えたが、どこかの貴族の紐付きだったのだろうか。

「この『ルチア・ファーノ』という者は、ルイーニ子爵がスカウトし、大切に育てている服飾師だそうだ。あの若さで、服飾魔導工房の工房長を務めている。王城に出入りし、魔物討伐部隊のバルトローネ侯爵からの覚えもよい。それに、庶民だが、ルイーニ子爵を『フォルト』と名で呼ぶほどの仲だ」

「あの服飾師が……」

若くして工房長、庶民でありながら名呼びを許されている――つまりは、いずれはルイーニ子爵の第二夫人か、もしくは服飾ギルドの幹部。将来を約束された者ではないか。

「男爵の娘だから安いドレスを身につけている、お前はそう思ったのだろう？　爵位だけで判断してはならぬと、私は何度も言ってきた。それが嫉妬で他家の令嬢にわざとワインをかけるなど、本当に情けない」

「あれは、その……」

悲しげな声で言う父に、縮こまりたい想いにかられる。つまらなさに思いのほか、飲んで酔ってしまったなど、言い訳にもならぬ。

「言い訳はするな。事実報告は受けている。どれだけ目の利く者があそこにいたと思っている？　貴族だけではない、メイドも従僕も護衛も、それぞれ他家の者を見定めるのだ。今回のことで、彼の家から、しばらく考慮の時間が欲しいと言ってきた。婚約候補の話はこのまま白紙に戻す」

「そんな！」

絶対に嫌です、そう言おうとしたとき、先に父が言い切った。

「お前が間違ったことをしたときに止めてくれぬ男など、娘の夫にはできぬ」

「お父様……？」

「すまなかった――」

「なぜお父様が謝るのです？　悪いのは私ではないですか！」

唐突に父に頭を下げられ、意味がわからず狼狽する。

悪いことをして叱られた回数も少ないが、謝られたことは初めてかもしれない。

「母を亡くしたお前が不憫だと、せめて好きなようにさせようと、そんな愚かなことを考えた私の責任だ。教師を付けただけで慢心し――お前には貴族教育が足りなかったのだ。彼が補ってくれるだろうと思っていたが、あのような者だったとは。やはり、お前にこそ、私が厳しく教えるべきだった……」

声には深い悔恨がにじんでいた。

「……お父様、申し訳ありませんでした……」

今度はフランディーヌが、頭を深く下げて謝る。

母が亡くなってから、学びはどれも中途半端。父が叱らず、教師達も強く言わぬのをいいことに、怠けきっていたのは自分だ。

叱られるのが怖い。だが、もう遅いと父に見放されるのは、さらに怖い。

「フランディーヌ……」

だが、父からのそれ以上の叱責はなく、返ってきたのは、子供の頃に聞いたことのある、優しい呼び声。

「ここからは私が教える、わかるまで、何度でも」

「わ、私は、物覚えが悪く……」

「きっと私に似たのだろう。何回でも、何十回でも、フランディーヌがわかるまで教える。何年かかってもかまわん」

肩に置かれた手は、ひどく温かく――うつむいた顔は絶対に上げられなくなった。

自分のデビュタントのとき、父は隣を歩いてくれた。

仕事の忙しさに、目の下に隈を作ってのことだった。無理をさせたことが心苦しかった。

あの日から、ドレスが欲しい、アクセサリーが欲しいとは伝えられても、父との時間が欲しいとは言えなかった。

こんな形で叶うのは本意ではないけれど、それでも、もう一度――その時間をもらえるならば、学べるだけ学びたい。父の娘として恥ずかしくないよう、やり直したい。

「頑張ります……それと、ご令嬢と服飾師の方へ、お詫びのお手紙を書きます……お父様もお名前をお貸しください……」

「もちろんだ。届け品も一緒に考えよう」

ぼろぼろと涙をこぼす自分が完全に泣きやむまで、父親はそばにいてくれた。

「もう、大丈夫です、ご心配をおかけしました、お父様」

涙で化粧が落ちてしまったフランディーヌの顔は、年齢よりも幼く見える。目が真っ赤なのがなんともかわいそうだ。

だが、その表情は今までになく晴れやかだった。

娘には苦労をしてほしくない。好きなことをしていてほしい。

父たる己が家業をきっちりと固め、有能な婿をもらえば問題ない――そう思っていた。

そんな甘い考えが、今回の事態を引き起こしたのだ。自分の責任以外の何ものでもない。

フランディーヌを叱りながら、己を叱っている思いだった。

それでも、娘と話し、きちんと学び直すと言ってくれたことにとても安堵した。

性根は曲がっていない。ここからは自分が、なんとしてでも時間を作り、一から貴族教育をやり直そう。

女性向けの貴族教育は伯母と嫁いだ妹に相談するべきか――考えることは山とある。

「では、こちらは支払っておく」

「お願い致します」

伯爵は請求書を手に、娘の部屋を出た。

ドレスの値段に詳しくはないが、娘のいつものドレスが軽く三着は買える金額らしい。

確かに相場からいえば高いのだろう。

しかし、これでいざというときに役に立たぬ男を婿とすることはなくなり、愛娘の再教育が叶う。

ありがたいことこの上ない。

エルノーラ伯爵は、心からの笑顔で言った。

「じつに『安いドレス』だ」

「いらっしゃい、ルチア」

「ダリヤ、久しぶり！」

エルノーラ伯爵から支払いを受けた後、ルチアは上機嫌で友の家――西区の緑の塔に来ていた。

おみやげは服飾ギルド近くの菓子店のチーズケーキ、大人気の一品だ。中にブルーベリージャム入りなのは、食べるまで内緒にする。

そして、小さい車輪付きのドレスケースに入れてきたのは、先日、ワインをこぼされたルネッタのドレスだ。なお、すでにしみはまったくない。

新しいドレスは前と同じ布で白を、そして、サービスで新郎の黒い燕尾服も作っている。

こちらはルネッタに渡すまで内緒である。

意外だったのは、あの腹の立つ伯爵令嬢のフランディーヌから、とても丁寧な詫び状が届いたことだ。

正直、メイドの代筆ではないかと疑ってしまったが、どうやら違うようだ。丁寧に綴られた文面を見る限り、それなりに反省なさったらしい。

父親からもフォルト宛てに詫び状が届いているところからして、雷でも落とされたのだろうか？

そう思っていると、さらにお詫びの品も届いた。

ルネッタには高級磁器らしい真っ白なティーセット、十二人分。

ルチアにはミスリル製の針一ダースと指貫のセット。

見たこともないそれらに慌て、二人でフォルトに見せた。彼は、『大変にいい品です』と微笑み、値段を教えてくれなかった。

ダンテに見てもらったところ、ルネッタのティーセットは貴族の嫁入りにも使われる、由緒正しい品物だという。『うちの母がそっくりなのを飾り棚にしまっている』と聞いたルネッタは、家の応接室の棚に飾って鍵をかけると言い切っていた。

ルチアのミスリル製の針と指貫は、ジーロに見てもらった。名のある職人の作らしいが、やはり値段は教えてもらえない。

結局、『大丈夫だ、フォルト様のよりは安い』と笑顔を向けられて終わった。

まあ、針は飾っておくものではないので、遠慮なく使わせて頂くことにする。

その後、ルネッタとそれぞれが礼状を書いて送り――ようやくこの件は終わった。


「ダリヤ、これをピンク色に染めたいんだけど。こう、こんな色で。洗いに出しても落ちないような染料ってある？　もう魔法付与はされてあるから色だけで、付与なしで」

塔の一階、仕事場で色見本を見せつつ言うと、ダリヤは首を傾げる。

「木の皮で近いのがあるわ。でも、服飾ギルドではもっときれいに染められるんじゃない？」

「じつは、このドレスは、ルネッタさんので……」

ダリヤにドレスとデビュタントの顛末を話すと、口をあんぐりと開けられた。

「大変だったのね、ルチア……」

「ちょっとね。でも、フォルト様と皆がうまくやってくれたから」

自分が思いきり先走ってしまったが、なんとか丸く収まった。正確には、収めて頂いた、だが――とりあえず、服飾魔導工房を首にならなくてよかった。

「ルチアって、大変なことを引き寄せることが多いわよね」

「それ、ダリヤにだけは言われたくないわ！」

本気で言ったのだが、彼女には笑われただけだった。ひどく納得がいかない。

「染料を出す前に、二階でお茶にしましょ。ソルトバタークッキーがちょうど焼けたから」

「ソルトバタークッキー？　ダリヤってクッキーは甘い方が好きじゃなかった？」

「……どっちも、好きよ」

友の好みを思い出して尋ねると、一拍遅れの返事があった。

焼きたてのソルトバタークッキーは、さくさくとした歯触りでとてもおいしかった。だが、塩味のあるこれは、紅茶よりアルコールに合いそうな味である。

いろいろと察しつつ、ルチアは紅茶を味わい、彼女の話を聞いた。

二人で台所に追加のお湯を沸かしに行くと、床に山のような食材と木のケース入りワインが積まれていた。

緑の塔にはどうやら固定客が来ているらしい。魔物討伐部隊員のヴォルフという青年の名が、ダリヤの話にそれとなく増えていることに納得した。

そして、ダリヤはまた一段、きれいになっていた。

三杯目の紅茶はミルクティーだ。それを口にしつつ、互いの近況をさらに話す。

「ダリヤは最近、また魔導具の成形？」

「それもあるけど、今は商会長としての勉強と礼儀作法もあるわ。なかなか覚えられないけど

「……」

「ああ、商会長とかなるといろいろあるものね……」

各種の手続きに貴族向けの礼儀作法など、商会長も工房長も覚えることは山である。特に、貴族向けの礼儀作法は面倒だ。なぜこんな謎な取り決めがあるのだと聞きたいことがよくある。

「ルチアの方はどう？」

「少し忙しいけど楽しいわよ。貴族のお洋服もギルドでたくさん見られるし、時々、ちょっと作る機会もあるし。あ、貯金も増えたの！」

「よかったわ。ルチアはいつか自分の工房を持つのよね」

「ええ！　服飾ギルドのお仕事も楽しいけど、やっぱり自分でお洋服を作って、一人一人に売れるお店が欲しいわ。そこで楽しく服を作って、喜んで着てもらえたらいいなって思うもの。ダリヤだってそうでしょ？」

「そうね。作った魔導具で、使う人に喜んでもらえるのが一番うれしいから」

性格も好みもいろいろと違う自分達だが、ここ一点においては、まるで同じである。

自分の作ったもので、誰かを喜ばせたい――職人として、当たり前の願いだ。

そして、思い出した話があった。

「ねえ、ダリヤ、うちの工房で話に出たんだけど、『職人は婚期が遅れる』って聞いたことがある？」

「いいえ、初めて聞いたわ」

「職人は作ったものが子供みたいになるから、夢中になるほど婚期が遅れやすいんですって」

実際、服飾魔導工房はもちろん、服飾ギルドでも職人的仕事の者は独身率がちょっと高い。

「あたしの場合は服が子供で、ダリヤの場合は魔導具が子供ってとこかしら？」

「なるほど、そうかも……」

そこで納得してもらっていいのかどうか、ダリヤがこくこくとうなずいている。

そして、ふと思い出す。

初等学院の卒業間近、『お前は赤髪なのに火魔法を使えないのか？』そうダリヤをからかった男爵の息子がいた。

ダリヤは怒ることはなく、『ええ、使えれば楽しそうだったのに』と笑顔で返していた。

その上、算数の課題が終わらずに困っているその少年に、後ろの席だからという理由で、放課後に丁寧に教えていた。

しばらく後、少年はダリヤに『白いハンカチに刺繍(ししゅう)をしたことがあるか？』と尋ねていた。

ダリヤは苦笑しつつ、『うまくできなくて大変だった』と答えていた。

貴族では、白いハンカチに刺繍をして渡すのが、貴族女性の告白だそうだ。『あなたは私の初恋の人です』という意味にあたるという。

ダリヤも男爵の娘である。すでに初恋の人がいるという意味に取られて当然だ。

少年は、それからちょっと無口になっていた。

ダリヤの刺繍したハンカチの贈り先、それが父カルロだとルチアは知っていたが、入学した年、その少年に髪をひっぱられたことがあるので黙秘した。

恋にうとい友は高等学院に行っても、婚約者ができてもあまり変わらず――ここにきて急にきれいにはなったけれど、自覚はまるでないようで。

いろいろと話は聞くのだが、話をする限り、恋愛よりもまだ、魔導具の方に天秤が大きく傾いているように思える。

もっとも、それはルチアも同じで——

自分にいたっては、恋愛はいまだ縁がなく、結婚に関しては憧れも浮かばない。

誰かと共に生きるのも楽しいだろうが、それよりも優先したいことがあるのだ。


ルチアが今、一番好きなものは、服である。

作りたい服、着せたい服はまだまだ山のようにある。

かわいい服、きれいな服、かっこいい服、素敵な服……

己が好きな、似合う服を着た者達が、オルディネ王都を、いや、この国を自由に闊歩する。

それこそは自由と豊かさの証だろう。それを眺めるのは、きっと楽しく——

自分の作った服がそこにあれば、さらに幸せに違いない。


服飾師ルチアの幸服計画は、まだ始まったばかりである。

## 番外編　夕焼けのお兄ちゃん

世の中は不条理だ。

来年成人を迎える少年は、それを重々知っている。

魔力豊かなオルディネ王国、その子爵家の生まれだというのに、自分には外部魔力がない。

火・土・水・風の四種の攻撃魔法もなければ、治癒魔法もない。

身体強化魔法はあるが、魔力数値はたった六。父の約半分だ。

そもそも、その貴族の血筋も微妙だ。

母は第二夫人だが、元は父に献上された砂漠の国の踊り子、しかも奴隷である。

すでに母は父と離縁して母国に帰り、新しい家族を持っているので何の心配もないが。

見た目の違いもある。自分の肌は明るめの褐色。髪も目も濁った錆(さび)色。

血のつながった一族で集まれば、自分だけが浮いて見える。

父との関係は悪くないが、兄との関係はよくない。はっきり言えば互いに避けている。

母の実家の後ろ盾もなければ、貴族の嫡男としての婚姻や、魔法関連の仕事も望めない。

このため、実家や親戚内では大変微妙な扱いとなっている。

幸い、母の国の言葉は早くに覚えたし、学院の成績はそれなりにいい。将来は家を出て、貴族や裕福な商人向けの通訳でも目指そうかと思っていた。

もっとも、自分の状況を見かねた伯爵家の友人が、従者として雇ってくれたおかげで、先々の心配はなくなったが。

今はその伯爵家で住み込みとして世話になっているが、やはり他家である。いろいろと気遣ってもらってはいるが、どうしても馴染み切れぬように思うのは仕方がないだろう。


本日は休日。高等学院が一斉清掃のために休みである。

季節のいい初夏、業者による徹底清掃が行われるのだ。床や壁を洗浄したり、ワックスをかけたりすると聞いている。講堂や食堂、教室はもちろん、教員室や倉庫なども対象だ。

昨日の帰り際、片付けの終わらぬ先生方が青くなって動き回っていた。

自分の担任にいたっては、長らく教員室を古書で埋め尽くしている。

夕方、日報を届けに行ったときは、まだ床が半分も見えなかった。今朝までに片付け終わったのか謎である。

そんな休日に、馬に乗ろうと笑顔で言っていた友は、今朝、右頬にたっぷり餌を詰め込んだハムスターのようになっていた。

すぐに治ると言い張っていたが、母君が『親知らず』を確認、神殿に引きずられていった。

自分も従者としてついていこうとしたが、『せっかくのお休みでしょう。今日は自由にしておいでなさい』と言われ、少なくない小遣いを渡された。

他にすることが思い浮かばないとは言えず、とりあえず出かけることにした。

そして、伯爵家の門を出てから、ふと思い出した。今月はまだ、一度も実家に帰っていない。

家族がいるかも定かではないが、簡単に挨拶をし、自室から読みたい本を何冊か持ってこよう、そう決めた。

実家に到着すると、家族は全員おらず、従僕やメイドに丁寧すぎる挨拶をされた。もっとも、これは友人の伯爵家で従者をしているせいだろうが。

久々に戻った屋敷の自分の部屋は、きれいに掃除がなされていた。

目的の本を本棚から机に移し、ふとベッド横を見て、動きが止まった。

サイドテーブルの魔導ランタンが、新品に変わっていた。

以前のものはシンプルな形で傘と持ち手は黒茶、曇りガラスに描かれたのは影絵の龍――砂漠の国で昔崇（あが）められていた、暴水龍（ガルグイユ）の姿を模したものだ。

イシュラナでは、暴水龍（ガルグイユ）は悪夢を喰（く）らってくれるという言い伝えがあるという。

一人の寝室が落ち着かぬ幼い頃に、母が悪い夢を見ないようにと贈ってくれた。

部屋を見渡したが、その魔導ランタンがどこにも見当たらない。

それなりに古くなっていたのだ、交換して当然だろう。もしかすると、故障していたのかも――

そう考えたとき、ノックの音がした。

了承を告げると、初めて見る顔の、空色の髪のメイドが入ってきた。

自分と同じぐらいの年代だろうか。入ったばかりなのかもしれない。

「お手紙が届いております。それと、本日の夕食はいかがなさいますか？」

「いえ、あちらに戻りますので結構です」

本当は勤める伯爵家での夕食も断ってきた。

今日はこっそりと屋台で何か買おう、歩きながら食べる一人の食事に挑戦するのも悪くない、そう思いつつ、受け取った手紙を無造作に上着の内ポケットに入れる。

「あの、ヨナス様、申し訳ありません！」

突然の謝罪に、メイドに視線を向け直した。

「ベッドサイドにあった魔導ランタンは、私が掃除中にぶつかってしまい、傘にへこみを——本当に申し訳ありません！」

全力で下げられた頭から、ヘアピンが一本落ちた。留めていた髪が落ち、さらりと顔にかかる。

ずいぶんと必死の謝罪である。言われなかったらそのままにしていた程度のことだ。

「いえ、古いものですから。それよりお怪我（けが）はありませんでしたか？」

ヘアピンを拾って渡しながら尋ねると、彼女は慌ててうなずく。

「大丈夫です。お気遣いをありがとうございます。でも、あれは気に入っておられたのではないでしょうか？　もしそうでしたら修理に——」

「いえ、だいぶ古いですし、すでにヒビが入っていたのかもしれません。お気になさらないでください」

そう答えたが、少しだけ早口になったかもしれない。

もう戻らなくてはいけないのでと嘯（うそぶ）き、気がつけば、本も持たずに屋敷を出ていた。

行く先は決めていない。会いたい者もいない。

ただ一人、王都をさまよい歩いた。

たかが子供の頃から使っていた魔導ランタンが壊れ、交換されただけのこと。それなのに、妙に心がざらついた。

昼食も食べていなかったことに気づき、屋台でクレスペッレを二つ、それぞれ別の屋台から買った。細かく切った野菜と肉の炒めものと、エビやクラーケンの細切れの魚介炒めだ。魚介炒めの方はソースに芥子（からし）を追加した。

歩きながら食べようとしたが、慣れぬせいかうまくいかない。具をぽろぽろと二度こぼした時点で、あきらめて座れる場所を探すことにした。

近場のベンチはカップルが多く、どうしても人目が気になる。

うろうろと行ったことのない道を通り、人のいない方へ進み、庶民の家が並ぶ通り、路地の突き当たりに落ち着いた。

夕暮れ少し前、街灯もないような場所である。ありがたいことに誰もいない。

さっさと食べて帰ろう。そう思いながら、クレスペッレをぱくついた。

一つ目のクレスペッレの中身は、野菜と肉の炒めもの。それなりにうまかったが、二つ目の魚介炒めは、少し芥子（からし）が利きすぎている気もした。

食べ終えてふと思い返す。母に蒸し鶏の芥子（からし）のつけすぎを心配されたことがあったが、あれはいくつのときのことだったか——どうしても記憶がたぐれなかった。

そして、ようやく上着の内ポケットから手紙を取り出した。

差出人に母の名を確かめ、薄く息を吐く。

父母が離縁し、母が生まれ国のイシュラナに帰ってから、もう何年にもなる。

母から定期的に手紙はきていた。家でも誰にも何も言われることなく、ヨナスの手元に届いた。

砂漠の国、イシュラナで元気にやっていると、あちらの文字で丁寧に綴(つづ)られた手紙。

砂漠の暑さ寒さのこと、オルディネとまるで違う料理のこと、様々なサボテンの話、王蛇(キングスネーク)などの砂漠の生き物のこと、家に角駱駝(つのらくだ)が増えたこと——読むだけで楽しかった。

返事は出さないが、心待ちにしていた時期もあった。

母が元気であれば、それだけでいいと思った。

受け取る手紙が束となった頃、父の違う弟が生まれたと手紙がきた。

祝いに迷ったが、ただ一文、『おめでとうございます』と綴り、水の魔石を樽(たる)で送った。

祝いの品に心を砕いてくれたのは、従者として仕えている主(あるじ)であり、友である。

そして昨年、妹が生まれたと手紙がきた。名付けについても書かれていた。

祖父から名付けを受けた弟、祖母から名付けを受けた妹。

親戚一同の笑い声が響く祝いの宴、息災であれと、祈りの言葉が長く続いたこと。

妹は、とてもヨナスに似ているという一文に——気がつけば、暖炉に手紙をくべていた。

情けなくも醜くも、見たこともない弟と妹に嫉妬した。

愚かだと思った。

もう自分は子供ではないのだ。伯爵家長男の従者という、願ったりかなったりの仕事も手に入れた。食い扶持(ぶち)の心配はなく、父母にすがる必要はない。

『ご息女の誕生をお祝い申し上げます。そちらもお忙しいことでしょう。

今後の手紙は結構です。オルディネ王国人たる私のことはお忘れください』

そう、初めて返事を書き、今度は自分で、水の魔石を樽で送った。

あれから季節はいくつ過ぎたのか。母からの手紙は途絶えていた。

正直、もう二度とこないだろうと思っていた。

その母からの再びの手紙だ。さすがに気を悪くしているだろう。今回は、恨み言の一つも書かれているかもしれない——そう覚悟して封を切る。

そこには思いのほか大きな字が、言葉少なく並んでいた。

『愛するヨナス、どうぞ、元気で、どうぞ、幸せでいてください』

とても短い手紙だった。

だが、たどたどしくも、懸命に、丁寧に、オルディネ王国の文字で綴られていた。

母はオルディネにいる間、言葉がなかなか覚えられず、ひどく苦労していた。文字はなんとか読めるかどうか、書くことはまるでできなかった。

それなのに、自分がオルディネ王国人と名乗ったから、この文字を使ったのか。

自分はイシュラナの文字も普通に読み書きできるというのに、わざわざこの手紙のために覚えたのか。

今までの黒インクではない、鮮やかな青の文字が、降ってもいない雨でにじんだ。


それからしばらく、ヨナスはぐずぐずと鼻を啜(すす)っていた。

手紙をしまっても、文面が思い出される。

自分のことはもう忘れてくれ、そう言い切れぬことがはてしなく情けなかった。

そんなとき、気づけば己の間合いに、幼女がいた。

この自分が、それまで一切気配を感じず――あせりと共に、もしや妖精か白昼夢かもしれぬと思ったほどだ。

だが、深い青の目はしっかり自分を見つめており、声は凛と響いた。

「これ、使ってください！」

差し出されたのは、目にしみるような純白のハンカチ、刺繍入り。

待て、俺はこんな幼女に粉をかけた覚えはない。

いや待て、青い縫い取りだからそういった意味合いではないだろう。

さらに待て、そもそも初めて見る顔ではないか。

狼狽しまくって、少女の顔をよく見れば、見事に泣いている途中――お仲間だった。

「……ありがとう。でも、汚してしまうから」

言い訳めいて答えた自分に、幼女は、にぱりと笑った。

「大丈夫です！　二枚あるから」

そのままハンカチを預けられて大変困惑する。

しかし、腕を伸ばせば届く位置で、思いきり顔をごしごしと拭き、派手に鼻を噛んだ幼女に、気を使われているのを悟った。

自分も同じことを繰り返し、涙は完全に引いた。

とはいえ、ハンカチもただではない。支払いを申し出たが断られた。

聞けば、この幼女が自身で刺繍をしたものだという、ひどく驚いた。

刺繍を心から褒めていたら、不意に幼女に泣いていたことを心配された。

自分も泣いていたのに、年上のこちらを先に心配するとは、たいした包容力である。

「いや……屋台で買ったクレスペッレが、ちょっと辛かっただけだ」

声を上ずらせつつ答えると、こくりとうなずかれた。

その後、クレスペッレのソースに、塩味か、トマトを勧めるあたり、経験者らしい。

あまりにこの幼女のペース、しかも泣いているのを見られたのが恥ずかしく、ヨナスはつい格好をつけて尋ねてしまった。

「それで、かわいらしいお嬢様は、どうして泣いていたのか、伺っても？」

幼女は見事に顔を赤くし、しばらく固まった。

しかし、その後の彼女の説明に怒りが沸(わ)いた。

このかわいい幼女を、露草(つゆくさ)。

たとえるに事欠(ことか)いて、露草(つゆくさ)。

その少年の、完全な選択ミスである。

いや、幼女だけではない。少女でも淑女でも熟女でも年代は問わない。

とりあえず、もっと大きな花・華やかな花にたとえるのが女性に対する礼儀だろう。幼い少年といえども学びが足らぬ。

ここに庶民の大人がいれば、『貴族でもない少年に無理を言うな』と教えてくれたかもしれないが――生憎(あいにく)とそういうところだけは、ヨナスも貴族育ちであった。

しかし、怒りは、その後の幼女の言葉でかき消えた。

『不条理』――自分が何度も噛みしめてきた言葉を、こんな幼い子が口にした。そして、説明までしてくれた。

「『道理に合わなくて、自分で納得いかないこと』だって、父さんが言ってた」

この齢で不条理を呑（の）もうというのか、自分が母を他国に見送ったときよりも下の年齢ではないか。

しかも、それはどこまでも他人の目を気にしたもので――そして理解する。

自分とて、この褐色の肌と錆色の髪と目を、子供の頃からどれだけ嫌ったか。

いいや、今もだろう。

自分は彼女と同じように、この髪と肌、そして魔力にも血筋にも引け目を感じている。

自分で選んだものではない、生まれたときから決まっていたこと。

ああ、確かにとても不条理で――とても納得できない。

いいや、いっそ、納得しなければ、あきらめなければいいのかもしれない。自分も、彼女も。

「あたしには、きっと似合わないもの……」

泣きそうな表情（かお）でそう言った少女へ咄嗟（とっさ）に――リップサービスでもなんでもなく、思いついた花があった。

「君なら、『青空花（ネモフィラ）』の花の方が似合う」

「青空花（ネモフィラ）？」

そう不思議そうに聞き返した彼女に、青空花（ネモフィラ）の畑のことを話した。

自分も不意に思い出したのだ。

あれは、自分がこの幼女よりも幼い頃か――

父と母と自分だけで、東街道の先にある青空花（ネモフィラ）の花畑を見に行った、お忍びの旅行。

途中で貴族の洋服から庶民の軽い服に着替え、家紋のない馬車に乗り換えた。

長く馬車に乗り、着いた先は、見渡す限り空色の花畑だった。

まぶしい青空の下、空色の花がどこまでも続き、色とりどりの蝶が舞い、小鳥が囀る。

夢のような風景の中、父を右手に、母を左手に、花畑の小道を歩いた。

その途中、無骨な父の手がそっと花を一つ持ち、母に渡したのを覚えている。母はその花をもらうと、礼を言って小さく微笑んだ。

自分は近くの店で蜜を固めた丸飴を買ってもらい、その甘さに無邪気に喜んでいた。

それは曇りなく幸せな記憶だった。

だが、おそらく、幸せなのは自分だけであったろう。

オルディネ王国にも、貴族にも、家にも馴染めなかった母。自分の前では笑顔でふるまっていたが、食欲が落ち、夜も眠れぬ日が長く続いていたそうだ。

その旅行も、医者の勧めで父が連れていったものだと、後に知った。

母の幸せは、ここ、オルディネにはなかった。

好きでもない国に来て、好きでもない貴族の暮らしをして、好きでもない男の妻となり、好きでもない男の子を産み――むしろ地獄だったろう。

今、家族や友のいる母国に帰った母は、好きな男と添い、その子を産み、きっと幸せだ。

貴族の豪奢なドレスより、砂漠の民の布を巻いたようなシンプルな装いが、母にははるかに似合っていた。

本当に好きなもの、似合うものというのは、きっと心の形と重なるものだ。

それを違えることはしてほしくない。

だから、ヨナスは彼女に、はっきりと言えた。

「似合わないと言って、ここであきらめたら、ずっと着られないじゃないか。人のことなんか気にするな。本当に好きなら着てしまえ。君はレースもリボンも、きっと似合う」

自分の言葉に、緑髪の幼女は目を輝かせ——そこから、目の前で花が開いていった気がした。

笑顔のきれいな、本当に、青空花のような女の子だった。


そうして夕闇が迫る頃、幼女を送ることにした。

近くだからと断られかけたが、路地裏になど一人で置いておけるものか。万が一、変質者でも出たらどうするのだ。

とことこと歩く彼女の歩幅に合わせ、夕暮れの路地から通りへ、短いエスコートはすぐに終わった。


「またね、夕焼けのお兄ちゃん！」

別れ際、そう呼ばれて固まり、その後に思いきり笑ってしまった。

この自分が、『お兄ちゃん』と呼ばれるとは思わなかった。

弟とも妹とも会ったことはない自分だ。その響きはとても不思議で——新鮮だった。

しかも、『夕焼けのお兄ちゃん』とは、なかなかに詩的な表現である。

夕焼けの下では、褐色の肌も、錆色の髪も、すべて赤く染まって見える。

きっと自分は、そのあたりにいる者達と変わらず、彼女の目に映っているのだろう。

魔力も血筋も関係なく、ただこの王都にいるオルディネ王国人に——ヨナスはそれにひどく安堵(あんど)した。

『またね』と言われたが、きっと、この幼女とは二度と会うことはない。

そもそも泣いていたのを見られたのだ、恥ずかしくて再会などしたくない。

それでも、気がつけば、ひどく気障(きざ)な台詞(せりふ)を吐いていた。

「またお目にかかりましょう。青空花(ネモフィラ)のお嬢様」

結果、彼女の視線を背中に感じつつも、絶対に振り返れなくなった。

なお、柄に合わぬことはするものではない。

しばらく思い出しては、のたうった。

「もうこんな時間か。そろそろグイード様を迎えに行かないと……」

スカルファロット家の廊下で、ヨナスは時計を確認する。

先日のことを思い出していて、つい時間を飛ばしてしまった。

高等学院に行く時間が迫っている。少し早めに声をかけないと、主(あるじ)であるグイードは三人の弟達にかまっていて、準備がまるでできていないことがある。

先日などは一番下の弟をおんぶし、庭で花を見ていて遅刻するところだった。

アジサイは色が変わると説明したところ、一番下の弟が見たいというので庭に出たのだという。

弟が色違いのアジサイにとても喜ぶので、つい時間がたち――上着が皺になり、慌てて取り替えることになった。

「行ってらっしゃい、グイードお兄様！　これ、お供に連れていってください！」

笑顔で見送る幼い弟に、苦手なカタツムリを渡された彼は、口角を必死に上げて受け取っていた。

『お兄様』という立場もなかなか大変らしい。

ヨナスは上着のボタンを留め直しながら、ふと、内ポケットの感触に気づいた。

そこには、あの幼女からもらったハンカチが入っている。

きれいに洗い、アイロンも自分でかけた。誰かに見つかるのが嫌で、内ポケットに入れっぱなしにしていたのだ。

青い糸で丁寧に刺繍された、白いハンカチ。

この国では、白いハンカチに刺繍をしたものは、貴族女性の告白の品として使われる。

『あなたは私の初恋の人です』という意味である。

そして、青い縫い取りは、友情や親愛の表現、そして、自らの大切な人の健康と幸運を祈るものだ。

親しい女性が贈る物――主に家族や親戚の女性、女友達などからもらうもので、ヨナスはもらったことがない。

自分に対して祈ってくれるような女性は一人もいないので、当然だが。

子供の頃、母が青い縫い取りをしようとしてくれたが、それまで、刺繍どころか縫い物もあまりした。ハンカチが出入り口のない袋になるのは致し方ないが、その赤く染まる指の方がとても心配だった。

結果、『お気持ちだけで結構です、母上っ！』と自分が懇願することになった。

ヨナスは思い出に口元を歪め、不意に気づく。

「青……」

母の手紙は、今までずっと黒インクだった。

だが、先日の手紙は鮮やかな青文字――それはまるで、青い縫い取りのようで。

自分の健康と幸運は、確かに、母に祈られていた。

あの幼女にもらったハンカチは、使わずにとっておくことにする。

もしかすると自分には、最初で最後の刺繍入りハンカチかもしれない。

そうなると、丁寧に縫われたこれは、なかなかの貴重品である。

母の手紙と共に、こっそり鍵付きの箱に入れ、ベッドの下にでも隠すとしよう。

だが、思い出す度にちょっとだけ、悔やまれることがあった。

「あの子の名前ぐらい、聞いておけばよかったか……」

# 服飾師ルチアはあきらめない
# ～今日から始める幸服計画～

2021年 4 月25日　初版第一刷発行
2024年 6 月 5 日　第五刷発行

著者　甘岸久弥
発行者　山下直久
発行　株式会社KADOKAWA
〒102-8177　東京都千代田区富士見2-13-3
0570-002-301（ナビダイヤル）
印刷・製本　株式会社広済堂ネクスト
ISBN 978-4-04-680375-7 C0093


企画　株式会社フロンティアワークス
担当編集　河口紘美（株式会社フロンティアワークス）
ブックデザイン　鈴木 勉（BELL'S GRAPHICS）
デザインフォーマット　AFTERGLOW
イラスト　雨壱絵穹
キャラクター原案　景

*Story*

転生者である魔導具師のダリヤ・ロセッティ。
前世でも、生まれ変わってからもうつむいて生きてきた彼女は、
決められた結婚相手からの手酷い婚約破棄をきっかけに、
自分の好きなように生きていこうと決意する。
行きたいところに行き、食べたいものを食べ、
何より大好きな“魔導具”を作りたいように作っていたら、
なぜだか周囲が楽しいことで満たされていく。
ダリヤの作った便利な魔導具が異世界の人々を幸せにしていくにつれ、
作れるものも作りたいものも、どんどん増えていって――。
魔導具師ダリヤのものづくりストーリーがここから始まる！

# アンケートに答えて著者書き下ろし「こぼれ話」を読もう！

「こぼれ話」の内容は、
あとがきだったり
ショートストーリーだったり、
タイトルによってさまざまです。
読んでみてのお楽しみ！

よりよい本作りのため、
読者の皆様のご意見を参考にさせて頂きたく、
アンケートを実施しております。

奥付掲載の二次元コード（またはURL）にお手持ちの端末でアクセス。

↓

奥付掲載のパスワードを入力すると、アンケートページが開きます。

↓

アンケートにご協力頂きますと、著者書き下ろしの「こぼれ話」がWEBで読めます。

- PC・スマートフォンに対応しております（一部対応していない機種もございます）。
- サイトにアクセスする際や、登録・メール送信時にかかる通信費はご負担ください。
- やむを得ない事情により公開を中断・終了する場合があります。